EN MILLE ÉCLATS

ÉCLATS

J. KENNER

AUTEURE DE BEST-SELLERS CLASSÉS AU NEW YORK TIMES

———

Te désirer

T'enflammer

T'envoûter

———

En mille éclats

Dans ton ombre (prequelle)

En mémoire de nous

En demi-teinte

En haute voltige

En ton nom

En plein cœur

———

Droit au cœur - Mister Janvier

Vague à l'âme - Mister Février

Raison d'être - Mister Mars

Coup de sang - Mister Avril

État d'âme - Mister Mai

Droit au but - Mister Juin

Au beau fixe - Mister Juillet

Diable au corps - Mister Août

Cri du cœur - Mister Septembre

Corps à corps - Mister Octobre

État d'esprit - Mister Novembre

Force d'âme... - Mister Décembre

———

Mon Ange Déchu

Mon Doux Péché

Ma Cruelle Rédemption

———

Abonnez-vous à la newsletter de l'édition française de JK pour des informations sur les sorties en français, les apparitions en France, et plus encore.

https://www.juliekenner.com/nouveaux-livres/

**Charismatiques. Dangereux.
Terriblement Sexy.**

Découvrez les hommes de Stark Sécurité.
En mille éclats
Dans ton ombre (prequelle)
En mémoire de nous
En demi-teinte
En haute voltige
En ton nom
En plein cœur

————

Bulletins d'information de JK

Abonnez-vous à la newsletter de l'édition française de JK
pour des informations sur les sorties en français, les
apparitions en France, et plus encore.

(Veuillez noter: la newsletter sera rédigée à l'aide de Google
Translate (tout comme cette note), mais tous les livres sont
traduits et relus par des professionnels!)
https://www.juliekenner.com/nouveaux-livres/

EN MILLE ÉCLATS

J. KENNER

AUTEURE DE BEST-SELLERS CLASSÉS AU NEW YORK TIMES

M&O

Traduit de l'anglais par Laure Valentin

En mille éclats © 2019, 2020 par Julie Kenner
Extrait de *En mémoire de nous* © 2019, 2020 par Julie Kenner
Traduit de l'anglais par Laure Valentin pour Valentin Translation

Conception graphique de la couverture par Michele Catalano, Catalano Creative
Image de couverture par Annie Ray/Passion Pages
ISBN (Digital): 978-1-949925-95-1
ISBN (Print): 978-1-949925-96-8

Publié par Martini & Olive Books
V-2020-11-2P

M&O

PROLOGUE

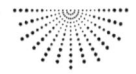

J e sais que je ne devrais pas le désirer.

J'aimerais tant ne pas éprouver ce besoin.

Chaque jour qui passe, je prie pour que la douleur si douce de la nostalgie s'efface enfin. Mais elle demeure.

Dès le réveil, je ressens la douleur. Je retombe dans ces souvenirs qui me blessent aussi profondément que la lame d'un couteau. Balayée, la passion. Éradiqué, l'amour.

Autrefois, il y avait un homme qui me désirait. Désormais, il ne reste qu'une plaie noircie, comme la brûlure imprimée dans la terre après une explosion nucléaire.

Dès le réveil, je me raccroche à la colère.

Mais dans mes rêves, je capitule toujours.

Je me convaincs que je suis mieux sans lui. Pourtant, j'ai besoin de lui. De ses compétences. De son aide.

Il ne me reste aucune option. En lui convergent désir et crainte. Je ne peux que prier pour ne pas me briser comme du verre sous le poids de mes regrets.

CHAPITRE UN

Bâti en 1931, l'hôtel historique Hollywood Terrace régnait en maître sur le célèbre boulevard. C'était l'endroit où voir et être vu. Mais le temps a pris sa revanche et, comme la beauté fanée des starlettes de l'Âge d'Or, le palais Art Déco est tombé en décrépitude. Les élégantes garçonnes ont cédé la place aux hippies et aux Baby Boomers, qui à leur tour ont été remplacés par les Millennials alors que le vingtième et unième siècle succédait inexorablement au vingtième.

Pendant la première décennie du nouveau millénaire, l'icône autrefois majestueuse est restée délabrée, à l'abandon. Sa façade en stuc s'est décolorée en une teinte grisâtre et terne, les fenêtres couvertes de crasse et fendillées, les célèbres jardins envahis par la vermine et les mauvaises herbes.

Le sort réservé aux salles intérieures n'était guère meilleur. La tuyauterie fuyait, gagnée par la moisissure, et les rats détalaient dans les couloirs devant les chats errants qui avaient élu domicile dans les recoins obscurs. Les tapis pourrissaient. Le papier peint tombait en lambeaux. Et une fine couche de poussière recouvrait chaque surface telle une couverture négligée.

Avec la détermination d'un boxeur dans la tourmente, le bâtiment s'est débattu tant bien que mal pour rester digne en dépit des assauts des intempéries, des séismes et de la parade monotone du progrès dont témoignaient de nouvelles devantures flambant neuves. Lorsqu'un ruban jaune sur lequel on pouvait lire *Dangereux* et *Défense d'entrer* fut tendu devant les portes vitrées finement ouvragées, les riverains comprirent que le dernier coup avait été porté.

Puis Scott Lassiter a surgi de nulle part, à la rescousse. En fin de compte, l'histoire du Hollywood Terrace n'était pas un film de boxe. C'était l'histoire d'un renouveau. *My Fair Lady* pour l'hôtel délabré.

Le promoteur immobilier international n'a pas lésiné pour rendre au Hollywood Terrace sa splendeur d'antan, ravivant le joyau qu'il était un siècle auparavant. Il a transformé les salles de conférence de la mezzanine en suite de bureaux privés rien que pour lui, il a installé sa résidence au tout dernier étage et il a complété le tout par une piscine d'intérieur et une salle de bal somptueuse.

Tout le gratin a assisté à l'inauguration en grande pompe, cinq ans plus tôt, et Lassiter a été acclamé en héros par les gros bonnets de la ville. Un faiseur de miracles. Un vrai citoyen, dévoué à la préservation de l'histoire qui avait placé ce coin de la Californie du Sud sur la carte, quand les premiers pionniers armés de caméras s'étaient rassemblés sur cette terre d'aubaines et de soleil.

La fête du siècle a fait les gros titres des journaux dans le monde entier. Étant donné que le tout-Hollywood comptait parmi les invités, l'histoire était trop belle pour ne pas être publiée.

La fête de ce soir était encore plus somptueuse. Des dizaines et des dizaines d'invités occupaient la salle de bal Art Déco soigneusement restaurée, avec ses couleurs vives et ses motifs géométriques. Les revenus combinés des clients internationaux bien nantis faisaient passer la fortune des stars d'Hollywood pour de l'argent de poche d'adolescents. Le champagne millésimé coulait à flots dans des fontaines d'argent pur. Les femmes évoluaient sur les carreaux de marbre en robes de soirée conçues pour mettre en valeur des atouts de nature différente. Quant aux hommes en costume à moins de vingt-cinq mille dollars, ils passaient pour de simples frimeurs.

Ce soir-là, malgré tout ce beau monde auréolé de pouvoir et d'argent, la presse n'était pas admise dans la salle de bal. Aucun photographe en quête d'images sexy à poster sur Page Six ou Instagram. Au contraire, cette fête était un événement intime, donné par Lassiter dans son fief privé.

Seule une clientèle triée sur le volet y avait été conviée.

Quincy Radcliffe, agent de Stark Sécurité, ne figurait pas sur la liste d'invités. Ou du moins, pas officiellement. Ce qui ne l'empêcha pas de faire signe à un serveur qui passait pour un scotch soda.

Il le sirota lentement, observant d'un œil désintéressé le flot d'hommes en costume et de femmes aux coiffures sophistiquées qui tournaient autour de Lassiter, comme s'ils venaient rendre hommage à un dieu.

Bande de fous aveugles.

Tout ce qu'ils voyaient, c'était l'argent et le pouvoir de

Lassiter. Ils ne se doutaient pas que le compte en banque généreux de leur hôte devait moins à son portefeuille immobilier qu'au pourcentage qu'il prélevait sur le blanchiment d'argent et les programmes de protection.

Scott Lassiter était un connard manipulateur qui avait planté ses serres dans le monde criminel de la pègre. Un jour, Quincy se ferait un plaisir de tirer le tapis sous les pieds de ce bon à rien, s'assurant de lui offrir un panorama bien différent de celui de son appartement luxueux. Avec une dizaine de barreaux à la fenêtre.

Cependant, ce n'était pas au programme de ce soir. Pour l'instant, Lassiter était le moindre de deux maux, et si tout se déroulait comme prévu, ce branleur pathétique le conduirait sans le savoir vers le monstre à la tête d'un trafic d'esclaves sexuelles, le sous-homme au cœur de la mission de ce soir : *Corbu. Marius Corbu.*

— Il est incroyable, n'est-ce pas ?

La blonde aux yeux bruns qui venait de susurrer avait de longs cheveux lisses dans le dos et une frange qui venait effleurer ses sourcils parfaitement arqués. Elle portait une robe dorée vaporeuse et du maquillage si subtil qu'il était presque invisible, à l'exception du trait d'eye-liner noir qui soulignait ses grands yeux de biche et du rouge à lèvres si éclatant qu'il lui faisait penser à une cerise mûre.

— Vous parlez de notre hôte, Monsieur Lassiter ?

Elle gloussa et le champagne clapota dans son verre quand elle fit mine de taper dans ses mains.

— Oh, waouh ! se récria-t-elle comme une adolescente, d'une voix haut perchée. Vous êtes britannique.

— Nom de Dieu, en êtes-vous certaine, ma chère ?

Une fois de plus, elle rit.

— Et vous êtes drôle, avec ça. Non, comment dites-vous en Grande-Bretagne ? *Plaisant*. Vous êtes fort plaisant.

Elle pencha la tête pour le dévisager. Il savait ce qu'elle voyait. Des cheveux noirs, un visage fin et des yeux gris enfoncés. Il portait un costume Ermenegildo Zegna sur mesure, plus cher que sa voiture. D'après son associée, Denise, il était « fabuleusement baisable ».

Apparemment, la blonde était d'accord, parce qu'il vit le moment précis où son air amusé céda le pas à une attitude plus prédatrice.

— J'aime les hommes qui ont de l'humour.

Sa voix était grave, suave.

— Un homme qui rit doit savoir faire d'autres choses intéressantes avec sa bouche.

Elle inclina la tête avec provocation.

— Je m'appelle Desiree. Et vous ?

— Canton, dit-il, lui donnant le nom correspondant à son personnage pour cette mission, un gestionnaire de fonds spéculatif basé à Hong Kong. Robert Canton.

Elle s'approcha de lui d'un pas chaloupé. Sa robe opaque sembla transparente lorsqu'elle s'avança dans une flaque de lumière. Elle était entièrement nue sous le tissu léger et il sentit son corps se contracter, par réflexe et non par désir. Lentement, elle fit courir ses doigts sur le revers de sa veste avant de descendre jusqu'à poser la main sur sa queue. Elle était dure – c'était un humain, après tout. Il n'était pas étonné. L'objet de cette soirée, c'était le sexe. Le sexe tarifé, cru et anonyme. Et il ne restait jamais insensible aux charmes d'une belle femme.

Elle posa sa main libre sur son épaule en se penchant pour murmurer :

— Eh bien, je suis tout à vous, Monsieur Canton. Comme vous le désirez, jusqu'au lever du jour.

Elle mordilla son lobe d'oreille et il se dit que ce serait très facile. Elle était prête à faire à peu près tout – c'était tout l'objectif de cette petite sauterie. Et il avait grand besoin de se détendre un peu.

Certaines opérations étaient plus ardues que d'autres et celle-ci était une vraie galère. Elle lui échauffait la tête. Pire encore, elle lui échauffait le sang. Et elle le consumait lentement comme un poison. Ou plus précisément, comme une mèche allumée. S'il la laissait brûler trop longtemps, il finirait par exploser. Les souvenirs sombres prendraient le dessus, le monstre imposerait son contrôle et…

Nom de Dieu.

— Oh, je crois que c'est un oui.

Elle commença lentement à le caresser.

— Je n'ai jamais baisé d'Anglais et je vous promets que je vaux le coup. Je vous en prie, dites-moi que vous n'avez pas déjà donné votre clé à une autre fille.

Il afficha un léger sourire avant de retirer sa main de son entrejambe.

— Désolé, chérie. Je ne doute pas que vous sauriez me satisfaire, mais ma clé est déjà promise.

— *Peut-être pas*, fit alors une voix de femme à son oreille.

C'était Denise, qui se trouvait en ce moment même sur le toit de l'autre côté de la rue. Ainsi que dans son oreille. Elle entendait absolument tout étant donné que leurs oreillettes étaient en mode VOX.

— *Je n'arrive pas à mettre en place le bras du transmetteur. Je vais devoir rester ici et le positionner manuellement.*

— Nom de Dieu.

— Quoi ? fit Desiree.

— Quel dommage que je ne puisse pas vous inviter dans mon lit ce soir. Mais les règles sont les règles.

Et les règles de cette soirée reprenaient celles des fêtes bourgeoises des années soixante et soixante-dix. En résumé, un homme choisissait une femme en prenant sa clé et il passait la nuit à profiter de son corps, comme l'avait dit Desiree, selon ses moindres désirs jusqu'au lever du soleil.

La beauté de la soirée, du point de vue des hommes, était que toutes les femmes étaient gagnées d'avance. C'étaient des call-girls haut de gamme, grassement payées par Lassiter. Y compris Denise – c'était Candy, son pseudonyme, qui touchait ce généreux salaire.

Quant aux hommes, ils payaient à Lassiter une coquette somme, soi-disant le prix d'une chambre d'hôtel. En réalité, le payement leur assurait le privilège de trouver une Miss Parfaite prête à satisfaire tous leurs fantasmes, leurs lubies et leurs envies les plus spéciales. En prime, ils avaient la satisfaction d'acheter une nuit de sexe sans payer officiellement pour cela.

Quince n'avait pas besoin d'une femme dans sa chambre. Il avait besoin d'une partenaire qui fasse le guet et maintienne l'amplificateur de signal en parfait alignement avec le transmetteur et l'ordinateur de Lassiter. Le transmetteur contre lequel luttait Denny sur le toit voisin ne serait d'aucune utilité s'il ne pouvait pas capter le signal dans sa chambre du troisième étage pour l'amplifier jusqu'au niveau mezzanine, où Quincy pourrait pirater l'ordinateur de Lassiter.

Et bien que Desiree soit disposée à satisfaire ses désirs les plus excentriques, il doutait qu'elle considère comme une forme de fétichisme le piratage du système de Lassiter.

D'ailleurs, elle était déjà repartie à la recherche d'un autre propriétaire de clé.

C'est la vie.

— Tu te rends compte que ça pose un problème, murmura-t-il en levant son verre pour dissimuler le mouvement de ses lèvres avant de boire une longue gorgée dont il avait grand besoin.

— *Non, sans blague ? Heureusement que tu es là pour m'expliquer comment ça fonctionne.*

Il réprima un petit rire.

— Du calme, du calme.

— *Tu ne me vois pas, mais je te fais un doigt d'honneur, là.*

— Je te reconnais bien là.

Il s'approcha de la fenêtre afin de lui parler plus facilement, gardant un œil attentif sur les invités dans le reflet tout en faisant mine d'admirer Hollywood en contrebas. Denny était à son poste, perchée sur un ancien grand magasin reconverti en immeuble de bureaux.

— *Fait chier. Je vais utiliser une bande de ruban adhésif pour me rapprocher au maximum de la perfection. Je pourrai revenir illico presto. Tu as besoin de moi dans cette pièce.*

En effet. Mais ils avaient également besoin de pouvoir se fier à la transmission. Cette mission était cruciale pour la force opérationnelle conjointe entre l'Espagne et les États-Unis visant à faire tomber Corbu et son trafic international d'esclaves sexuelles. Stark Sécurité avait été embauché pour gérer cette étape hautement sensible. Une seule mission pour entrer, obtenir et décrypter les coordonnées des nombreux contacts de Lassiter, puis communiquer à la force opérationnelle le protocole nécessaire pour contacter Corbu.

S'il échouait, Stark Sécurité perdrait la réputation qu'ils

venaient d'acquérir dans la communauté des renseignements internationaux. Plus important encore, des milliers de vies innocentes étaient en jeu et l'éventail des opportunités était réduit. Comme on le disait à la NASA, l'échec n'était pas une option.

— J'arrive, dit-il.

Il savait très bien qu'elle était compétente, mais il devait essayer.

— Je pourrais peut-être fixer le bras.

— *On n'a pas le temps. Je dois capter le signal dans quinze minutes et tu dois être en poste dans vingt minutes. Passé ce laps de temps, nous sommes foutus.*

Il sortit de sa poche la montre à gousset Patek Philippe qui avait appartenu au père qu'il avait à peine connu. D'une finesse exceptionnelle, elle était toujours à l'heure exacte, mais ce n'était pas pour cette raison que Quincy la portait toujours avec lui. C'était presque religieux, superstitieux.

La Patek Philippe était un souvenir du passé et une mise en garde contre l'avenir.

Elle ne l'induirait jamais en erreur, et en cet instant, elle lui disait que Denny avait raison.

Et merde.

— D'accord, dit-il. Ramène-toi.

C'était un risque énorme, mais l'appareil puissant était conçu pour permettre la transmission et la réception des quantités massives de données nécessaires au logiciel de décryptage performant des services de renseignements. Avec un peu de chance, l'ancre mise en place par Denny autoriserait le transmetteur à capter le signal et à le relayer à l'amplificateur dans la chambre d'hôtel de Quincy. Cet appareil fonctionnait comme un routeur WiFi. Il diffuserait le signal à l'intérieur de l'hôtel, où il serait intercepté par la technologie dont Quincy se servirait pour pirater le système de Lassiter.

Cependant, pour que cela fonctionne, le signal du transmetteur devait atteindre l'amplificateur avec une précision redoutable. Sinon, l'amplificateur relaierait tout et n'importe quoi à Quincy et à son logiciel haut de gamme créé par Stark Technologies Appliquées. La situation n'était pas idéale, mais ils n'avaient pas le choix.

Une fois de plus, il se tourna vers la salle. Il devait savoir où était Lassiter pour pouvoir s'éclipser sans se faire remarquer dans la chambre qui lui avait été attribuée au troisième étage. *Voilà.*

Lassiter se tenait dans un groupe de cinq hommes et deux femmes, sa main dans le dos d'une brune élancée. Les cheveux auburn de la jeune femme tombaient sur ses épaules, et sa robe dos nu très échancrée révélait sa peau lisse, quasiment jusqu'à ses fesses parfaites en forme de cœur. Il y avait quelque chose de très familier chez elle…

Aussitôt, il écarta cette pensée hors de propos.

— Bon, j'ai repéré Lassiter. Je me dirige…

Soudain, elle se retourna et il aperçut son visage.

Il se figea. Pétrifié, comme un arrêt sur image.

Eliza ? Il était impossible que ce soit Eliza.

— *Quince ? fit Denny d'une voix tendue. C'est Lassiter ? Il se doute de quelque chose ?*

— Ce n'est pas Lassiter. Un fantôme.

— *Quoi ?*

C'était forcément un fantôme. La femme aux cheveux auburn et aux yeux bleu clair. La femme dont les fossettes avaient fait battre son cœur.

La femme qu'il avait adorée. Dont le parfum s'attardait encore dans ses rêves.

La femme qu'il avait aimée plus passionnément qu'il l'aurait cru possible. Et qui, à présent, devait le haïr plus qu'il ne pouvait l'imaginer.

Il était improbable que cette femme se trouve à une soirée telle que celle-ci. Impossible.

Vraiment ?

Mon Dieu, mais dans quoi était-elle venue se fourrer ?

Sans en avoir conscience, il s'approcha d'elle. Ses longues enjambées franchirent la distance qui les séparait tandis que Denny poursuivait, à son oreille :

— *Que se passe-t-il ? Bon sang, j'arrive. On se retrouve à la chambre dans quatre minutes.*

Il savait qu'il aurait dû se retourner. Il y avait trop d'enjeux dans cette mission. Les vies et la liberté d'un trop grand nombre d'innocentes qui seraient prises au piège du trafic sexuel roumain. Plusieurs milliers de victimes tourmentées, y compris une fille de treize ans, angélique et terrorisée.

C'était après son enlèvement que la force opérationnelle européenne était entrée en action. Fille du prince-régent de l'une des plus petites monarchies européennes, la princesse avait été enlevée à l'occasion d'une sortie scolaire. Son père avait fait appel au chef de la force opérationnelle, un ancien camarade de l'Université d'Eaton, ouvrant les énormes coffres de la monarchie pour financer les mises en œuvre nécessaires afin de retrouver la fille et anéantir le trafic de Corbu.

Quincy frissonna quand l'image d'une autre adolescente lui apparut. *Shelley.* Ses yeux pleins de confiance. Ses sanglots étouffés. Et ses propres cris de terreur et d'impuissance alors qu'une douleur explosive le dévastait et que le monde s'effondrait autour de lui.

En cet instant, il savait ce qu'il avait à faire.

— Reste sur le toit, ordonna-t-il à Denny.

— *Quoi ? Mais...*

— Fais-moi confiance. Je gère.

Il avait été trop faible pour sauver Shelley.

Il l'avait laissé tomber. Il avait échoué.

Il était hors de question qu'il échoue à nouveau.

Même si pour cela, il devait intégrer Eliza Tucker dans ce projet aberrant.

CHAPITRE DEUX

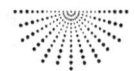

I *l me touche.*
Ce fils de pute trop mielleux, trop malsain, faux jeton, a la main au creux de mon dos et son pouce caresse la peau nue à la base de ma colonne vertébrale. C'est intime. C'est possessif. C'est révoltant.

Et tout cela, c'est ma propre faute.

C'est moi qui ai moulé ma poitrine dans cette robe trop étriquée. C'est moi qui ai capté le regard de Scott Lassiter. Et maintenant, on dirait bien que c'est moi qui vais endurer une nuit au lit avec lui si je veux éviter de griller ma couverture.

Ma couverture.

Je suis consciente de l'ironie. Pendant toute ma vie, c'est ma sœur Emma qui m'a protégée. Un ange vengeur, fort et brillant, qui me soutenait contre les dangers du monde. Même s'il ne s'agissait que des professeurs mesquins, des petits voyous de rue ou du connard qui nous servait de père, elle était toujours là et elle faisait son possible pour me protéger.

Maintenant, je me retrouve dans une situation que je ne comprends pas tout à fait. Je me fais passer pour ma sœur qui se ferait passer pour une call-girl.

Heureusement que je suis actrice depuis plus de dix ans, avec plus ou moins de succès. J'enchaîne les petits rôles. Les publicités, le théâtre public, quelques apparitions dans des séries télévisées, et même des seconds rôles dans plusieurs films tournés à New York.

Je n'ai jamais essayé de décrocher de rôles récurrents à la télévision ni de contrats à long terme sur Broadway. Ça ne m'attire pas. Bien sûr, je rêve de succès, mais il y a quelque chose de séduisant dans la variété et le changement. Après tout, plus je me perds dans la vie d'une autre, moins j'examine la mienne.

Tout cela fait de moi un excellent caméléon. C'est probablement la seule raison pour laquelle personne ne me montre du doigt en mode *L'Invasion des profanateurs de sépultures* en hurlant que je suis un imposteur et que je n'ai rien à faire ici.

Pourtant c'est vrai, je n'ai rien à faire ici.

Et quand Emma découvrira que non seulement je me fais passer pour elle, mais qu'en plus je mets ma vie en danger, elle sera furieuse. Ce n'est pas grave. Si elle est furieuse, c'est qu'elle est vivante. Tout bien considéré, j'ai envie qu'elle s'énerve, qu'elle se fâche, qu'elle m'enguirlande. Parce que l'alternative est trop horrible pour que j'y songe.

Je prends une grande inspiration. Mes craintes envers Emma sont constantes depuis vingt-quatre longues heures, depuis que je me suis rendu compte qu'elle avait disparu. Je dois absolument chasser cette pensée, parce que j'ai des problèmes plus immédiats. Par exemple, comment me débarrasser de ce pervers qui a décidé que je lui appartenais ce soir. Chaque minute que je passe entre les griffes de Scott Lassiter est une autre minute sans réponse.

Je me déplace légèrement et jette un œil dans la pièce en me demandant qui est censé être mon contact. D'après l'associé d'Emma, quelques jours avant sa disparition, une source anonyme l'avait contactée. Il se faisait appeler Monsieur X et lui avait promis des informations au sujet d'une affaire sur laquelle elle travaillait. Elle devait le rencontrer à cette fête.

— Ils ne pouvaient pas simplement se retrouver au McDonalds ? avais-je demandé.

Le visage rougeaud de Lorenzo s'était fendu d'un grand sourire. Il avait passé une main sur sa tête, écartant une mèche de cheveux sur le côté, révélant son début de calvitie.

— Je crois que ce n'était pas au programme, ma belle.

J'ai croisé les bras et penché la tête en réaction à ce surnom affectueux, mais il a agité la main dans un geste évasif. Je connais Lorenzo depuis que j'ai neuf ans. À l'époque, c'était un policier désabusé à Venice Beach et il avait fermé les yeux en nous surprenant, Emma et moi, en train de dormir dans une voiture abandonnée.

Tout ce que savait Lorenzo, c'était qu'Emma travaillait bénévolement sur l'une de ses affaires. Après avoir travaillé pour le gouvernement pendant plus d'une décennie, elle s'était lancée en tant que détective privée à temps plein quelques années plus tôt. Sa passion, c'est de venir en aide aux fugueurs et aux gamins en danger. Lorenzo m'a dit qu'elle était tombée sur une sorte de complot, un réseau d'exploitation organisé sur les forums du dark-web.

— Je suppose que Monsieur X est mouillé, mais qu'il souhaite s'en tirer, avait dit Lorenzo.

— Alors, il a contacté Emma et a organisé une rencontre.

Mais avant cela, les vrais méchants se sont rendu compte qu'elle fouinait sur le forum. Ils ont réussi à connaître son identité et se sont emparés d'elle.

— C'est aussi mon avis.

Mon cœur s'est noué quand j'ai prononcé mes prochaines paroles :

— Ont-ils… crois-tu qu'ils l'ont tuée ?

— J'espère que non, a-t-il répondu, son regard de basset profondément attristé.

— Je dois aller voir la police.

— Et que feraient-ils ? D'abord, ils te demanderaient d'attendre. Son appartement n'est pas en désordre…

— Quelqu'un y est passé.

J'en étais convaincu.

— C'est toi qui le dis, mais il n'est pas sens dessus dessous. Tu dis que les objets ont été déplacés, mais ça ne désigne pas nécessairement la piste criminelle. Tout ce que tu sais, c'est qu'elle a disparu et que tu ignores où elle est. L'ennui, c'est qu'elle est adulte. Elle aurait pu partir sur un coup de tête. Avec un homme. Décider d'apprendre la pêche à la mouche.

— Elle me dit toujours où elle va. Nous n'avons aucun secret l'une pour l'autre.

Elle m'a confié un grand nombre de choses qu'elle aurait dû garder secrètes. Des choses dangereuses si quelqu'un venait à les connaître.

Non. Elle ne me cacherait rien d'important.

— Aux dernières nouvelles, tu étais censée être à bord d'un bateau de croisière, a dit Lorenzo quand j'ai souligné cela. Elle a dit que tu lui avais demandé de ne pas appeler, mais que tu prendrais de ses nouvelles dans chaque port.

J'ai fait la grimace. C'était la vérité, si ce n'est que je n'avais jamais eu l'occasion de prendre la mer.

J'avais obtenu un rôle dans une comédie musicale sur un bateau de croisière. Trois longs mois en mer, avec des escales dans divers ports. Des excursions d'une semaine ou deux, différents passagers lors de chaque voyage. Quatre-vingt-dix jours sans aucun visage connu de mon passé, sans aucune personne amenée à me revoir dans l'avenir. Ce poste me faisait rêver et j'avais sauté sur l'occasion.

Mais par la suite, la compagnie de croisière avait annulé l'intégralité du spectacle, remplaçant la comédie musicale qui embauchait de nombreux acteurs par un simple one-man-show. Réductions budgétaires. Ce qui m'a laissée non seulement au chômage, mais franchement désemparée.

C'est pour cette raison que j'ai décidé de prendre l'avion et de rendre visite à ma sœur à Los Angeles.

Or Emma était partie.

— Elle m'aurait envoyé un e-mail si elle avait décidé de prendre des vacances de dernière minute, ai-je dit à Lorenzo. Tu le sais bien.

Emma et moi, nous sommes plus que des sœurs. Elle m'a pratiquement élevée. Nous sommes toutes les deux contre le reste du monde depuis ce terrible jour où elle m'a arrachée à ce foyer que je n'ai jamais, *jamais* considéré comme chez moi.

Lorenzo a hoché mollement la tête.

— Je le sais. Tu le sais. Les flics ne le savent pas. Si tu veux de l'aide, tu auras besoin de plus. *Nous* avons besoin de plus. Tu crois que je ne suis pas inquiet ? C'est d'Emma que nous parlons. C'est comme une fille pour moi. Vous l'êtes, toutes les deux.

— Tu crois vraiment que ce Monsieur X sait quelque

chose ?

— Je crois que c'est la seule piste que nous ayons. J'irais si je le pouvais, mais je ne pense pas pouvoir enfiler une robe du soir échancrée.

Il avait raison. Je le savais. Pas uniquement à cause de la tenue de soirée.

Je n'avais qu'une alternative : aller au rendez-vous ou laisser passer le temps jusqu'à ce que la police s'intéresse pour de bon.

Sous cet angle, la question ne se posait pas. Emma avait des ennuis, et pour moi, c'était tout ce qui comptait. Parce qu'en fin de compte, *elle* est tout ce qui compte. Enfin, elle et Lorenzo. Ils sont tout ce que j'ai. Tout ce que j'aie jamais eu.

Autrefois, je croyais qu'il y avait peut-être quelqu'un d'autre. Ténébreux et audacieux, doux et sensuel, Quincy Radcliffe avait une intensité qui m'avait attirée et une force qui m'avait retenue. Dans ses bras, je me sentais plus en sécurité que jamais depuis mon départ loin d'Emma et de Los Angeles. J'avais ouvert la cage d'acier qui protégeait mon cœur et je l'avais invité à entrer.

Nous avons passé près de trois mois ensemble, et pendant tout ce temps, j'ai complètement baissé ma garde. Je me suis autorisée à tomber amoureuse de lui et j'ai cru qu'il m'aimait en retour.

Je ne commettrai plus jamais une telle erreur.

Il m'a anéantie. Il a brisé mon âme en morceaux.

Il m'a fait tomber amoureuse de lui. Et je ne peux pas le lui pardonner.

Pourtant, je dois aussi le remercier. Parce que j'ai appris ma leçon ce printemps-là, à Londres. J'ai cru pouvoir changer. J'ai cru que le mur que j'avais dressé et que les masques que j'avais enfilés ne seraient pas permanents, que je pourrais démanteler ces barrières et essayer de m'ouvrir à quelqu'un.

Quincy m'a poussée à essayer. Il m'a fait espérer.

Et quand il m'a trahie… eh bien, il m'a appris que j'avais besoin de ces murs. C'était ce qui me protégeait.

Maintenant, Emma réside à l'intérieur de ces murs. Lorenzo aussi.

Il n'y a qu'eux. Rien qu'eux.

Ils sont tout ce que j'ai et c'est la raison pour laquelle je suis ici, dans l'élégance Art Déco de la salle de bal au dernier étage du Hollywood Terrace.

C'est pour cela que je suis venue au rendez-vous, suivant les instructions détaillées de Monsieur X ; pour cela que je me fais passer pour l'une des nombreuses call-girls embauchées pour la soirée ; pour cela que je porte, en plus de ma robe noire vulgaire, un ruban rouge en guise de bracelet, comme convenu. L'objectif est d'indiquer à Monsieur X que je suis l'anonyme BAB, le nom de code qu'Emma utilisait sur le forum.

C'est l'acronyme de *Bad Ass Bitch*, mais je dois être la seule personne au monde à le savoir. Pour le moment, je ne me sens pas franchement *bad ass*. J'aimerais bien. Parce qu'une vraie dure trouverait un moyen de se dérober à l'homme qui semble déterminé à la garder près de lui.

Cela dit, je suis censée jouer le rôle. Une call-girl du nom de Bunny. Et les filles comme Bunny ne sont pas des dures à cuire. Au contraire, les filles comme Bunny se mettent à genoux et écartent les cuisses sur commande. Je comprends les Bunny, alors on ne peut pas dire que ce soit un rôle de composition pour moi ce soir.

Peut-être si mon surnom pour la soirée était Ambre, Domino ou Serena. Si j'avais une cravache au lieu d'un ruban rouge. Je pourrais peut-être jouer la comédie. Oublier totalement ma personnalité et incarner celle de BAB.

Mais je ne le fais pas. Je ne peux pas.

Tant mieux, me dis-je. Parce qu'à ce que je sache, il s'agit d'une soirée pleine de Bunny. Pas de Serena.

En d'autres termes, j'ai mis le pied dans un monde entièrement et exclusivement gouverné par les hommes. Des hommes riches, puissants, manipulateurs. Aux appétits sombres et dangereux.

Oh, Emma. Dans quoi t'es-tu fourrée ?

Je me pose cette question depuis que Lassiter m'a prise pour cible, à savoir depuis l'instant où je suis arrivée ici. D'abord, j'ai cru que c'était parce qu'il avait vu clair dans mon jeu. Plus tard, quand il a commenté mon bracelet inhabituel, j'ai poussé un soupir de soulagement en me disant qu'il s'agissait de Monsieur X. Après cela, je n'ai pas mis longtemps à comprendre qu'il voulait seulement me mettre dans son lit.

Maintenant, je suis coincée avec lui alors que je devrais me mêler aux autres. Je dois tendre la main, prendre des verres sur les plateaux des serveurs, faire en sorte de montrer le ruban rouge au maximum, que Monsieur X ne puisse pas le rater. En même temps, il est très clair que l'autonomie féminine n'est pas le thème de la journée et que si Lassiter souhaite que je reste à ses côtés, alors je suis coincée ici tant qu'il ne daignera pas me libérer.

Et merde.

— En fait, je réalise déjà des rénovations similaires à Chicago, Houston et Manhattan, explique Lassiter à un milliardaire obscène au fort accent italien, qui vient de lui demander s'il a l'intention de développer son « modèle commercial ».

Étant donné que je suis écœurée par l'ensemble du scénario, je m'efforce de ne pas l'écouter. Soudain, je sursaute en entendant mon prénom. Ou plutôt, mon surnom de prostituée.

— … comme Bunny ici présente.

— Excusez-moi, quoi ?

Lassiter sourit avec indulgence avant de me pincer les fesses. Je me retiens de lui décocher une gifle, car mon personnage ne l'aurait jamais fait.

— Je disais à Monsieur Scutari que toutes les femmes à mes soirées sont magnifiques, mais que certaines tout particulièrement sont de qualité supérieure. Quelle allure !

Il écarte mes cheveux derrière mon oreille et je dois m'efforcer de sourire au lieu de tressaillir. Bien sûr, je ne suis pas un petit ange pur et lumineux, très loin de là. Mais il y a les hommes qui peuvent m'avoir et les autres.

Lassiter relève clairement de la deuxième catégorie. Je commence à prier pour que Monsieur X me retrouve rapidement. Au point où j'en suis, je veux bien qu'un tremblement de terre frappe Los Angeles. Tout plutôt que de voir Lassiter me présenter sa clé et me conduire jusqu'à sa chambre. Parce que je suis à peu près certaine que s'il ne m'a pas encore harponnée pour la soirée, c'est parce qu'il est l'hôte et qu'il attend que chaque invité ait choisi sa compagne.

Je m'attends à ce qu'il continue à vanter la qualité de la marchandise, mais la conversation dérive sur la finance internationale. Comme s'il s'agissait d'un cocktail comme un autre et que j'étais sa petite amie aimante et docile.

Tout cela est surréaliste. Je redoute un peu plus à chaque instant d'avoir commis une erreur en venant ici. Je n'ai toujours pas d'indices sur Emma et la soirée me rapproche inexorablement du moment où Lassiter me conviera dans sa chambre. Évidemment, je connaissais les risques. Mais je suis partie du principe que Monsieur X me retrouverait et que nous irions dans sa chambre, officiellement pour une partie de jambes en l'air, mais en réalité pour une discussion clandestine approfondie sur ce qui est arrivé à ma sœur et la manière dont nous pouvons l'aider.

Alors, où est-elle, bon sang ?

Je ponctue cette pensée en me retournant pour balayer la salle du regard. La main de Lassiter est posée dans mon dos, dans un geste possessif, et je m'efforce de ne pas grimacer. Je dois faire un effort pour ne pas me dégager de ce contact indésirable, à tel point que j'ai du mal à me concentrer sur la pièce autour de moi.

Ce qui explique pourquoi je ne remarque pas tout de suite l'homme qui s'approche de nous à grandes enjambées, traversant la salle de bal sur toute sa longueur.

Quincy Radcliffe.

L'homme qui m'a quittée. Qui m'a brisé le cœur.

Ma bouche se dessèche et mon sang s'emballe dans mon corps.

J'ai une telle envie de le gifler que les paumes me démangent. Et quand ses yeux d'un gris intense croisent les miens, je lui hurle sans un bruit de ne pas prononcer mon vrai prénom.

C'est alors que je comprends.

C'est à ce moment que les pièces du puzzle se mettent en place.

C'est pour Quincy Radcliffe que je suis ici. Mon Quincy est Monsieur X.

Alors, que vais-je faire maintenant ?

CHAPITRE TROIS

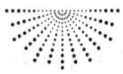

J'observe son visage tandis qu'il approche, épiant le moindre signe de chagrin. L'ombre d'un regret.

Mais il n'y a rien. Son visage semble sculpté dans la pierre, ses yeux gris forgés dans l'acier. Il ne frémit pas. Son expression demeure soigneusement impassible. Si je manquais de jugeote, je pourrais croire qu'il ne m'a même pas reconnue.

Pourtant, le contraire est évident.

Pendant trois mois de pur bonheur, Quincy Radcliffe était tout pour moi. Mon champion. Mon chevalier. Il m'a soutenue et il a combattu mes démons. J'ai entièrement capitulé devant lui, j'ai oublié mes craintes et, je l'admets, j'ai même cultivé un certain espoir.

C'était mon amour. Mon cœur.

L'homme dont le sourire m'attisait et dont le corps m'excitait. L'homme avec qui je partageais mes secrets et mes larmes.

Il me connaissait mieux que quiconque, et pourtant, il m'a blessée plus qu'aucun homme ne l'aurait pu.

J'ai envie de dégager mon bras des griffes de Lassiter, de détaler hors de cette salle sur ces talons aiguilles. J'ai envie de tout oublier – Quincy, Emma, Monsieur X.

Par-dessus tout, j'ai envie d'échapper à mes propres souvenirs.

Mais c'est impossible. Alors que je reste bouche bée devant le beau fumier qui s'avance, le parquet s'ouvre sous mes pieds et je suis projetée quatre ans en arrière... dans le souvenir de cet homme qui m'a détruite.

————

C'était mon dernier jour au Royaume-Uni. En dépit du froid et du crachin de septembre, j'avais choisi de marcher entre mon petit appartement éclectique de Soho et la librairie Waterstones de Picadilly Circus. Je voulais m'acheter un roman. Un livre exclusivement britannique qui ne serait pas publié aux États-Unis avant encore quelques mois. Je voulais monter à l'étage et savourer le thé de l'après-midi devant la fenêtre tout en découvrant le premier chapitre. Ensuite, je refermerais le livre et je le rangerais pour le terminer à l'occasion de mon vol de retour à Manhattan.

En toute honnêteté, j'avais hâte de monter dans cet avion et de fuir cette île bondée, si exiguë que mes souvenirs n'avaient nulle part où aller et se raccrochaient à moi, s'appesantissaient sur moi.

De retour à la maison, je pourrais m'en débarrasser. Les bannir. *Disparaissez, maudits souvenirs !* Mais là...

Là dans cette vieille ville, il était partout. Et tout ce que je voulais, c'était me soustraire à cette attraction que Quincy

Radcliffe exerçait toujours sur moi, aussi insensée que terrible.

Combien les choses changent vite, n'est-ce pas ? Quand j'étais arrivée six mois plus tôt, je me réjouissais à la perspective de vivre au Royaume-Uni pendant la moitié d'une année. J'étais venue à Londres pour intégrer une troupe d'improvisation unique en son genre, qui donnait sa propre version des principales pièces de Shakespeare. L'idée de jouer un rôle différent chaque soir avait fait battre mon cœur et réveillé ma créativité. Le contrat devait durer cinq mois, et ensuite, j'avais prévu de passer un mois de tourisme avant de rentrer à Manhattan où j'avais déjà décroché un petit rôle en tant que victime de meurtre dans la prochaine saison d'une série télévisée populaire.

Mais les choses ne s'étaient pas déroulées comme prévu. Le spectacle avait été annulé après une semaine et je m'étais retrouvée dans un pays étranger sans aucun revenu. J'avais envisagé de rentrer chez moi – aucun rôle ne m'attendait là-bas, mais au moins, les auditions à New York m'étaient familières. Et puis, je connaissais les meilleures agences d'intérim.

Emma avait volé à mon secours, comme d'habitude. Elle m'avait rappelé que j'avais procédé à un échange d'appartements. Ce qui signifiait que je n'avais aucun chez-moi à retrouver, puisqu'un auteur britannique vivait actuellement dans mon appartement, profitant de ce séjour pour terminer son tout dernier projet.

— Tu as déjà un appartement à Londres, m'avait-elle dit. Il te manque seulement de l'argent à dépenser.

Elle savait que je n'accepterais pas sa charité familiale, alors elle m'avait proposé un emploi à distance. Je devais organiser les dossiers en ligne sur lesquels Lorenzo et elle travaillaient. C'était comme un cadeau, mais pas tout à fait. Ni Emma ni Lorenzo n'étaient doués pour l'organisation. Ils pouvaient scanner, télécharger ou saisir des informations dans un ordinateur, mais ensuite, tout restait dans leur disque dur comme un poisson mort en putréfaction. Mon boulot consistait à classer toutes ces têtes de poisson pourri dans de petits dossiers numériques organisés. Difficile pour eux, facile pour moi.

J'avais donc un emploi généreusement rémunéré, qui n'exigeait pas beaucoup d'efforts et me laissait tout le temps du monde pour explorer la ville en me prenant pour une vraie Londonienne. Une héritière fugueuse. Ou une photographe en voyage. Dieu sait que j'ai pris assez de clichés avec mon vieux Canon.

En réalité, c'est cet appareil photo qui m'a présentée à Quincy.

C'était une journée inhabituellement chaude pour le mois de mars, mon dixième jour à Londres et mon vingt-quatrième anniversaire. Comme je n'avais personne avec qui faire la fête, je passais la journée à me promener dans la ville avec mon appareil. Vers midi, je prenais en photo les canards de Hyde Park – parce qu'on n'a jamais trop de jolies photos de canards – et je reculais lentement afin d'ajuster la composition. Au même moment, Quincy descendait le chemin dans ma direction en sirotant un café tout en discutant au téléphone. Il avait les yeux baissés au moment où je reculais et *boum*, sa chemise blanche parfaitement amidonnée fut recouverte de café noir.

— *Nom d'un chien de nom de Dieu*, s'exclama-t-il avant de s'interrompre, contrit, lorsque je me retournai, absolument et totalement mortifiée. Oh, veuillez m'excuser. Je suis vraiment désolé.

— Non, non. C'est ma faute. J'étais… enfin, c'est la faute des canards.

— Ah, je me doutais bien qu'ils mijotaient quelque chose. Ils ont l'air louches.

Je hochai sagement la tête, ridiculement ravie que cet homme à la beauté brute partage mon sens de l'humour.

— Vous avez vu comme ils se dandinent, comme s'ils étaient l'innocence incarnée ? Mais nous ne sommes pas dupes. Leur nature de canards vicieux n'est jamais très loin sous la surface de leurs plumes souples.

Naturellement, je plaisantais. Quoique, peut-être pas. Tout est si noir au-delà des apparences. Je suis bien placée pour le savoir. J'ai vu trop souvent ce qui se cachait sous le voile.

Je tentai d'atténuer mes propos, d'ajouter une certaine légèreté à la conversation afin de mettre en avant la plaisanterie et d'en faire oublier le sens caché. Or en voyant ses yeux, je titubai. Je venais de comprendre. C'était un homme qui, lui aussi, avait connu le seuil de l'abysse.

Je me ressaisis aussitôt. Quelle pensée absurde.

— Bon, bref. Je vais vous laisser, vous voulez sans doute changer de chemise maintenant. D'ailleurs, c'est moi qui devrais la faire nettoyer.

— Dans ce cas, dois-je la retirer ? Vous la remettre et vous donner rendez-vous ici même demain ?

— Je…

Il plaisantait, j'en étais convaincue. Et pourtant, tous mes sens entraient en éveil quand je l'imaginais se déboutonner et s'approcher de moi pour me donner sa chemise. Son parfum. Le frisson que je ressentirais lorsque nos mains s'effleureraient. Et puis l'attente impatiente lorsqu'il se pencherait vers moi et…

Je reculai d'un pas déterminé.

— Je devrais peut-être vous donner mon numéro, vous m'appellerez pour me transmettre votre facture ?

— Et si je vous invitais à déjeuner ? Nous serons quittes.

— Oh. Eh bien… attendez. Je crois que vous prenez les choses à l'envers.

Son sourire me traversait, me réchauffant de l'intérieur.

— Non, dit-il. Pas du tout.

— Oh.

Je sors rarement avec des hommes. Bien sûr, j'ai eu mon lot d'aventures d'un soir, de rencontres dans les bars, de rencards arrangés par des amis.

La plupart du temps, ces rencontres étaient intéressantes. Rien de spécial, mais toujours plus divertissant qu'une soirée en compagnie d'un petit ami à piles intégrées.

C'était toujours le lendemain matin qui posait problème. Même si la nuit avait été torride, ce n'était jamais suffisant. Ce n'était jamais vraiment ce dont j'avais besoin. Ce que je désirais.

Toutefois, j'en demandais trop, je le savais.

Le lendemain matin était toujours gênant, silencieux, un enfer d'hésitation. Les conversations étaient guindées et j'éprouvais un pincement au cœur trop familier, car en résumé, je ne savais pas comment dire à Monsieur Hier Soir qu'il n'avait pas été à la hauteur.

Cela dit, cet inconnu aux vêtements imbibés de café ne m'invitait pas dans son lit, ou du moins, pas ouvertement. Pourtant, il y avait entre nous une certaine électricité qui crépitait et grésillait déjà. Si je partais avec lui, je pouvais être assurée que l'après-midi conduirait inéluctablement à la soirée, et la soirée à toutes sortes de frasques sexuelles.

Était-ce ce que je souhaitais ? Une autre tentative pour

trouver un homme capable de remplir ce vide en moi ? Une autre baise futile suivie par la déception d'un lendemain insatisfaisant ? Parce que j'étais *toujours* insatisfaite.

Au fond, cela me convenait bien ainsi, car si je trouvais un homme susceptible d'atteindre mes désirs les plus secrets et les mieux enfouis, je devrais reconnaître ces besoins sombres qui me taraudaient depuis la puberté. Or je n'avais pas envie de prendre cette voie, la voie qui me rappellerait cet homme, qui me rappellerait que son sang coulait dans mes veines et que dans les tréfonds de mon être était tapie une chose terrible et abjecte.

Je réprimai un frisson et me frictionnai les bras en levant la tête vers cet inconnu souriant aux yeux ténébreux. Mieux valait le rejeter maintenant, il était inutile d'attendre. Au moins, je pourrais rentrer chez moi et prendre plaisir à fantasmer sur lui en évitant la réalité décevante.

En tout cas, c'était le plan. Le mettre à exécution s'avéra beaucoup plus difficile, en revanche.

Il me dévisagea avec intensité.

— Je ne sais pas si je dois prendre votre silence pour un oui ou pour un non.

— Désolée, dis-je en réprimant une grimace. J'apprécie votre proposition. Sincèrement. Mais je ne devrais pas accepter.

Il ne dit rien pendant un moment, me regardant de ses yeux noirs pénétrants. Puis il fit un pas vers moi, si proche que j'étais presque capable de le toucher en tendant la main, si proche que je percevais l'odeur musquée et virile sous le puissant arôme de café.

Un silence pesant s'attarda entre nous, seulement interrompu par le caquètement des canards. J'avais le souffle court et je sentais mon pouls battre dans ma gorge. Plus son regard demeurait sur moi, plus une chaleur inattendue palpitait entre mes cuisses.

Décidément, je ne devrais pas.

Lorsqu'il prit enfin la parole, il n'y avait aucune déception dans sa voix. Seule une intonation grave et régulière qui suggérait que rien ne l'atteignait jamais… et qu'il avait l'habitude d'arriver à ses fins.

— Refusez-vous parce que vous craignez ce qui pourrait se passer entre nous ? Ou redoutez-vous plutôt qu'il ne se passe rien du tout ?

— Je…

Ce fut tout ce que je parvins à dire avant que les mots restent coincés dans ma gorge et que mon esprit se change en bouillie. Mes sens étaient en surchauffe et toutes sortes d'alarmes retentissaient dans ma tête. C'était le genre d'homme capable de m'obséder. Le genre d'homme que je devais fuir à tout prix.

Enfin, je retrouvai mes esprits et répondis :

— Ce sont les deux seuls choix ?

Je haussai les sourcils en espérant paraître sûre de moi.

— Je vous trouve extrêmement présomptueux.

— Pas du tout. Mais j'ai des règles, moi aussi, et l'une d'elles est de ne jamais insister si une femme me dit non. Alors, dites-moi, Eliza. Refusez-vous mon invitation à déjeuner ?

— Je… un instant. Comment connaissez-vous mon prénom ?

Il baissa les yeux au sol, où j'avais posé le sac de mon appareil photo. *Eliza T.* Inscrit sur le rabat, à côté de l'adresse e-mail permettant de renvoyer mon sac chez moi au cas où il se perdrait.

— Bien sûr.

Je glissai les mains dans mes poches sans trop savoir pourquoi j'étais encore là. N'avais-je pas déjà évalué ce gars ? N'avais-je pas déterminé qu'il était dangereux ?

Après tout, j'avais peut-être besoin d'un soupçon de danger.

Non. Évite ça, Eliza. Ne t'aventure pas sur ce terrain.

— Comment vous appelez-vous ? demandai-je, esquissant ainsi un premier pas mental dans la mauvaise direction.

— Si chacun repart de son côté, cela n'a aucune importance.

Il tendit la main et je fus la première étonnée en la lui serrant spontanément.

— Vous voulez bien me dire quelque chose ? ajouta-t-il.

— Peut-être.

Son pouce me caressa délicatement la peau, propageant des frissons de plaisir à travers mon corps, atteignant directement cette sensation sourde entre mes jambes.

— Pourquoi hésitez-vous ? Je perçois clairement votre désir...

Je pris une vive inspiration, contrariée par sa supposition. Et par sa véracité.

— ... de déjeuner avec moi.

— Oh.

Il pencha la tête et ses lèvres frémirent. Je sentis mes joues virer au rouge. À l'évidence, il savait exactement ce que je pensais.

— Acceptez votre désir, reprit-il d'une voix douce, mais autoritaire, vibrante d'une qualité que je ne parvenais pas à définir, mais dont j'avais besoin autant que j'en avais peur. Dites oui. Je vous promets que vous ne le regretterez pas.

— Je n'ai pas pour habitude de sortir avec des inconnus rencontrés au parc.

Ma bouche était sèche, ma voix rauque.

— J'aime faire exception.

Je le toisai du regard en souriant.

— Oui. Ça ne m'étonne pas. Très bien, Monsieur Mystérieux. Mais je paie le déjeuner.

— Aucun problème, dit-il avec le genre de sourire sexy conçu pour faire fondre les femmes. Moi, je paierai le petit-déjeuner.

J'inclinai la tête en le scrutant ostensiblement.

— Dans ce cas, donnez-moi votre prénom.

CHAPITRE QUATRE

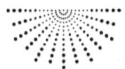

C'était Quincy. Quincy Radcliffe, tellement britannique sans que ce soit un cliché collet monté. Quincy avait un côté sexy à la James Bond.

— Ça me plaît, annonçai-je. Ça vous va bien.

— Je t'en prie, tutoyons-nous. Et la plupart de mes amis m'appellent Quince.

— Vraiment ? Pourtant, tu me sembles être un genre d'homme à deux syllabes.

Il me jeta un coup d'œil en coin tandis que nous reprenions notre marche dans le parc en direction de la rue, sans que je sache vraiment laquelle. Hyde Park est immense et il avait fini par complètement me perdre.

Lorsque nous eûmes enfin fui le paradis pour nous engager dans le vacarme et l'animation des voitures, des taxis et des autobus, je pivotai sur moi-même afin de me repérer. Impossible.

— Au cas où tu ne l'aurais pas deviné, je ne suis pas d'ici. Des idées de restaurant ? Et n'essaie même pas de me dissuader de payer.

— Qu'est-ce qui te laisse croire que je ferais une chose pareille ?

— Tu as un côté très galant.

— As-tu quelque chose contre la galanterie ?

— Disons que j'aime bien les bad-boy.

Oh, mon Dieu, où suis-je allée chercher ça ? Ce n'était pas vrai. Je cherchais toujours de gentils garçons et j'étais convaincue d'en trouver un qui soit à la hauteur, un jour, qui me comblerait sans pour autant éveiller les ombres effrayantes aux tréfonds de mon âme.

En résumé ? J'avais besoin d'un homme aux antipodes de mon père. À savoir l'exact opposé d'un bad-boy.

Il s'arrêta sur le trottoir. En me retournant pour savoir ce qui avait attiré son regard, je compris que c'était moi.

— Quoi ? demandai-je, soudain angoissée par son attention comme si je venais de traverser un champ électrique chargé.

Son sourire était lent et avenant, éclairant son regard, suggérant qu'il connaissait un secret.

— Quincy, demandai-je. Quoi ?

— Rien, dit-il d'une voix qui exprimait pourtant tout le contraire. Je trouve que tu es un véritable millefeuille, Eliza T. Et je vais adorer t'effeuiller.

— Tu es bien prétentieux, dis-je avec espièglerie.

Mais ce n'était qu'une apparence. Le grésillement électrique s'était développé et je sentais le duvet se dresser sur mes bras et sur ma nuque. En cet instant, un effeuillage me faisait bien envie.

Pendant un moment, nous nous fixâmes dans les yeux, puis je finis par me racler la gorge en détournant le regard.

— Non, dit-il.

Je me retournai.

— Non ?

Il tendit la main et je retins mon souffle en sentant son pouce le long de mon menton.

— Non, je ne suis pas prétentieux.

— Oh.

Mes joues brûlèrent, et ce n'était pas dû au soleil de printemps.

— Je… euh, je ne sais toujours pas où nous pourrions déjeuner dans le coin.

Sa main quitta ma mâchoire, laissant sur ma peau un point de chaleur qui consuma soudain toute mon attention. Ou du moins, ce fut le cas jusqu'à ce que je sente cette même main se poser au bas de mon dos avec une pression suffisante pour me guider sur le trottoir. Je pris conscience que je souriais bêtement et je baissai les yeux au sol pour cacher mon expression béate. Je me demandais ce qui se passait vraiment, mais je ne pouvais nier que cela me plaisait.

Comme promis, je lui offris le déjeuner, et même si je n'avais pas prévu de repas formel, le charmant petit pub de Mayfair où il me guida était clairement moins huppé que je m'y attendais, d'autant plus que nous passâmes commande au comptoir à emporter.

— Ta chemise était si bas de gamme que tu penses qu'elle ne vaut pas un repas complet ?

Évidemment, je savais que ce n'était pas le cas. Quand on a une sœur qui met en place des arnaques élaborées rien que pour décrocher une chambre pour la nuit, on apprend à reconnaître les habitudes vestimentaires des riches de ce monde. D'après ce que j'avais pu voir, soit Monsieur Quincy Radcliffe était un arnaqueur expert soit il venait d'une famille fortunée.

Remarquez la mention du mot *famille*. Ce n'était pas un

nouveau riche. Il y a une nette différence. Un homme qui se serait enrichi récemment aurait peut-être été poli au sujet de la chemise tachée, mais il se serait tout de même fâché. Et il se serait débrouillé pour se changer au lieu d'arborer toujours le vêtement dont la tache marron sur le torse proclamait toujours sa – ou plutôt *ma* – maladresse.

— D'abord, dit Quincy, les meilleurs plats de Londres se trouvent souvent dans les pubs. Et ensuite, j'en déduis que tu n'as jamais goûté d'œuf Scotch.

Je fronçai le nez.

— Scotch ? Hmm, je préfère le vin.

Il se contenta de ricaner avant de lever deux doigts à l'attention de l'homme derrière le présentoir.

— Fais-moi confiance, dit-il alors que je payais le montant dérisoire en échange des deux petits bateaux de papier journal.

Chacun contenait une énorme boule panée entourée de frites à la patate douce.

Je regardai le plat d'un œil dubitatif tout en le suivant vers les tables en terrasse.

— J'ai droit à un indice ?

— C'est un œuf dur, de la chair à saucisse, des miettes de pain. Le tout est frit. Autre chose ?

— Non, c'est très clair.

Je ne me considérerais pas comme une adepte de cuisine, mais indiscutablement, j'aime manger. Voilà pourquoi j'aime aussi faire du sport. Même si le verbe *aimer* est peut-être un peu exagéré.

Avec un petit couteau en plastique, je découpai la croûte pour révéler ce qu'il avait décrit. Un œuf niché dans une délicieuse couche de chair à saucisse. Je détachai un morceau que je piquai de ma fourchette jetable, puis je mordis à belles dents dans ce bout de paradis.

— Waouh !

Je couvris ma bouche avec ma serviette – lors d'un premier rendez-vous, c'était le moins que je puisse faire pour respecter les bonnes manières – et je levai les yeux vers lui.

— Et dire que je ne connaissais pas ce plaisir. Merci, tu es un être humain formidable.

— Je suis ravi de l'entendre, répondit-il avec un petit sourire.

— Non, ne le dis pas.

J'entendais presque le rire dans ma propre voix, parce que je savais *exactement* la direction qu'il prenait.

— Ne dis pas quoi ? Que je suis très heureux de t'avoir donné du plaisir ? Je n'oserais jamais être aussi direct.

— Hmm.

Je pris une autre bouchée, mais je décidai avec sagesse de garder le silence. C'était facile, car le repas était savoureux et j'avais la bouche pleine.

Malgré sa plaisanterie sur le petit-déjeuner qu'il comptait me payer le lendemain matin, je m'attendais à ce qu'il trouve une esquive. Il me dirait sans doute qu'il devait rentrer se changer chez lui avant une réunion du soir. Je ne doutais pas qu'il travaillait dans le secteur privé. Mais il n'avait jamais laissé entendre qu'il souhaitait me fausser compagnie. Au contraire, quand je lui avais annoncé que je n'étais à Londres que depuis une semaine à peine, il m'avait conseillé un bus touristique à impériale. Comme j'adorais ce genre de choses, j'avais accepté sans hésiter.

Ce ne fut que lorsque nous fûmes assis l'un à côté de l'autre sur une petite banquette à l'étage du bus que la pleine signification de sa proposition me frappa. D'une certaine manière, notre rencontre fortuite dans le parc s'était changée en véritable rendez-vous.

J'allais devoir penser à remercier les canards.

En dépit des explications intéressantes du guide, je n'appris absolument rien sur la ville. Au lieu de ça, je passai toute l'heure à flirter avec l'homme à côté de moi. Nous partagions des anecdotes sur nos vies entrecoupées de plaisanteries stupides.

— Actrice, dit-il alors que j'avais refusé de lui dire ce que je faisais en lui proposant de deviner.

— Tu es doué. La plupart des gens avec qui j'ai discuté ici m'ont prise pour une étudiante.

— Je passe beaucoup de temps à observer les gens.

— Ça fait partie de la fiche de poste d'un consultant financier international ?

J'avais tenté ma chance dans le jeu des devinettes. J'avais déduit qu'il était dans le monde des affaires et il m'avait aidée à affiner mes suggestions.

Il secoua la tête.

— Non. Disons que c'est l'un de mes talents spéciaux.

— Alors, je t'écoute. Comment as-tu deviné que j'étais une femme de scène et d'écran ?

— D'abord, l'accessoire.

Il baissa les yeux sur le sac de mon appareil photo avant de me regarder à nouveau. La conviction qui se reflétait sur son visage m'impressionnait et me faisait peur à la fois. À l'exception d'Emma, personne ne m'avait jamais percée à jour aussi clairement.

— L'accessoire ? dis-je en m'efforçant de rester désinvolte, sans succès. J'aime prendre des photos, c'est tout.

Il hocha la tête comme pour m'encourager à parler. Je

m'étais dit que j'allais orienter la conversation vers lui, mais malgré moi, je m'entendis répondre :

— Je suis nulle. Prendre des photos, c'est simple. Mais des photos artistiques ? Ou même pertinentes ? J'en suis incapable.

— En tout cas, ça te plaît.

Je secouai lentement la tête en cherchant les mots justes.

— L'idée me plaît. L'appareil me donne une excuse pour aller ici et là, pour me balader le nez en l'air.

— Pourquoi as-tu besoin d'une excuse ?

Je changeai de position sur le siège en cuir.

— Ce n'est pas nécessaire, mais j'aime bien être quelqu'un.

Ses lèvres frémirent aux commissures et je constatai qu'il réfléchissait à mes paroles. Il les analysait. Sans doute en voyait-il plus que je n'avais l'intention d'en montrer. C'était le talent spécial de Quincy.

Je m'attendais à ce qu'il me réponde par une banalité. « Tout le monde est quelqu'un », par exemple, ou autre platitude du même ordre.

Au lieu de ça, il demanda :

— Préfères-tu vraiment jouer un rôle plutôt que d'être toi-même ?

— Je…

Je m'adossai contre la banquette, choisissant de regarder le guide et non l'homme assis à côté de moi.

— Eliza ?

Je croyais que je n'avais pas envie de répondre. Qu'il creusait un peu trop pour quelqu'un que je connaissais à peine. Mais ce petit sermon mental ne me servait à rien, car j'avais l'*impression* de le connaître, et avant même que je prenne conscience de ce que je disais, je répondis :

— Je crois que je n'ai jamais été très douée pour être moi-même.

Comme ma réponse énigmatique frôlait le ridicule, j'attendis le moment de silence qui précédait généralement un brusque changement de sujet. Pourtant, ce fut tout le contraire.

— Que cherches-tu à fuir ? demanda-t-il.

La question me déstabilisa et je me trouvai à court de mots. Je me contentai de rester assise, à m'interroger sur cet homme mystérieux si perspicace. Un peu trop perspicace à mon goût.

Un silence embarrassant nous enveloppa. J'envisageai de ne pas répondre du tout, mais j'appréciais trop ce moment avec lui et je ne voulais pas le décourager. En même temps, je n'avais pas envie de lui dire la vérité. À moins que je ne connaisse pas vraiment la vérité.

Enfin, je haussai une épaule en disant :

— Est-ce que tout le monde ne fuit pas quelque chose ?

Il pinça les lèvres comme s'il réfléchissait sincèrement à la question, puis il acquiesça.

— D'après mon expérience, je dois dire que tu as raison.

Je me penchai sur le côté, heurtant son épaule de la mienne.

— Beaucoup de clients qui cachent leurs capitaux ? Le monde souterrain, mystérieux et pas très clair de la haute finance ?

— Quelque chose comme ça, dit-il, d'une voix qui me laissait comprendre que ma plaisanterie recelait plus de vérité que j'en avais l'intention.

Je voulais lui en demander plus, mais je n'étais pas certaine de pouvoir le faire. Certes, je ressentais une connexion avec cet homme, mais je ne m'y fiais pas. Pas encore. Et si c'était seulement l'euphorie de rencontrer un homme beau et charmant par une agréable journée de printemps ? Et s'il ne ressentait pas la même connexion ?

Je le pensais, mais…

Hiiiiiiiiiiiiiiii !

Mes pensées furent brutalement interrompues par un affreux larsen provenant du micro du guide.

— Désolé, nous dit-il. Au moins, ça vous a réveillés, parce que nous allons arriver dans l'un des quartiers les plus chics de Londres. Même si vous ne reconnaissez pas les noms de tous les hommes politiques et patrons, je suis sûr que vous avez entendu parler de Madonna, l'une des anciennes résidentes les plus célèbres de ce quartier huppé de Londres. Pourriez-vous en deviner d'autres ?

Quelques participants au tour commencèrent à lancer des noms de célébrités et je reportai mon attention sur Quincy.

— Alors, tu fais ça souvent ?

— Ça ?

— Inviter dans un bus à impériale des touristes que tu croises par hasard dans la rue.

— Tu me croirais si je disais que c'était ma première fois ?

Je commençai à rire, mais quelque chose m'interrompit dans son intonation.

— Oui, figure-toi.

Mon sourire était timide, et pourtant je ne suis pas une personne timide.

— Oui, ajoutai-je. Je te croirais.

Nos regards se croisèrent et si nous étions dans un film, c'est à ce moment que la musique romantique commencerait, basse au début, puis de plus en plus fort jusqu'au baiser théâtral, avec Big Ben en toile de fond, peut-être, et le soleil couchant baignant le ciel d'une lueur orangée.

J'étais tellement perdue dans mon fantasme que je fus étonnée lorsqu'il perça ma petite bulle pour me dire à mi-voix :

— C'est ici que j'ai grandi.

— À Londres ? Je m'en doutais, même si n'importe où ailleurs en Angleterre aurait... oh, attends.

J'inclinai la tête, puis je regardai autour de moi les demeures cossues qui semblaient tout droit sorties d'un film incroyable. Ou du moins, d'un film sympa. Comme la maison de ville ultra-bourgeoise où habitait la version britannique de Lindsay Lohan dans *À nous quatre*.

— Tu veux dire ici... *ici* ?

— Dans cette rue, précisément.

— Waouh, dis-je en souriant.

Apparemment, j'avais raison à propos de la famille fortunée.

— Quelle maison ?

Il hésita, puis il tendit le doigt en direction d'une imposante bâtisse blanche. Au même moment, le guide, qui avait conclu le jeu de devinettes sur les célébrités, se remit à parler :

— Mais il n'y a pas que des célébrités et des magnats des affaires. Ce quartier a aussi un côté sombre.

— Ouhouh, fis-je de cette voix que j'avais peaufinée pour un film d'horreur dans un camping de forêt. Enfin, les vrais potins.

Je m'attendais à faire sourire Quincy, mais comme il ne réagit pas, je me redressai, un peu gênée par cet accueil plutôt froid à mon sens de l'humour parfois tordu.

— Prenez la maison sur ma gauche, le numéro 806. On

dirait une maison cossue tout ce qu'il y a de plus classique. Un cadre idéal pour élever une famille, pourrait-on dire. Pour vivre une enfance insouciante et choyée.

Je me renfrognai, parce qu'il me semblait bien que le numéro 806 était exactement la maison que Quincy m'avait indiquée.

— Mais cette maison, qui est devenue célèbre parce que c'est le théâtre du meurtre de l'héritière Emily Radcliffe, a une bien sombre histoire à raconter, avec de tristes personnages. Un petit garçon terrifié. Une mère, tuée alors qu'elle tentait de le protéger. Un père disparu dans la nature, que l'on retrouve assassiné dans l'année, qui s'avère être un traître à la Grande-Bretagne *et* à la puissance étrangère qu'il servait en secret et sans remords.

À côté de moi, Quincy se raidit, les épaules en arrière et le visage indéchiffrable. Je ne savais pas si je pouvais me le permettre, mais c'était plus fort que moi. Je me penchai et entrecroisai mes doigts avec les siens. D'abord, sa main ne fut qu'un poids mort, puis ses doigts s'unirent lentement aux miens.

— Ce bus a plusieurs arrêts tout au long du parcours, dis-je à voix basse. Pourquoi ne sommes-nous pas descendus avant ? Tu devais savoir qu'il en parlerait.

— Tout le monde a une histoire, Eliza. En tant qu'actrice, tu en sais quelque chose.

— Peut-être, mais tout le monde ne raconte pas facilement son histoire.

— Tu es la première personne depuis très longtemps à apprendre cette histoire à mon sujet. Depuis Dallas. Mon ami, précisa-t-il, pas la ville. Et je la lui ai racontée il y a une éternité.

— Oh.

D'un côté, j'avais envie de lui demander pourquoi il me laissait connaître cette part sombre de son histoire. Évidemment, le guide avait mentionné le nom de Radcliffe, mais c'est un patronyme plutôt courant. S'il n'avait pas désigné la maison et s'il n'avait pas réagi au récit du guide, je doute que j'aie fait le lien.

Cependant, je ne posai aucune question. Au lieu de ça, je m'entendis lui dire :

— Je suis désolée pour ton père. Mon père... eh bien, ce n'était pas un homme très bien non plus.

Et encore, c'est un euphémisme !

— Je suis désolé.

— Je ne dis pas que c'est la même chose, bien sûr que non. C'était grave, dis-je en m'humectant les lèvres, m'efforçant d'en parler sans autoriser les souvenirs à me revenir. Mais c'était différent. Il... enfin, peu importe. Disons que... je crois que je voulais que tu saches que je comprends dans une certaine mesure.

Le bus s'était arrêté et plusieurs touristes en descendaient. Quince me jeta un œil et, sans dire un mot, nous nous levâmes et rejoignîmes l'escalier à l'avant. En arrivant sur le trottoir, nous n'abordâmes plus la question de nos pères, mais peu importe. Quelque chose d'essentiel avait changé. D'abord, la connexion entre nous avait été fulgurante comme l'éclair. Rapide, surprenante et même un peu dangereuse. Maintenant, elle me semblait douce et chaude, comme une braise à la lueur intense capable de faire prendre le feu.

Il me prit la main en silence et je lui emboîtai le pas. Nous quittâmes le quartier, empruntant de petites rues résidentielles, des passages étroits bordés de boutiques ainsi que plusieurs parcs clôturés. Le soleil commençait à descendre à l'horizon tandis que nous marchions dans les ombres projetées par les nombreux arbres longeant les rues, la lumière de fin d'après-midi tamisée par leurs feuilles.

Nous nous promenâmes pendant plus d'une heure, discutant de tout et de rien. Le genre de conversation qui se fait plutôt facilement entre de vieux amis. J'avais vraiment l'impression de le connaître depuis toujours, comme si la douleur de nos deux passés avait forgé un lien entre nous. Comme si je n'étais pas venue à Londres pour un emploi, mais pour voir cet homme.

Au bout d'un moment, nous prîmes conscience que le déjeuner remontait déjà à plusieurs heures, si l'on pouvait considérer comme tel un œuf Scotch et des frites. J'ignorais où nous étions, mais Quincy identifia rapidement les lieux, annonçant que nous nous trouvions au Marble Arch et que nous étions presque revenus à notre point de départ au parc.

— Si tu es encore prête à marcher un peu, je connais un petit restaurant indien excellent, de ce côté.

— Je ferais tout pour un bon plat indien.

— C'est noté, rétorqua-t-il, de l'humour plein la voix.

— Bien, dis-je avec audace.

Parce qu'en effet, toute cette journée s'était bien déroulée. C'était un homme bien. Et d'ailleurs, nous allions très bien ensemble.

Le dîner se passa tout aussi bien. Nous commandâmes presque tous les plats au curry du menu, que nous partageâmes, ainsi qu'une bouteille de vin. Bon, d'accord, deux bouteilles de vin, et je dois admettre que je ne fus pas la dernière à enchaîner les verres. Parce que je savais ce qui allait suivre. Je savais qu'il viendrait chez moi. Je savais que nous passerions au lit, et je savais que ce serait fabuleux.

Malheureusement, je savais aussi qu'au petit matin, tout serait terminé. Comme toujours.

— Tu fronces les sourcils. Déjà lassée de moi ?

Je ne pus qu'éclater de rire. Seul un homme sûr de lui me poserait une question pareille et je savais déjà que Quincy ne manquait pas d'assurance. Ça me plaisait. Ça m'attirait. Et même, ça m'excitait.

Pourtant, je savais pertinemment que cela ne suffirait pas à me satisfaire, même si j'espérais le contraire de tout mon cœur et de toute mon âme. J'avais envie de lui. En cet instant, j'éprouvais un puissant désir. Il me suffisait de le regarder manger – ses mouvements fluides lorsqu'il portait la fourchette à sa bouche. Les petits bruits de plaisir quand il goûtait un plat particulièrement satisfaisant. La chaleur dans ses yeux lorsqu'il me tendait sa fourchette pour me faire goûter quelque chose, comme si ce n'était pas l'ustensile autour duquel je refermais les lèvres, mais une partie bien plus intime.

Oh, oui...

J'avais envie de cet homme.

En même temps, je ne voulais pas que ça se termine. Mais ce serait une conversation vraiment gênante. *Bon, écoute, Quincy. Je suis tellement folle de toi que je ferais à peu près tout ce que tu me demanderais, mais comme ensuite ce serait terminé, je crois que nous allons l'esquiver. Ça te dit une partie d'échecs à la place ?*

Hmm, peut mieux faire.

Il ricana et je pris conscience que je venais de laisser passer un long silence après qu'il eut laissé entendre que je m'étais lassée de lui. Décidément, je ne fais pas un sans-faute ce soir.

— Désolée. Je crois que je suis fatiguée. Ou pompette.

Ou les deux. Ça fait beaucoup de vin après beaucoup de marche.

Il se pencha par-dessus la table et me prit la main. Une décharge électrique me traversa. En cet instant, je sus que j'étais la pire traînée de l'année pour le désirer ainsi, même si je savais que ça ne durerait pas. Mais c'était plus fort que moi, j'avais envie de lui. Je voulais sentir ses lèvres sur les miennes, sa queue en moi. Je voulais être enveloppée par son parfum et me perdre dans l'abandon délicieux du vin alors qu'il me murmurerait des paroles salaces à l'oreille avant de les mettre en pratique sur mon corps. Je voulais m'endormir dans ses bras et le découvrir à côté de moi au réveil. Je voulais une nuit de délice. Une nuit de passion.

Une nuit si incroyablement transcendante que même si ce devait être la dernière fois, elle me durerait éternellement, un souvenir délicieux pour pimenter mes fantasmes et me réchauffer la nuit.

Il leva une main pour demander l'addition.

— Je crois qu'il est temps de te raccompagner chez toi.

— Oui, s'il te plaît.

Mon pouls cognait jusque dans ma gorge. Bon sang, il battait même entre mes cuisses. Chaque instant qui passait m'excitait de plus en plus. C'était en partie la faute du vin – clairement mon aphrodisiaque de choix –, mais l'exquis raisin ne pouvait pas être entièrement responsable de cette aspiration sensuelle. Au contraire, elle était due à l'homme.

Un homme qui me prit la main pour me conduire avec délicatesse dans les marches étroites jusque dans la rue, où il appela un taxi.

— Je vais devoir me rappeler que tu ne tiens pas l'alcool, dit-il en glissant une main sur mes fesses.

Je me mordis la lèvre en me laissant aller, avant de

pousser un gémissement de satisfaction lorsqu'il enfouit son nez dans mon cou.

— C'est une information utile pour plus tard.

— Si c'est le genre d'information que tu veux, je vais tout te dire. Mais continue de faire ça.

— Ah, mais je n'ai pas le choix. Ton carrosse attend.

Il me contourna et je me sentis soudain perdue sans son contact. Il ouvrit la portière comme un parfait gentleman et recula, sur le point de la refermer au lieu de s'asseoir sur la banquette à côté de moi.

— Tu veux passer de l'autre côté ? Je peux me pousser.

— Tu rentres chez toi toute seule.

À ces mots, tout mon corps devint glacial sous l'effet du rejet dont il venait de me verser un seau entier sur la tête.

— Je… quoi ? Pourquoi ? dis-je en me renfrognant. Je pensais que tu me payais le petit-déjeuner. Je croyais que nous…

Je fermai la bouche. Au vu des circonstances, mieux valait éviter ce chemin-là.

— Tu croyais que j'allais rentrer avec toi. Que j'allais t'embrasser. Que j'allais t'attirer tout contre moi, au point que tes seins soient pressés contre mon torse et tes fesses bien serrées dans mes mains.

— Quincy, je…

Je décochai un regard mortifié vers le chauffeur, qui restait impassible comme la pierre, les mains sur le volant et les yeux droit devant.

— Hmm, fit Quincy en se penchant pour lui tendre un billet de dix livres. Désolé de vous faire attendre. Ça devrait couvrir le dérangement.

Puis, comme si le départ retardé était le seul élément étrange dans cette situation, il se tourna vers moi et dit :

— Ce serait avec plaisir, Eliza.

— Mais. Attends. Quoi ?

J'ignorais si c'était le vin ou la stupéfaction, mais ce qu'il disait n'avait aucun sens.

Il posa une main sur le toit et se pencha vers moi.

— Tu es dangereuse, Eliza. Toi et moi, on se ressemble beaucoup.

— C'est mauvais signe ?

— Je te l'ai dit, c'est dangereux.

— Oh, je vois, dis-je avant de déglutir.

Je m'efforçais de ne pas pleurer. Je ne le connaissais pas encore assez bien pour pleurer. Malgré ça, les larmes commençaient à se rassembler dans mes yeux.

— Eh bien, c'était... enfin, j'ai passé une bonne journée. Merci. C'était un plaisir de faire ta connaissance.

Enfoiré.

Sa bouche frémit, et pendant un moment, je craignis d'avoir ajouté cela à haute voix.

— Tu m'envoies balader ? demanda-t-il.

— Quoi ? Non. Attends... Je croyais que *tu* m'envoyais balader.

— C'est ce que tu voudrais ?

Il avait retrouvé son petit sourire.

— Non, mais tu te fiches de moi. À quoi tu joues, Quince ?

À ces mots, il éclata franchement de rire.

— Maintenant, je sais.

— Quoi ?

— Si toi et moi, nous passons beaucoup de temps ensemble, et j'espère sincèrement que ce sera le cas, je sais que j'ai des ennuis si tu m'appelles Quince.

Je penchai la tête et croisai les bras en signe d'agacement.

J'étais bel et bien agacée. Mais je me sentais aussi follement, délicieusement soulagée.

— Oui, tu as des ennuis. Il ne faut pas me faire peur comme ça. On aurait dit que tu voulais te débarrasser de moi.

— Je vais te dire ce que je veux, dit-il avant de se pencher un peu plus pour murmurer encore plus bas – mais pas au point que le chauffeur ne puisse pas nous entendre. Je ne veux pas simplement rentrer avec toi. Je ne veux pas simplement te baiser. Je veux te posséder, Eliza. Je veux que tu t'abandonnes complètement, que tu me donnes toute ta confiance.

— Je ne comprends pas. J'ignore ce que ça veut dire.

— Je crois que tu comprends très bien. Je veux le contrôle.

Il effleura mes lèvres sous son pouce.

— Je veux te prendre comme j'en ai envie. À l'arrière d'un taxi comme celui-ci. Dans ton lit. Attachée. À genoux. Je te donnerai du plaisir, Eliza. Plus que tu n'en as jamais connu.

— Tu n'en sais rien.

— Si, je le sais.

Il hésita un moment, ses yeux de braise dardés sur moi.

— Je ne peux pas te promettre de te sauver des ténèbres qui t'habitent, toi seule en es capable. Mais il y a une ombre dans ton regard et je veux pouvoir y ramener la lumière.

J'essayai de m'exprimer, mais j'en étais incapable. Ses mots… Ses promesses…

Que se passait-il réellement ?

— Je ne comprends pas.

— Dans ce cas, je vais être parfaitement précis. J'ai envie de toi. Tout entière. Pas seulement un corps dans mon lit.

J'ai envie de ta confiance, mais elle ne sera pas aveugle. Je vais la gagner. Je te le promets. En échange, le pouvoir sur ton plaisir m'appartient. C'est une responsabilité que je vais chérir. Et ça te plaira beaucoup. Capitule, Eliza, laisse tomber les faux-semblants.

J'avais la bouche sèche. Je savais que je n'aurais pas dû regarder, mais je vis bien dans le rétroviseur que le chauffeur écarquillait les yeux et restait bouche bée. Je me dis que je devais sortir de la voiture, mettre un terme à cette déclaration inattendue et complètement inappropriée.

Pourtant, je n'en fis rien.

Au lieu de quoi, je demandai :

— Pourquoi ?

Il sourit. Ce fut à ce moment qu'il comprit qu'il m'avait attrapée. Quant à moi, je ne pouvais même pas m'offusquer devant sa suffisance, parce qu'il avait raison.

— Pourquoi ? répétai-je.

En cet instant, c'était le seul contrôle que je puisse avoir.

— Parce que c'est ce que je veux. Et je crois que nous savons tous les deux que c'est ce dont tu as besoin. N'est-ce pas, mon amour ?

— Je… Je te connais à peine.

— Nous savons tous les deux que ce n'est pas vrai.

J'ouvris la bouche pour répondre, mais il posa un doigt sur mes lèvres et poursuivit :

— Je veux tout ce que j'ai dit. C'est vrai. Mais pas maintenant. Pas ce soir, alors que tu es pompette, excitée, flattée et vulnérable. Ce soir, je te demande simplement d'y penser.

— D'y penser ?

J'avais l'air d'un perroquet et je m'en voulais beaucoup.

— Demain, dit-il. La proposition tient toujours pour le petit-déjeuner.

Il désigna un petit café au bout de la rue.

— Si tu acceptes ce que je te propose, retrouve-moi là-bas à dix heures. Je t'offrirai ce petit-déjeuner, et puis nous verrons.

— Et si je n'accepte pas ?

— Je serai déçu, mais je respecterai ta décision.

Il se pencha en avant et m'embrassa sur la joue.

— Bonne nuit, Eliza. J'espère te voir demain.

Ses paroles me tourmentèrent toute la nuit. J'étais malade de désir, mais aussi, je tremblais de peur à l'idée d'être à sa merci. Je n'avais pas peur de lui, ni qu'il me fasse du mal, mais j'avais peur en comprenant que ce qu'il décrivait était précisément ce que je désirais.

J'allai le retrouver le lendemain, bien sûr. Comment aurais-je pu faire autrement ? Il avait dit que je pouvais partir, que la décision me revenait. Mais c'était faux. Enfin, plus ou moins. Il avait pris possession de moi avec ses paroles, la sensation de sa peau, ses promesses. Alors, nous partageâmes ce petit-déjeuner. Et ensuite, waouh, bien plus encore.

———

Ces souvenirs doux-amers me submergent alors que je me tiens dans la salle de bal du Hollywood Terrace et regarde Quincy Radcliffe s'avancer. L'homme à qui j'ai donné mon cœur et mon âme autrefois, ma soumission et ma confiance. L'homme qui, pendant trois mois à Londres, a occupé tout mon univers.

Je lui en avais trop révélé sur moi-même. Mes secrets, mes espoirs. Mes peurs les plus profondes et mes souvenirs les plus affreux.

Je lui avais dit des choses que seule Emma connaissait, partageant toutes les ombres de mon passé.

J'avais ouvert mon cœur et il m'avait défiée, poussée dans mes retranchements, protégée.

Il m'avait prise en main et il m'avait dépouillée de mes défenses, comme il l'avait promis. Il avait révélé des désirs et des besoins que je gardais enfouis, et dans ses bras, je me sentais moi-même, plus que je l'aurais cru possible.

Il m'avait aimée. Il m'avait choyée.

Du moins, c'était ce que je pensais.

Parce qu'une fois que je m'étais retrouvée captive – une fois que j'étais amoureuse au point de me sentir remplie de lumière –, il m'avait brisée en mille éclats.

Il était parti.

Comme ça, il m'avait tourné le dos, emportant mon cœur et mon âme avec lui.

Et cette ordure n'avait pas jeté un seul regard en arrière.

Alors, bon Dieu, que pouvait-il bien savoir de la disparition d'Emma ?

CHAPITRE CINQ

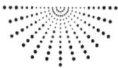

— *Q*ue je te fasse confiance ?

Les paroles de Denny résonnaient dans l'esprit de Quince alors qu'il franchissait la distance qui le séparait d'Eliza.

— *Ah oui, je te fais confiance. Mais j'aimerais encore savoir ce que tu mijotes.*

— Trop exigeante, murmura-t-il.

— *Bon sang, Quince. Je suis ton associée, pas une voisine fouineuse.*

Il posa une main sur sa bouche comme pour réprimer un bâillement.

— J'ai repéré une alliée.

Ce n'était pas tout à fait vrai. Autrefois, Eliza Tucker aurait fait n'importe quoi pour lui, mais les choses avaient changé. C'était lui qui les avait changées.

Il savait qu'il lui avait fait du mal et Dieu sait que ça l'avait bouleversé. Tout ce qu'il avait subi, chaque horreur qu'il avait endurée pendant ces dix semaines de torture n'était rien en comparaison avec la douleur dans son cœur quand il avait pris conscience qu'il ne pouvait pas retourner auprès d'elle. Il ne lui avait même pas dit au revoir de peur que...

Non.

Le moment était mal choisi, car son créneau d'action était trop limité. Denny et la force opérationnelle attendaient. Et surtout, la vie d'une fille de treize ans était en jeu.

Eliza le détestait peut-être – la plupart du temps, il se détestait lui-même –, mais elle l'aiderait. Il s'en assurerait.

Il prit une inspiration, forçant ses pensées à revenir au présent et oubliant ses sombres souvenirs, les enfermant dans les recoins cachés de son esprit. Au fil des ans, il était devenu un expert pour refouler l'enfer qu'il avait traversé. Ou du moins, il essayait de s'en convaincre. Étant donné la fréquence à laquelle le passé revenait le hanter ces derniers temps, il ne pouvait s'empêcher de se demander si ces murs ne commençaient pas à se fendiller.

— *Une alliée ? Mais qu'est-ce que...*

— Pas maintenant.

Ces mots étaient abrupts, ses lèvres remuant à peine. À présent, il était plus proche et Eliza l'avait remarqué. D'après la glace arctique de ses yeux d'un bleu intense, il comprit qu'il avait raison. Les retrouvailles n'auraient rien de chaleureux.

Une fois de plus, étant donné les circonstances, si elle ne l'accueillait pas en le castrant sur-le-champ, il aurait gagné. Dieu sait qu'il méritait bien pire.

— Monsieur Canton !

Lassiter retira sa main droite du dos d'Eliza, puis il la tendit à Quince pour une poignée de main vigoureuse.

— Vous avez l'air de passer un excellent moment.

Quince lui adressa son sourire le plus charmeur.

J. KENNER

— Vous m'avez assuré que ce serait une fête spectacu-
laire. Toutes mes félicitations. Pour cet événement, pour
cette somptueuse rénovation et, ajouta-t-il en se tournant
délibérément vers Eliza, pour les ornements plus que
charmants.

— Vous avez bon goût, dit Lassiter. Je dirais qu'elle fait
partie des plus jolies fleurs qui décorent cette pièce.

Quince connaissait le rôle qu'il était censé jouer. Avec
une lenteur délibérée, il laissa son regard l'envelopper
comme pour inspecter la marchandise. En atteignant son
visage, il s'autorisa à sourire tel un client satisfait.

Elle ne lui rendit pas son sourire et il fut étonné par la
vague de détresse qui le submergea. Pendant le moment
qu'ils avaient partagé à Londres, il en était venu à dépendre
de ce sourire de biais, aussi fiable que le soleil levant. Elle
l'apercevait de l'autre côté de la pièce et ses lèvres s'incur-
vaient avant même qu'elle ne le salue, sa fossette se creusait
et ses yeux pétillaient avec une invitation impossible à
ignorer.

Étant donné la situation, il ne devait pas s'attendre à voir
la moindre lueur dans son regard, mais si sa raison le savait,
son cœur, lui, était moins lucide.

Il s'efforça de rester neutre, redoutant que son visage ne
trahisse sa déception. Bon sang, il aurait préféré ne pas la
désirer, ne pas rêver encore à ces jours fabuleux qu'ils
avaient passés à explorer Londres – et ces nuits diabolique-
ment sensuelles qu'ils avaient passées à s'explorer l'un
l'autre.

Il avait envie de se raccrocher à ces souvenirs, de s'y
blottir quand les cauchemars l'assaillaient. Mais
comment était-ce possible alors qu'ils étaient teintés de
douleur ? Une foutue douleur sanglante contre laquelle il

se battait tous les jours. Cette douleur l'avait changé, l'avait abîmé.

Il lui avait tourné le dos pour ne pas l'abîmer, elle aussi, et il s'était juré que ce serait une rupture franche et nette pour tous les deux.

Et pourtant, il se retrouvait devant elle, sur le point de demander de l'aide à la seule femme au monde qui le détestait vraiment – et c'était mérité.

À côté de lui, Lassiter se racla la gorge et Quince prit conscience qu'il regardait toujours Eliza.

Il se tourna vers son hôte avec nonchalance. Comme s'il ne se souciait pas du confort ni des attentes des autres.

— Comme elle est avec vous, je suppose que sa clé n'a pas encore été réclamée par un autre invité ?

Il parlait d'un ton détaché, uniquement à Lassiter. Eliza était une esclave ce soir, et même si cette simple réalité lui brûlait les entrailles, il ne pouvait absolument rien y faire.

— Ah, je crains d'avoir des projets pour Bunny, dit-il.

Quincy comprit qu'il revendiquait Eliza. Lassiter ne pouvait pas lui demander sa clé – après tout, il était l'hôte de la soirée. Mais il pouvait suggérer subtilement que si Quince perturbait ses projets avec la fille, alors il ferait en sorte que le nom de Robert Canton ne figure pas sur les prochaines listes d'invités.

Apparemment, c'était efficace. Le temps qu'il traverse la salle, il avait repéré au moins trois invités qui décochaient à la fille des regards envieux. L'un d'eux, un type aux épaules carrées avec un bouc et des cheveux roux bouclés coupés court, n'avait pas détaché ses yeux d'Eliza.

Heureusement pour Quince, c'était une soirée unique et non une sauterie régulière. Il s'approcha d'elle et lui prit le poignet, effleurant de l'index le ruban rouge qu'elle y avait noué. Pourquoi portait-elle ça ? Coïncidence ? Probablement. Mais peut-être qu'un reste d'affection s'attardait encore sous la haine ? Le signe que, même si elle ne lui pardonnait rien, il y avait peut-être quelques souvenirs qu'elle chérissait ?

Au bout d'un moment, elle dégagea sa main. Elle croisa son regard, comme pour le défier silencieusement d'oser critiquer son comportement.

— Nous nous sommes déjà rencontrés quelque part, elle et moi, dit-il en s'adressant directement à Lassiter. Londres, peut-être. Non, c'était Paris. Dites-moi, Scott. Connaissez-vous Sir Jonathan Semple ?

Le visage de Lassiter répondit à sa place et Quince n'en fut pas surpris. Semple était un authentique connard britannique qui avait passé toute sa vie à enchaîner les fêtes, dépensant son héritage monumental en alcool et en femmes. Il avait tendance à acheter la loyauté de ses amis en leur offrant des femmes, également.

Quince avait infiltré l'une des fêtes de Semple lorsqu'il travaillait au MI6, mais c'était bien avant sa rencontre avec Eliza. La mention du nom de Semple n'était rien de plus qu'un camouflage.

Eliza et lui étaient allés à Paris, cela dit. Un vendredi, sur un coup de tête, ils s'étaient rendus à la gare Saint-Pancras, ils avaient acheté deux billets pour le jour même et ils étaient partis à Paris par le tunnel sous la Manche. Ils avaient trouvé un petit hôtel sur *la Rive Gauche* et ils avaient passé un week-end entre leur lit et les rues et boutiques de la ville lumière.

Comme elle affirmait que seuls les souvenirs comptaient, elle avait refusé tous ses cadeaux à l'exception d'un bouquet de roses et d'une édition reliée du *Petit Prince*.

— Emma me le lisait, lui avait-elle dit. J'ai toujours voulu apprendre le français pour pouvoir le lire dans la langue originale.

Quant aux roses, elles étaient restées dans la chambre d'hôtel jusqu'à leur retour à Londres et ils avaient laissé les fleurs encore magnifiques à la femme de chambre. Mais il avait pris le ruban qui nouait les tiges et le lui avait attaché au poignet. Il ne savait pas trop pourquoi, sur le moment, si ce n'est un besoin primitif de marquer son appartenance. Elle avait refusé qu'il lui offre un bracelet Cartier en diamants et saphirs, et il avait cru qu'elle se moquerait de son ruban et qu'elle le quitterait lorsqu'ils partiraient à la gare.

Mais elle l'avait gardé. D'ailleurs, elle le portait en permanence.

Il était toujours à son poignet le jour où il l'avait revue. Où il l'avait revue sans qu'elle le sache.

Il l'avait aperçue de l'autre côté de la rue et son cœur s'était serré en la voyant. Il avait failli l'aborder. Mais comment aurait-il pu ? Il ne serait plus jamais cet homme qui donnait des rubans rouges à Paris. Cet homme était peut-être un peu abîmé et brut de décoffrage, mais au fond, il était entier.

L'homme qui l'avait observée en silence était brisé. À l'intérieur et à l'extérieur. Et les éclats de son âme la réduiraient en pièces.

Il l'avait épiée, caché dans l'ombre. Il s'était lamenté sur tout ce qui aurait pu se passer.

Puis il était parti.

Et en arrivant enfin dans la petite chambre aseptisée fournie par le gouvernement, où il logeait provisoirement, il avait pleuré.

Aujourd'hui, il n'avait pas le luxe de tourner les talons.

Peu importe s'il souffrait ou la faisait souffrir, Denny et lui avaient besoin d'aide. La princesse avait besoin d'aide. Toutes les victimes tourmentées de Corbu avaient besoin d'aide.

Et Eliza était la seule vers qui il puisse se tourner.

— Bunny et toi, vous vous êtes croisés dans une fête de Semple ? fit Lassiter. Quelle coïncidence épatante.

— Le monde est petit, dit Quince en affichant son sourire le plus charmeur. À l'époque, je crois qu'elle voyageait à travers tout le continent. Si je me souviens bien, elle valait amplement le temps que j'ai passé avec elle.

Il frotta ses doigts pour suggérer un prix élevé. Mais naturellement, ni Robert Canton ni Lassiter ne manquaient de raffinement au point de parler du prix d'une fille à haute voix.

Sous le regard sévère de Lassiter, Quince prit la main d'Eliza, s'efforçant de ne pas réagir au souvenir viscéral qui l'envahit à la sensation de sa peau douce et chaude.

— C'est un plaisir de te revoir, Bunny.

L'expression d'Eliza demeurait immuable, mais elle tourna la main et l'ouvrit afin de montrer à Lassiter la clé en laiton ouvragée déposée dans sa paume.

— J'ai mes habitudes, dit Quince. Une fois que je trouve quelque chose qui me plaît, j'en prends possession.

— C'est une politique très sage, Monsieur Canton.

Lassiter semblait parler entre ses dents, son désir pour Eliza aux prises avec son devoir en tant qu'hôte.

Son sens du devoir finit par avoir le dessus.

— Va avec Monsieur Canton, Bunny.

Il lui donna une tape sur les fesses et Quince réprima l'envie de lui décocher un crochet du droit en pleine mâchoire.

— Fais-lui passer une bonne soirée.

— Bien sûr, Monsieur Lassiter.

Sa voix était aussi suave que dans ses souvenirs, forte et musicale à la fois. Une voix faite pour la scène. D'ailleurs, il se demandait ce qu'il était advenu de sa carrière d'actrice. Il s'était renseigné au fil des ans et il savait qu'elle travaillait régulièrement. Alors, pourquoi jouer maintenant dans les fantasmes sexuels de types louches au lieu de jouer du Shakespeare ? La question pesait lourdement dans son ventre, surtout en sachant ce qu'il savait à son sujet. Était-elle ici simplement en tant que solution pratique pour une dette ingérable ? Ou y avait-il un besoin plus sombre sous la surface ? Un vide qu'elle essayait de remplir, aussi désespérément que dangereusement ?

Il avait envie de savoir. Et surtout, il avait envie de l'aider.

Mais ce n'était pas le moment.

— Avec moi, dit-il, soulagé qu'elle vienne facilement, presque impatiemment.

— Alors, qu'as-tu à me dire ? demanda-t-elle à mi-voix une fois qu'ils furent hors de portée d'oreille.

Lui dire ? Lui dire quoi ?

Ce qu'il faisait ici ? Pourquoi il l'avait quittée ?

Mille questions lui brûlaient le cerveau, mais il n'avait pas le temps de les examiner. Pour l'heure, tout ce qui comptait, c'était de l'emmener dans sa chambre et de mettre ses mains en position sur ce relais.

— *Il semblerait que tu bouges*, lui chuchota Denny à l'oreille. *Tousse pour confirmer.*

Il toussa.

— *Donne-moi des nouvelles dans trois minutes. Va dans la chambre.*

Il ne prit pas la peine de répondre, cette fois, mais il accéléra le pas. Les talons d'Eliza cliquetaient à côté de lui.

— Quin... je veux dire, *Robert*.

— Nous parlerons dans ma chambre.

Ils avaient atteint l'ascenseur, devant lequel plusieurs couples se pelotaient en attendant. Il passa un bras autour de sa taille et, pendant un moment, il se perdit dans le souvenir de ses courbes souples, de la façon dont leurs corps s'agençaient l'un à l'autre comme s'ils étaient deux moitiés d'un même tout.

Puis elle se crispa et l'illusion vola en éclats. À présent, il n'était tout en angles émoussés et il lui manquait des pièces. Ils étaient peut-être harmonieux autrefois, mais c'était une époque révolue.

Les portes coulissèrent et ils suivirent les autres couples dans la cabine aux parois en miroirs. Il distinguait leurs reflets. Les hommes en proie au désir, les femmes qui les chauffaient. Pour elles, il le savait, seule la paye avait un intérêt, mais c'était impossible à voir d'après les images dans le miroir. Chacune sortait le grand jeu dans une performance digne d'un Oscar – et personne dans cet ascenseur ne prêtait attention à lui ou à Eliza.

Dieu merci.

La cabine descendit au troisième étage et ils sortirent en même temps que deux autres couples qui tournèrent dans la direction opposée. Quince n'avait pas lâché la taille d'Eliza de peur qu'elle dise ou qu'elle fasse quelque chose qui risquerait d'attirer l'attention, mais elle coopérait docilement. À l'évidence, elle semblait tout aussi impatiente que lui de rejoindre la chambre. Elle voulait une explication, et il la lui donnerait – il lui devait bien ça.

Mais ce ne serait pas avant de réaliser la mission. Ce serait une motivation, ou bien un payement.

Quoi qu'il en soit, c'était une promesse. Parce qu'un coup d'œil sur l'écran analogique de la Patek Philippe lui confirma ce qu'il savait déjà : le temps pressait.

Les lumières de la ville illuminaient le couloir, se déversant par la baie vitrée encadrée d'une gravure géométrique finement ouvragée. Il y avait une fenêtre similaire dans sa chambre, en face du lit king-size. Et cette fenêtre était pratique à deux égards. D'abord, elle offrait à Denny l'accès à l'escalier de secours qui conduisait au niveau de la rue, lui permettant de traverser Hollywood Boulevard pour rejoindre l'immeuble de bureaux de l'autre côté. Selon le plan initial, elle devait mettre en place le transmetteur, puis retourner dans sa chambre et opérer le relais, l'ajuster pour capter toute variation dans l'alignement afin que le signal qui passerait par la fenêtre soit bien capté, puis transmis à l'intérieur du bâtiment. Dans le bureau de Lassiter.

À présent, bien sûr, elle devait stabiliser le transmetteur. Eliza allait devoir jouer le rôle d'intermédiaire et s'assurer que l'indicateur du relais reste en zone verte afin qu'il puisse réussir sa mission en bas.

Un sacré risque, mais il n'avait pas le choix.

Une fois dans la chambre, il sortit sa clé magnétique, une carte carrée. La clé en laiton que Quince avait donnée à Eliza n'était que pour la beauté du geste – il l'avait essayée par curiosité et il s'était rendu compte que non seulement elle n'ouvrait pas la porte, mais que la porte ne pouvait pas être déverrouillée de l'intérieur sans clé magnétique. Apparemment, les hommes qui venaient chercher une compagne pour la nuit s'assuraient qu'elle ne prenne pas ses jambes à son cou avant qu'ils en aient terminé avec elle.

Quince utilisa la clé et ouvrit la porte, invitant Eliza à passer devant lui.

Dès l'instant où la porte se fut refermée derrière eux, elle fit volte-face.

— Pourquoi as-tu insisté sur le ruban rouge ? Tu ne pouvais pas savoir que c'était moi. Tu savais que c'était Emma ?

Il la dévisageait en essayant, sans succès, de comprendre le sens de ses mots. Tout ce qu'il saisissait, c'était *Emma*. Mais il ignorait que la fête de ce soir ou le ruban avaient un quelconque rapport avec sa sœur. Et en cet instant, il n'avait pas le temps de s'en soucier.

— Eliza, je ne…

— *Non.*

Elle leva les mains au ciel avant de les plaquer violemment sur son torse. Ce geste était tellement inattendu qu'il n'eut pas le temps de compenser et il tituba en arrière, atterrissant contre la porte dans un bruit sourd.

— Bon Dieu, mais qu'est-ce que…

— Oh, non, Quincy ! Je te défends de jouer avec moi.

— *C'est elle, Eliza ?*

La stupeur dans la voix de Denny résonna dans sa tête. De tous ses amis, Denny était la seule à qui il avait confié son passé. À qui il avait parlé d'Eliza et de ce qui s'était passé. Pas tout – Seigneur, il ne s'autorisait même pas à y penser lui-même –, mais il lui en avait dit bien assez. Et il la connaissait assez bien pour savoir qu'elle était à la fois curieuse et compatissante.

Mais surtout, elle allait s'inquiéter pour la mission.

Une pensée qu'elle exprima dans son commentaire suivant :

— *Tu verras ça plus tard, Q. L'heure tourne.*

— Je sais, lâcha-t-il.

— Alors, parle-moi, insista Eliza en parlant par-dessus les pensées dans son esprit et les jurons de Denny à son oreille. C'est toi qui m'as contactée, après tout.

— Merde.

Il avait prononcé ce mot les dents serrées tout en s'emparant du poignet d'Eliza. D'un mouvement preste, il la retourna. À présent, ils avaient complètement changé de positions. Elle se retrouvait dos contre la porte et c'était lui qui la bloquait.

Il avait une main sur son poignet, qu'il serrait au-dessus de sa tête. L'autre lui tenait le coude, tout aussi fermement plaqué contre la porte. Dans cette position, ils n'étaient qu'à quelques centimètres l'un de l'autre. Ils étaient intimement rapprochés et il pouvait ressentir sa peur – sa fureur – qui brûlait en lui.

Il mesurait une bonne tête de plus qu'elle et il avait les yeux baissés vers son visage incliné. Le regard d'Eliza brûlait comme une flamme bleue et il sentait presque son esprit tourner à plein régime.

— Lâche-moi.

Il l'ignora.

— Je ne sais pas pourquoi tu es ici. Je ne sais pas ce qui te fait dire que je connais quelque chose sur ta sœur. Je sais que tu me détestes et je ne peux pas dire que je t'en veuille.

Il vit une lueur dans ses yeux en même temps qu'une ombre sur son visage. Il n'en tint pas compte.

— Nous pouvons parler. Je t'aiderai si je peux. Mais pour le moment, c'est toi qui vas m'aider. Ce n'est pas une question. Ce n'est pas une demande. Je manque de temps et j'ai besoin de toi.

Elle lui cracha au visage.

Réellement, un vrai crachat, en pleine figure.

— *Six minutes. Tu as six minutes pour entrer dans le bureau et te connecter.*

Merde. C'était deux étages plus bas et il devait encore entrer par effraction dans le bureau et allumer l'ordinateur.

— Je suis vraiment désolé, Eliza.

Elle écarquilla les yeux et ses lèvres s'entrouvrirent, pour cracher à nouveau, peut-être, ou pour lui demander ce qu'il voulait dire.

Il n'attendit pas de le savoir avant d'ajouter :

— Mais j'ai besoin de ton aide.

— Que… commença-t-elle.

Il interrompit sa question en l'entraînant à l'écart de la porte. D'un geste fluide, il la retourna et la jeta sur le lit. Elle lâcha un cri et commença à se lever, mais il ne lui en donna pas l'occasion.

Il passa à l'action, grimpant sur le lit et enfourchant sa taille avant qu'elle ait le temps de réagir. Puis il se pencha en avant, sortit de la table de chevet une paire de menottes roses en fourrure et se contenta de lui dire :

— Fais-moi confiance.

CHAPITRE SIX

— C'est quoi cette histoire, Quincy ?

Il tient des menottes à fourrure rose dans une main et, de l'autre, il m'agrippe le bras. D'un mouvement rapide et efficace, il attache la menotte autour de mon poignet gauche.

— Que je te fasse confiance ?

Je donne des coups de pied en essayant de le repousser, mais ses genoux sont bien serrés autour de ma taille, comme si j'étais un taureau de rodéo et lui un cow-boy intrépide.

— J'ai essayé, tu te souviens ? Et ça n'a pas très bien marché pour moi.

L'autre menotte dans sa main, il se penche vers l'un des barreaux métalliques de la tête de lit propice aux parties de jambes en l'air. Ses hanches s'avancent lorsqu'il se penche et j'en profite pour faire rebondir mes fesses sur le matelas avant de prendre mon élan pour tenter de le repousser.

Ça ne fonctionne pas. Le seul effet, c'est qu'il perd l'équilibre et tombe sur moi, écrasant ma poitrine tout en me coupant le souffle.

Pendant un moment, il s'attarde là, les lèvres entrouvertes, le souffle court. Ses yeux sont rivés aux miens, ses pupilles dilatées. Je vois son pouls palpiter dans ses tempes et je sens son eau de toilette. Il me fait toujours le même effet. Mes muscles finissent par capituler, à cause de ce parfum familier que j'associais autrefois à un sentiment de sécurité, de plénitude et d'amour.

— Quincy, gémis-je.

Au même moment, j'entends un déclic clair et net, et il se redresse, enfourchant de nouveau mes hanches dans une position qui serait intime si elle ne me rendait pas folle de rage.

Merde, merde, *merde*.

Je tire le bras, mais une grimace m'échappe quand je constate qu'il reste tendu au-dessus de ma tête.

— Je jure devant Dieu, Quincy, que je vais…

— … faire exactement ce que je te dis, conclut-il. Parce que je n'ai pas le temps de me disputer ni de te donner des explications.

Il prend mon autre main, et cette fois, je perds mon calme. Je me débats et je hurle en me trémoussant, grondant comme un animal. Je suis moins *effrayée* que troublée, contrariée et frustrée. Je suis venue chercher des indices sur la disparition d'Emma. Je n'imaginais pas rencontrer Quincy et sa présence m'a complètement déstabilisée.

En dépit de mes contorsions, il m'attrape le poignet. Je n'étais pas de taille contre lui quand j'étais entièrement libre, et comme je suis attachée au cadre de lit, ma résistance est aussi ridicule que futile. Je suis à peu près certaine qu'il y a une autre paire de menottes dans ce tiroir et que bientôt, je serai écartelée sur ce foutu lit.

Cette pensée propage un frisson d'excitation à travers moi et cette réaction, plus que tout ce qu'a pu faire Quincy ce soir, me met hors de moi.

— Je te jure que si tu m'attaches la main droite, tu as intérêt à me laisser ici pour toujours, parce que je t'arracherai les couilles avec mes dents.

— Comme c'est inventif, raille-t-il. Non, je ne te menotte pas.

Il ponctue cette déclaration surprenante en sortant de sa poche un dispositif de la taille d'un téléphone portable, qu'il me fourre dans la main droite. Il referme mes doigts autour, puis il les maintient en place. J'ai mon pouce sur un bouton et je découvre un petit écran sur lequel une petite aiguille vibre, indécise. L'aiguille croise une ligne, rouge des deux côtés et verte au milieu. Elle penche vers le rouge.

— Appuie, me dit-il. Maintiens l'aiguille dans le vert.

— Et pourquoi ferais-je ce que tu me demandes ?

— Eliza, s'il te plaît.

Il dépose un tendre baiser sur mon front et je suis tellement surprise que mon contrôle flanche. Je sens des larmes me piquer les yeux.

— Si le temps que nous avons passé à Londres signifie quelque chose pour toi, alors s'il te plaît, fais ça pour moi.

J'ai envie de lui demander pourquoi, de lui demander ce qu'il prépare. J'ai envie de savoir… oh, et puis zut. La situation est tellement étrange que je ne sais même pas quoi demander. Tout ce dont j'ai la certitude, c'est que je ne comprends rien. Si ce n'est qu'il ne semble rien savoir au sujet d'Emma.

Il a quitté le lit et détale en direction de la porte.

— Tu m'*abandonnes* ?

Il pose une main sur son oreille avant de pousser un juron à mi-voix.

— Le temps presse. N'oublie pas, elle doit rester dans le vert. La vie d'une petite fille est en jeu, El. Et elle n'a pas une Emma pour la surveiller comme tu l'as fait. S'il te plaît.

Avant que je puisse reprendre mon souffle, il a disparu et je reste attachée sur un lit, avec un foutu machin dont l'aiguille penche dangereusement vers le rouge.

Pendant une fraction de seconde, j'imagine jeter l'appareil de l'autre côté de la chambre.

Je ne le fais pas.

J'ignore dans quelle affaire Quincy se retrouve englué et je ne lui accorde aucune confiance. Mais alors que je suis allongée et menottée au lit, je prends conscience d'une chose essentielle : je le crois.

Je sais autre chose. Je n'ai jamais vraiment connu le vrai Quincy Radcliffe. Parce que l'homme qui m'a menottée à ce lit avant de sortir en trombe n'est pas consultant financier. Plus maintenant. Et sans doute jamais.

J'ai passé trois mois de rêve dans un pays étranger à tomber amoureuse d'un homme qui n'était qu'un fantôme. Qui n'existait pas réellement. Et bon sang, je suis incapable de déterminer si je me sens mieux ou pire.

———

Je n'ai pas de montre et l'heure n'est indiquée nulle part dans cette chambre, alors j'ignore combien de temps s'écoule pendant que j'appuie et ajuste, appuie et ajuste. Ce n'est pas très difficile, mais je me concentre attentivement, non seulement parce que Quincy m'a dit que c'était important, mais également parce que ces ajustements mineurs occupent mon esprit, ne laissant qu'un peu d'espace mental disponible pour me demander ce qu'il fait et qui il est vraiment.

Je me suis focalisé sur la vue d'ensemble, bien sûr. Soit il fait partie des forces de l'ordre, soit il est dans les renseignements. C'est peut-être évident pour tout le monde, mais je tombe des nues, comme si je venais de recevoir un énorme panneau rouge sur la tête. Quelle idiote ! Après tout, ma sœur a trempé jusqu'au cou dans le monde des services secrets pendant plus de dix ans et elle a été détective privée pendant plus longtemps encore. Au début c'était sa couverture pendant qu'elle travaillait pour le gouvernement, puis c'est devenu son emploi à plein temps après son départ de l'agence.

J'ai même travaillé à temps partiel dans son bureau, à noter les mauvais payeurs sur son ordinateur, à classer les documents et à saisir les comptes-rendus clients pour Lorenzo et elle.

Alors, oui. Je devrais connaître les signes. Et ils clignotent au néon en ce qui concerne Quincy.

À moins que ce ne soit un maître arnaqueur et qu'il ait évoqué l'adolescente parce qu'il est doué pour le mensonge et la manipulation.

Si tel est le cas, je peux le haïr de nouveau.

Si c'est un espion… eh bien, je me demande s'il l'était déjà à Londres. Et dans ce cas, si c'est pour cette raison qu'il a disparu. Une mission qui a tourné court ?

C'est cohérent et ça me plaît mieux que la théorie alternative, à savoir qu'il s'est lassé de moi et qu'il est parti.

Mais je me demande tout de même pourquoi il n'est pas revenu me voir en rentrant à Londres. Parce que je sais qu'il est rentré. Je l'ai vu. La veille de mon retour à Manhattan, j'étais désœuvrée. D'un côté, j'avais hâte de rentrer chez moi et de me couper des souvenirs qui rôdaient dans tous les coins, et d'un autre, je voulais me raccrocher au temps passé avec Quincy. Je n'en revenais toujours pas qu'il puisse avoir disparu comme ça, du jour au lendemain. Il était là, à me caresser dans mon intimité et à me dire qu'il m'aimait, et l'instant d'après, il était parti.

Ce n'était pas logique. L'homme que je connaissais, l'homme à qui j'avais confié mes secrets les plus enfouis et mes désirs les plus intimes, ne pouvait pas être du genre à me causer un tel chagrin. Au contraire, ces mois passés avec Quincy avaient été un baume pour mon âme. Non seulement il m'avait guérie, mais il m'avait aidée à découvrir des parties de moi-même que je gardais secrètes depuis l'enfance. Je n'ai jamais compris sa trahison. Parce que s'il m'avait vraiment quittée – s'il était délibérément parti sans contact ni explication –, alors c'était une trahison. De la pire espèce.

Il était parti un vendredi pour, soi-disant, un week-end rapide.

— Je dois amadouer le client. Jouer le jeu social, serrer des mains.

J'avais compris. Dans le métier d'acteur, il est primordial d'entretenir son réseau. Je pensais qu'il en allait de même dans le monde de l'entreprise. Je m'attendais à ce qu'il revienne lundi, mais mardi je commençais déjà à m'inquiéter. Il ne m'avait pas appelée et ne m'avait envoyé aucun message pendant son absence, même si c'était bien compréhensible. Il était occupé. Les tarifs à l'international étaient hors de prix, et ils se trouvaient dans la campagne chinoise, où le service laissait à désirer.

Telles étaient les justifications qui m'étaient passées par la tête le mardi et le mercredi. Le jeudi, je composai le numéro d'Emma pour qu'elle me rassure, avant de raccrocher aussitôt en me disant que j'étais un bébé. Vendredi, j'étais officiellement sur les nerfs. Cette fois, je laissai sonner le téléphone de ma sœur. Elle me dit de ne pas m'inquiéter. Ce n'était rien, sans doute, et il reviendrait avec des excuses et des cadeaux. Je fus apaisée le temps du week-end, mais le lundi, j'étais dans tous mes états.

J'essayai de reporter l'appel. Je me disais qu'il était tombé malade. Il rattrapait le travail en retard. Il était en Suisse, à compter de l'argent sur un compte crypté. Ce n'était peut-être pas très réaliste, mais étant donné que je ne savais pas en quoi consistait son métier, je n'avais rien trouvé de mieux. Pourtant, rien ne me satisfaisait et je finis par appeler son bureau à huit heures précises.

Il m'avait donné sa carte après notre premier véritable rendez-vous – celui qui avait commencé par le petit-déjeuner et qui s'était terminé trente-six heures plus tard.

— Au cas où tu chercherais quelqu'un d'expérimenté dans la gestion financière des entreprises multinationales.

— Oh, c'est très pratique, tu as raison, avais-je dit avant de la ranger dans ma poche de derrière.

Je n'en avais jamais eu besoin depuis. Après tout, nous étions constamment ensemble !

Je m'étais convaincue qu'il était toujours à l'étranger – *avais-je mal compris ses dates ?* – et je faillis m'excuser quand la réceptionniste répondit au téléphone.

— Excusez-moi de vous déranger, je sais qu'il est sans doute encore en Chine, mais j'essaie de joindre Quincy Radcliffe. Est-il…

— Un instant, s'il vous plaît.

La voix de femme, nette et efficace, fut aussitôt suivie par une musique d'attente, classique et apaisante. Tant mieux, parce que sa réaction m'avait étonnée, et qu'en effet, j'avais bien besoin d'être tranquillisée.

Que voulait-elle dire ? Qu'il était juste là, dans son bureau ? Qu'il avait flirté avec elle le matin même ? Que nous ne sortions ensemble que depuis trois mois, et que même si ce moment avait été magique, je ne devais pas m'emballer ?

— Ici Andrew Donovan. Comment puis-je vous aider ? Allô ?

— Je... quoi ? Oh.

Je clignai des paupières avant de prendre conscience que je venais de poser mon téléphone. J'enclenchai le haut-parleur.

— Je suis là. Excusez-moi. J'essaie de contacter Quincy Radcliffe.

— À qui ai-je l'honneur ?

— Je m'appelle Eliza Tucker. Je suis sa... Enfin, disons que nous sommes sortis ensemble, puis il est parti en voyage d'affaires et...

Je m'interrompis brusquement pour me racler la gorge. Quelle idiote !

— Je suis sans nouvelles et je m'inquiète un peu.

— Je vois. Eh bien, je suis désolé de vous annoncer que Monsieur Radcliffe a décidé de se faire muter à notre bureau de Taipei.

Mes genoux se liquéfièrent et je me laissai glisser le long du mur.

— Je vois.

Je ne voyais pas du tout. Je ne voyais absolument rien.

— Euh, pouvez-vous me donner son nouveau numéro au travail ? J'ai essayé son portable, mais…

— Je regrette, mais tous nos appels clients sont transférés par notre standard.

— Oh, bon, très bien. Dans ce cas, transférez mon appel. Quelle heure est-il à Taipei ?

— Désolé, nous ne transférons que les appels de clients.

— Mais je…

— Veuillez nous excuser de ne pas pouvoir vous aider davantage.

— Mais…

— Je vous souhaite une bonne journée, Mademoiselle Tucker.

Sur ce, il raccrocha et je lançai mon téléphone de l'autre côté de la chambre, le brisant en mille morceaux.

Je m'en fichais éperdument. J'étais trop assommée pour y prêter attention.

Pendant trois jours, je ne fis que dormir.

Le quatrième jour, je me dis qu'il avait dû lui arriver une tuile monumentale au travail. Sa carrière était peut-être en jeu, et bien sûr, il avait d'autres chats à fouetter que de penser à m'appeler. Cela faisait bientôt deux semaines qu'il était parti maintenant. Il avait certainement laissé un message sur mon répondeur.

Évidemment, je ne pouvais pas le consulter à cause de mon téléphone.

Le remplacement s'avéra compliqué, car je n'étais pas au pays, mais grâce à Emma et à DHL, un nouveau téléphone rechargé avec toutes mes informations arriva à mon appartement londonien. Entretemps, j'avais appris à consulter ma messagerie vocale à distance – toujours rien –, mais j'espérais encore recevoir une demi-douzaine de textos dès que je capterais le signal.

Nada.

Pas étonnant. Mon ordinateur aussi pouvait recevoir des messages, après tout, et Quincy connaissait mon adresse e-mail.

Alors, je retournai au lit, dans mon cocon d'oreillers et de couvertures, armée de cinq télécommandes et de toute une variété de chips et de biscuits anglais, même si les marques américaines me manquaient atrocement.

Pour information, j'en avais fini avec Londres, fini avec Quince, fini avec les hommes.

Je serais rentrée directement à Manhattan si j'avais eu un endroit où aller. En attendant, je choisis de me morfondre en alternant le sommeil, les films d'action – surtout *pas* de romance – et les grignotages intempestifs.

Trois jours plus tard, je me réveillai pour découvrir Emma qui me caressait les cheveux.

— Tu as besoin d'une douche, me dit-elle.

— Contente de te voir, moi aussi.

Je me hissai sur les coudes en clignant des yeux. Elle avait allumé et je fis la grimace, les globes oculaires trans-percés par un million d'aiguilles minuscules.

— Comment es-tu entrée ?

Elle haussa les sourcils avant d'éluder la question par un geste évasif.

— Oublie que je t'ai demandé ça.

Emma avait commencé à travailler le crochetage de serrure quand j'avais quatre ans et elle onze. C'était l'année où notre père s'était mis à nous enfermer dans la réserve. Dire aujourd'hui qu'elle a un talent fou, ce serait encore trop faible. Emma regorge de talents. Pour la plupart, je ne suis pas censée les connaître. Elle m'a fait jurer de garder le secret le jour où tout a changé entre nous. Le jour où son arrestation pour meurtre est partie en fumée et où elle s'est vu attribuer une bourse pour l'Université de Pepperdine.

La vie de ma sœur semble tout droit sortie d'un film d'action, mais pour moi, elle reste mon Emma. Une sœur, une mère, une amie. Nous ferions tout l'une pour l'autre, et notamment protéger mutuellement nos secrets.

— Tu n'étais pas obligée de venir, lui dis-je.

— Ne sois pas bête.

Ensuite, ma sœur fit ce qu'elle avait fait toute ma vie. Elle me tira des griffes de l'enfer. Elle me protégea. Elle me rendit ma force.

Une telle force que pendant mes derniers mois à Londres, je parvins à me convaincre que Quincy ne m'avait pas détruite. Que les moments passés ensemble avaient été un divertissement agréable, certes, mais rien de plus. Une exploration sexuelle, plusieurs centaines d'orgasmes explosifs et un tout nouveau degré de conscience de soi au bénéfice de votre dévouée.

Ce n'était pas une mauvaise chose qu'il ait disparu. Bientôt, il me faudrait retourner aux États-Unis. Au contraire, c'était bien pratique. Pas d'adieux désagréables, pas d'efforts voués à l'échec pour essayer de trouver une place à cette amourette de vacances dans une vie qui ne convenait pas.

Du moins, c'était le mantra que je me répétais tous les jours. Alors que mon séjour à Londres touchait à sa fin, je commençai même à y croire.

Jusqu'au dernier jour, quand l'idée m'a prise de passer à son bureau.

Je me rappelle avoir poussé un soupir en entrant dans le hall sans autre but que de reposer un peu mes pieds. Je restai assise à consulter mon téléphone, et quand je levai les yeux, il était là.

Il ne m'avait pas vue. Non, il se trouvait au café du hall d'entrée, commandant probablement un double expresso, ce qu'il faisait tous les jours en dépit des traditions britanniques. Je lui en avais fait la remarque, un jour. Les Anglais n'étaient-ils pas censés boire du thé ?

Je commençai à me lever du banc : *il était là, il était de retour.*

Mais alors, la réalité me frappa de plein fouet. *Il était là, pourtant il ne m'avait pas appelée. Il n'avait pas laissé de message. Il n'avait absolument rien fait.*

Peut-être avait-il une famille cachée, ou peut-être pas. Peut-être était-il basé à Taipei à présent, ou peut-être pas.

Je n'en savais rien. Je m'efforçai de me dire que cela m'était égal.

Parce qu'en fin de compte, Quincy Radcliffe était parti. Et en rentrant, il n'était pas revenu auprès de moi.

————

Le cliquetis de la serrure me tire de mes souvenirs et je tourne les yeux vers la porte en poussant un soupir de soulagement. J'ai envie de refiler la responsabilité de ce gadget, puis je veux m'en aller, loin de Quincy et des souvenirs brutaux qui ne cessent de m'assaillir.

Et surtout, je dois retourner à la case départ. Parce que si Quincy n'est pas Monsieur X, alors ça veut dire que Monsieur X n'est jamais venu à la fête et que je ne suis pas plus avancée dans la recherche de ma sœur.

— Enfin, dis-je en voyant la porte pivoter sur ses gonds. Prends ton machin et...

Lorsqu'il entre, je reste sans voix.

Ce n'est pas Quincy.

Cet homme a les cheveux roux, bouclés et courts. Son visage est trop large et ses yeux trop petits. Il porte des lunettes sur son nez bulbeux et ses lèvres sont excessivement blêmes. Quand il prend la parole, on dirait qu'un trou béant s'ouvre sur son visage.

Instinctivement, je recule sur le matelas jusqu'à ce que mon dos soit plaqué contre la tête de lit. Mon bras menotté est tordu à un angle désagréable tandis que ma main libre agrippe le gadget comme si ma vie en dépendait.

— Tu es une femme bien difficile à trouver.

C'est un homme si laid que sa voix mélodieuse, presque douce, m'étonne.

— Je… je ne savais pas que vous me cherchiez.

En prononçant ces mots, je comprends mon erreur. Je l'ai remarqué en train de m'observer lors de la fête, mais je ne lui ai pas vraiment prêté attention. Après tout, il ne m'a jamais approchée et n'a fait aucun commentaire sur le ruban noué à mon poignet. Je le prenais pour un invité comme un autre qui évaluait la marchandise.

— Vous, dis-je en baissant les yeux vers l'appareil pour appuyer sur le bouton afin de maintenir l'aiguille dans le vert. Vous êtes Monsieur X.

Je me détends un peu. Après tout, c'est l'homme que je suis venue rencontrer.

— Pourquoi vous n'êtes pas venu me voir ? Nous aurions pu…

Mes paroles sont brusquement interrompues par mon hurlement lorsqu'il bondit sur le lit, me tire les cheveux en arrière et appuie la lame d'un couteau sur ma gorge. Je m'immobilise, glacée jusqu'aux os. Son visage se trouve juste devant le mien et je ne vois absolument rien d'humain dans ses yeux.

J'entends un léger miaulement et je me rends compte qu'il émane de moi.

— Où est-elle ?

J'ouvre la bouche, mais elle est trop desséchée pour parler. De toute façon, je ne sais pas quoi dire. Il ne peut pas parler d'Emma. Il me *prend* pour Emma. Non ?

Son pouce appuie contre ma jugulaire.

— Je pourrais simplement enfoncer cette lame. Tu comprends ?

J'ai trop peur que le moindre hochement de tête m'entaille la gorge et je suis incapable de retrouver l'usage de ma voix. Je parviens à émettre un bruit étranglé qu'il prend pour une confirmation.

— Je suis content que nous nous comprenions. La fille, sale pute. Où as-tu caché la fille ?

C'est à ce moment que je comprends. *La fille de treize ans dont a parlé Quincy.* C'est elle qu'il cherche.

Non seulement j'ignore où elle est, mais je redoute d'avoir détruit la seule chance qu'avait Quincy de la protéger. Parce que, dans ma terreur face au couteau, j'ai laissé le gadget m'échapper.

Je serre la main droite comme s'il pouvait apparaître par magie, mais mes doigts se referment dans l'air. Je gémis, terrifiée, mais aussi coupable envers cette fille. Je sais ce que c'est que d'être jeune et apeurée. Emma était là pour me protéger, tout comme Quincy tente de protéger cette fille. Et moi, j'ai tout gâché.

— Où ?

J'essaie de parler, mais je ne peux pas lui dire que je ne sais pas, et j'ai trop peur pour concocter un mensonge. Tout

ce que je peux faire, c'est le regarder bouche bée en pleurni-
chant un mélange incompréhensible à base de :

— Je… euh, je…

— Sale garce, lâche Monsieur X en écartant le couteau
de mon cou.

Avant que je puisse pousser un soupir de soulagement, il
donne un coup de lame sur ma cuisse, fendant ma robe en
un mouvement fluide, puis il l'ouvre en grand. Je me
retrouve presque nue à l'exception de mon string
minuscule.

La pointe du couteau a dû érafler ma peau, parce que je
vois de petites gouttes de sang former une ligne de mon
décolleté jusqu'à mon nombril. Je n'ai pas senti la douleur
sur le moment, mais maintenant la blessure commence à me
piquer et les larmes me montent aux yeux. Je suis terrifiée,
perdue, à la merci de cette ordure. J'ai envie de hurler, d'appeler Quincy à l'aide – ou n'importe qui d'autre –, mais je
sais que si je le fais, ce sera le dernier son qui montera de ma
gorge.

En vain, je tire sur mon bras menotté et je replie mon
bras libre sur ma poitrine pour me protéger. J'essaie de
remonter les jambes afin de me rouler en boule, mais il s'assoit sur mes genoux tout en faisant courir sa lame sur l'élastique de mon strict.

— S'il vous plaît, dis-je d'une voix chevrotante. Je vous
en prie, ne faites pas ça.

— Ah non ? fait-il en levant sa lame. Pourquoi ? C'est
une fête, n'est-ce pas ? Et tu es bien sage et jolie.

Tout en parlant, il remonte le long de mon corps jusqu'à
ce que son visage se retrouve sur mes seins. Je pourrais
remonter la main et lui assener un coup de poing – j'en suis
certaine. J'ai même joué dans un film, un jour, où je faisais

exactement ce geste. Dans le film, j'assommais le méchant et je partais en courant.

Je pense que ça n'arrivera pas ici.

— Bouge ton bras, salope.

Je secoue la tête en gardant un bras protecteur sur ma poitrine.

— Comme tu voudras, dit-il. Si tu veux rester comme ça, libre à toi. Mais n'oublie pas que c'était ton choix.

Son regard croise le mien et, dans ses yeux, je découvre un homme mort à l'intérieur.

— Si tu bouges, tu le regretteras.

Aussitôt, je m'efforce de rester absolument immobile. Il passe le tranchant de sa lame sous mes seins.

Je gémis, moins par peur que par douleur. Tout s'est passé si vite que je n'ai pas encore éprouvé la moindre douleur.

— Ferme ta bouche, espèce de traînée. Je t'ai à peine égratignée, mais la prochaine fois, je te coupe le sein.

— Non, pitié.

Mes yeux et ma gorge se remplissent de larmes et mon corps se raidit de peur et de souffrance.

— Pitié, répété-je.

— Alors, parle, sale pute ! Où as-tu caché cette petite garce ?

— Elle est dans… elle est dans…

Je n'ai aucun effort à faire pour ajouter des trémolos à ma voix, je suis déjà terrorisée. D'autant plus que j'ignore quoi lui dire. Tout ce que je peux faire, c'est gagner du temps et espérer que, s'il croit que je sais où se trouve la fille, il ne me tuera pas tout de suite.

— Maintenant !

Je lâche un cri lorsqu'il pose la lame sur mon téton. Je

ferme vivement les yeux et, dans ma tête, je hurle à ma sœur.

Je suis désolée. Je suis désolée, je suis vraiment, vraiment désolée.

Je l'ai laissé tomber. J'ai échoué, et je suis à court d'options.

Le matelas bouge et je tressaille lorsque le couteau se pose sous mon menton pour l'incliner.

— Parle. Maintenant. Sinon je t'embroche.

Je suis morte et je le sais.

Je n'aurais jamais cru finir ainsi.

Toutefois, ça ne vient pas. Je suis toujours là.

Avec un sursaut, je prends conscience que la pression contre mon menton a disparu, tout comme le poids de Monsieur X sur mon corps.

Surtout, je sens le picotement de la lame s'attarder sous mon sein, la douleur s'accentuant à chaque respiration, à chaque battement de mon cœur. Il n'y a pas de quoi s'en réjouir, mais si j'étais morte il n'y aurait aucune douleur.

Je pars d'un petit rire et une voix dans ma tête me dit que je suis en état de choc. La voix a sans doute raison. Ce n'est pas un scénario qui me demande de rire. Je ravale mon prochain gloussement lorsque j'ouvre les yeux pour découvrir Quincy à côté du lit, le bras autour de la gorge de Monsieur X dans une prise qui semble susceptible de lui briser le cou en un seul coup sec.

Et vous savez quoi ? Ça me convient parfaitement.

Au lieu de tomber raide mort, Monsieur X recule précipitamment son corps afin de bloquer Quincy contre la commode près de la porte à présent fermée. Sous l'impact, Quincy relâche sa prise et Monsieur X se libère. Immédiatement, il charge, son couteau en avant. Même moi, je me rends compte qu'il s'agit d'une erreur. Son arme lui échappe des mains lorsque Quincy abat son bras sur le côté tout en fauchant la rotule de Monsieur X avec sa jambe.

Monsieur X pousse un hurlement retentissant avant de tituber en direction de la porte. Il l'ouvre brusquement sous le nez d'une blonde aux yeux écarquillés, vêtue d'une robe noire par-dessus ce qui ressemble à une combinaison noire intégrale.

— Merde !

Elle se penche et retire sa chaussure noire à talon aiguille, qu'elle lance dans le couloir où Monsieur X a disparu. En même temps, Quincy franchit la porte en trombe et disparaît à son tour tout en criant :

— Assure-toi qu'elle va bien !

Aussitôt, la blonde entre. Elle balaie la chambre du regard avant de me voir. À l'évidence, c'est une professionnelle, parce que sa seule réaction est d'ouvrir les yeux en grand. De l'autre côté de la porte, des éclats de verre brisé me parviennent. Elle doit les entendre, elle aussi, mais elle ne réagit pas. Son attention est rivée sur moi et elle accourt à mes côtés, s'assoyant avec précaution sur le lit.

— Je m'appelle Denise, dit-elle en posant délicatement une main sur mon front. Je vais t'aider.

Je hoche la tête, en état d'hébétude. Je suis étendue sur le couvre-lit et je lui suis reconnaissante de ramener l'autre partie sur mon corps exposé. Elle fouille dans le tiroir à la recherche de la clé au moment où Quincy revient. Il pose les yeux sur moi et je vois les émotions se succéder sur son visage. La peur, puis la colère et enfin un sentiment plus tendre, plus doux.

Enfin, brusquement, plus rien.

— Il est passé par la fenêtre.

Denise lève les yeux vers lui.

— Quoi ? Il a sauté.

— Pas exactement.

À son visage, je vois qu'elle comprend et elle hoche la tête.

— De l'activité dans les autres chambres de l'étage ?

— Jusqu'à présent, non. La fête est finie et tout le monde est dans sa chambre.

Denise hoche la tête.

— Au moins, nous avons eu droit à une pause.

— Vous avez… je commence, mais ma gorge se dessèche et je dois m'éclaircir la voix.

Tous deux me regardent quand je reprends :

— J'ai lâché l'appareil. Quand il est entré.

Ces foutues larmes me reviennent aux yeux et Quincy vient s'asseoir à côté de moi avant de me prendre la main.

— Je ne voulais pas, dis-je. Est-ce que… enfin, tout va bien ? La fille va s'en sortir ?

Son expression est immuable, mais il acquiesce.

— Tu as réussi. Grâce à toi, nous avons obtenu ce que nous voulions.

Je hoche la tête, soulagée. Mes paupières sont lourdes. Je suis bien consciente que c'est la stupeur. J'ai besoin de dormir, mais je ne veux pas rester ici.

— J'ai envie de rentrer chez moi, murmuré-je.

— Moi aussi, je propose de partir d'ici, dit Quincy.

— Je n'y vois aucune objection, fait Denise avant de rejoindre la fenêtre. Je dois descendre. Voir s'il a survécu, ajoute-t-elle avec une grimace.

Elle commence à soulever le battant et son regard alterne entre Quincy et moi avant de se fixer sur moi.

— Tout compte fait, tu devrais peut-être y aller.

Elle parle évidemment à Quincy – personnellement, je ne peux pas vraiment me déplacer –, mais c'est moi qu'elle regarde. En cet instant, je comprends qu'elle connaît au moins une partie de notre histoire. D'ailleurs, elle en sait peut-être plus que moi sur la vraie histoire de Quincy et Eliza.

— Je ne la laisse pas ici.

— Quince.

Sa voix est aussi résolue que la sienne. Je décrète que cette femme me plaît beaucoup. Elle me fait penser à Emma.

— Ça va.

Tous deux se tournent vers moi et je me rends compte que ma voix est si grave et rauque qu'ils n'ont sans doute pas compris mes mots. Je passe la langue sur mes lèvres avant d'essayer à nouveau :

— Quincy peut rester.

Elle hoche la tête et soulève intégralement le panneau de la fenêtre. Pour la première fois, je comprends qu'elle a l'intention de partir par-là. Je dois paraître abasourdie, car elle précise :

— Escalier de secours.

— Envoie-moi des infos sur notre ami roux en arrivant en bas. Je vais la faire sortir d'ici et je te tiens au courant quand nous serons en lieu sûr.

— Ça marche.

Elle passe la robe fourreau par-dessus sa tête et se retrouve en combinaison noire moulante.

— Bon sang, Denny, qu'est-ce que tu fais ?

— Elle en aura besoin, dit-elle en lui lançant sa robe.

Elle a raison. Le tissu est fin, noir, et ne couvrira pas grand-chose, mais techniquement je serai habillée. Et dans une fête comme celle-ci, personne ne s'interrogera en me voyant ainsi dans le hall d'entrée.

Quand Quincy m'apporte la robe, elle a disparu.

Il s'assoit au bord du lit et prend ma main libre. Sa poigne est ferme, mais douce. Aussi apaisante que sa proximité. J'ignore ce qui se passe ici ce soir, mais cette petite parenthèse de temps, je suis contente qu'il soit avec moi.

Il écarte délicatement les cheveux de mon visage.

— Tu es gravement blessée ?

Sa voix est régulière. Pragmatique comme celle d'un médecin. Pour une raison quelconque, elle m'apaise encore davantage.

Tout en parlant, il sort la clé de sa poche et se penche sur moi, la main tendue vers mon poignet droit. Cette position rapproche son visage du mien et son torse effleure la couverture qui couvre mes seins nus. C'est étrangement intime et mes souvenirs de cet homme se mêlent à mes résidus de peur et à la douceur avec laquelle il s'occupe de moi.

— Eliza ?

Je dois me repasser la conversation pour me rappeler sa question.

— Oh. Euh, je ne pense pas avoir besoin de points de suture. Il... eh bien, il a déchiqueté ma robe. Et il...

Je détourne les yeux.

— Il t'a entaillée ?

Il se redresse vivement, la voix vibrante. Mon poignet est enfin libre et j'utilise ma main droite pour le masser. Pendant un moment, je ne remarque même pas que son geste brusque a fait glisser la couverture, exposant ma hanche nue et le côté de ma poitrine.

Je commence à la ramener à moi, mais il immobilise ma

main. Ce faisant, il frôle la peau de ma hanche et je tremble en réaction au souvenir viscéral, à la fois horrible et doux, qui me submerge, culminant dans une vague de regret et de nostalgie si puissante que j'ai envie de me recroqueviller.

S'il s'en rend compte, il ne réagit pas.

— Montre-moi ce qu'il t'a fait.

Je secoue la tête en maintenant le couvre-lit en place.

— Eliza. Je dois voir. Je dois savoir si tu as besoin de points de suture.

— Ça va.

— Non, mon amour, ça ne va pas.

Je ferme les yeux.

— Ne m'appelle pas comme ça.

J'entends ma voix se briser et je m'en veux.

— S'il te plaît, ajouté-je.

Quand j'ouvre à nouveau les paupières, il me regarde, ses yeux gris orageux.

— Je suis vraiment désolé, me dit-il.

— Ce n'est pas le bon moment.

Il se lève, les mains dans ses poches.

— Non, sans doute. Mais enfin, Eliza, ce qui est arrivé est ma faute. S'il te plaît. Je dois m'assurer que tu vas bien.

Pendant un moment, il se contente de me regarder. J'ai envie de l'interroger sur notre passé. J'ai envie de lui demander ce qu'il fait ici. J'ai envie de le questionner sur Emma, même si je suis quasiment certaine qu'il ne sait rien à son sujet, ainsi que sur la fillette. J'ai besoin de lui dire pourquoi je suis ici ce soir. Qu'Emma a disparu, que l'homme qui m'a agressée avait arrangé un rendez-vous par l'intermédiaire d'un forum. Je dois lui dire que Monsieur X m'a posé des questions sur la petite fille et que j'ignore pourquoi.

D'une manière ou d'une autre, Quincy est mêlé à la même histoire que celle sur laquelle Emma mène l'enquête. Ce qui signifie qu'il peut m'aider à la retrouver. Ce qui signifie que j'ai besoin de lui.

Pourtant, je ne lui dis rien. Au lieu de quoi, je réponds :

— Ce n'est pas ta faute et je ne crois pas avoir besoin de points de suture. Par contre, il me faut des pansements.

Enfin, comprenant qu'il tient absolument à s'en assurer lui-même, je me mords la lèvre et ajuste soigneusement la couverture pour révéler l'incision au bas de ma poitrine ainsi que la longue plaie effilée qui court de ma clavicule jusqu'à mon nombril.

— Eliza. Oh, mon Dieu, bébé, non.

Il se pose au bord du lit. Soudain, il paraît aussi exténué que je me sens moi-même fatiguée.

— C'est si grave que ça ?

Il secoue la tête.

— Oui. Non. Tu n'as pas besoin de points.

Lentement, son doigt effleure la courbe de mon sein sans toucher la coupure, en la suivant de près. Son doigt est chaud et je me mords la lèvre inférieure, mais je ne lui demande pas d'arrêter. Peut-être ai-je raison ou tort, toujours est-il que j'ai envie de son contact. Pas intimement. Pas sexuellement. Mais c'est plus fort que moi, j'ai envie d'être choyée. J'ai envie qu'on s'occupe de moi. Je veux des réponses, ma sœur et la tranquillité d'esprit. Je suis tombée dans le trou du lapin blanc, un véritable cauchemar, et maintenant j'ignore absolument comment remonter à la surface.

En cet instant, la seule chose qui m'ancre encore, c'est la caresse et l'attention de cet homme qui m'a détruite autrefois.

CHAPITRE SEPT

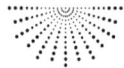

L a fureur brûlait en lui. Une rage froide et dure, dirigée vers lui-même. Il s'en voulait de l'avoir entraînée là-dedans et il en voulait à l'inconnu aux cheveux roux de l'avoir torturée pour une chose dont elle ne faisait même pas partie.

Il lui avait tourné le dos pour la protéger et la garder en sécurité, et voilà que maintenant, à cause de lui, elle avait été épouvantée, torturée et mutilée.

Il serrait les poings, aux prises avec le monstre qui l'op-pressait, une bête qui se nourrissait de sa colère, de son impuissance. Qu'il devait combattre s'il voulait pouvoir lui apporter son aide.

Lentement, il décrispa sa main, forçant sa conscience à ressentir chacun de ses mouvements afin de reprendre le contrôle. C'était lui dans cette chambre avec elle. Quincy James Radcliffe. Il était là. Il était bien présent. Et personne – ni lui, ni le roux, ni personne – ne ferait du mal à cette femme.

— Quincy ?

Il inspira avant de poser une main sur sa joue. Ses yeux bleus se rivèrent aux siens et il vit la vérité lui renvoyer son regard. En dépit de tout ce qu'il lui avait infligé, elle ne s'enfuyait pas.

Elle devrait peut-être...

Il repoussa cette pensée insensée. Aussi dangereux qu'ils soient ensemble, tant qu'il ne l'aurait pas fait sortir du Terrace, il resterait près d'elle.

— *Je suis en bas, lui dit Denny. Sujet décédé. Un témoin a appelé, nous aurons bientôt de la compagnie. Je te retrouve au QG.*

— Bien reçu.

Eliza arqua un sourcil et il haussa les épaules. Il l'informerait plus tard. Pour l'heure, il était soucieux de ses blessures. Avec délicatesse, il passa le doigt sur les longues éraflures sur son ventre. Des lignes et des points, comme un code Morse.

Elle se mordit la lèvre, mais elle ne bougea pas d'un cil.

— Je suis vraiment désolé, dit-il même si les mots n'étaient que des platitudes creuses.

— Ce n'est pas si grave. Au moins, le saignement a cessé. Étant donné que j'ai cru mourir, cette douleur me convient très bien.

Elle fit la grimace en se redressant sur les coudes, prenant une vive inspiration.

— Bon, *très bien* n'est peut-être pas exact.

— Nous allons trouver des antidouleurs. D'abord, nous devons partir d'ici.

Il avait toujours eu l'intention de sortir du bâtiment une fois qu'il aurait téléchargé les dossiers de Lassiter, mais à présent, c'était encore plus urgent. Quand la police ou un témoin identifierait la fenêtre par laquelle le rouquin était tombé, ils ne manqueraient pas de monter ici et de frapper aux portes.

Il examina Eliza, les sourcils froncés.

— Connaissent-ils ton vrai nom ?

Elle secoua la tête.

— Tant mieux.

Il fit un signe de tête, désignant la robe de Denny.

— As-tu besoin d'aide pour l'enfiler ?

Ses joues virèrent au rouge et elle baissa les yeux.

— Je… non, je vais y arriver. Peux-tu, euh…

Il se leva et lui tourna le dos, regardant par la fenêtre. Au même moment, il se rendit compte qu'il apercevait en partie son reflet dans la fenêtre que Denny avait soulevée. Un gentleman détournerait les yeux. Pas lui. Autrefois, il se prenait pour un gentleman. À présent, il ne se berçait plus d'illusions.

Elle se leva avec précautions, comme si le moindre geste la faisait souffrir. C'était sans doute le cas. Il pensa aux entailles superficielles qui avaient zébré son propre torse et son abdomen, ainsi que l'intérieur de ses cuisses. Les blessures n'étaient plus ouvertes. Au lieu de ça, il était marqué par un entrelacs de fines cicatrices blanches. La peau s'était ressoudée depuis longtemps et la douleur n'était plus qu'un souvenir brutal. Mais cela ne signifiait pas qu'il était guéri. Loin de là.

Il appuya les doigts sur ses tempes, chassant ses souvenirs pour se concentrer sur le reflet de la femme qui était la sienne autrefois.

Elle bougeait lentement. Le geste qu'elle fit pour soulever la robe au-dessus de sa tête accentuait sa taille fine et sa poitrine parfaite. Elle avait une silhouette athlétique. Élancée, svelte et belle. Certains hommes estimeraient que sa poitrine est trop petite, mais ils auraient tort. Il avait goûté ces seins, il les avait soupesés dans ses mains. Il se remémorait une fois en particulier où il avait doucement refermé ses dents sur son téton tendu. On aurait dit qu'il avait déclenché un feu d'artifice en elle. Ses chevilles et ses poignets étaient attachés au lit et elle s'était cambrée, le corps vibrant de plaisir, gémissant son nom pour l'implorer de continuer, d'en recevoir plus, de recevoir tout.

Il avait glissé la main sous sa jupe, ses doigts se frayant un chemin dans sa culotte trempée. Elle s'était arc-boutée contre lui, baisant sa main avec fougue avant de réclamer son sexe. Il le lui avait refusé, naturellement. Il l'avait fait attendre jusqu'à ce qu'elle soit avide de son corps au point de ne plus pouvoir respirer. Alors, il l'avait pénétrée tout en lui pinçant les tétons, regardant la passion et l'euphorie se peindre sur son visage tandis qu'il l'entraînait jusqu'à ses limites et qu'elle explosait dans ses bras, ses cris débridés le faisant basculer avec elle.

Ce même souvenir avait menacé de refaire surface plus tôt, quand il avait sorti la menotte pour l'attacher au cadre du lit. Il l'avait écarté sans ménagement. Sur le moment, il devait se concentrer sur son travail et il ne voulait pas laisser la place aux souvenirs. De toute façon, il ne pouvait plus l'avoir, inutile de s'autoflageller, après tout. Bien sûr, il en fallait plus pour décontenancer ses démons intimes.

Maintenant, en revanche…

Maintenant il se rendait compte qu'il était un homme honteusement faible, ou bien un sacré masochiste, parce que tout en sachant qu'il ne pourrait plus avoir Eliza dans son lit, il avait ouvert les vannes de ses souvenirs et sa queue se dressait dans son pantalon, en alerte maximale sous l'effet des images érotiques délicieusement attirantes qui envahissaient son esprit.

— Ça y est, dit-elle en entendant le hurlement des sirènes en approche du bâtiment. Je suis habillée. Cela dit, avec cette tenue, ça ne fait pas une grande différence…

Les yeux rivés sur la moquette, il prit plusieurs inspirations avant de se retourner. Il ne voulait pas qu'elle perçoive à quel point sa présence, ainsi que ses propres souvenirs, l'avait affecté. Pourtant, dès qu'il la vit dans le fourreau noir, ses tétons visibles sous le tissu fin et son string couleur chair dissimulant à peine son entrejambe, sa verge se rappela à son attention.

Elle rencontra son regard avant de croiser les bras sur sa poitrine.

Et merde.

— Désolé, mon amour, mais cette robe te va à merveille.

Elle leva les yeux au ciel, mais elle sembla se détendre un peu.

— Nous sommes prêts ? demanda-t-elle en s'approchant de la porte.

— Pas comme ça.

Elle se retourna en fronçant les sourcils.

— Par téléportation ?

— Très drôle. L'escalier de secours.

Il s'attendait à ce qu'elle proteste et il s'apprêtait déjà à lui expliquer pourquoi ils devaient éviter le hall d'entrée, et surtout, esquiver les autorités.

La raison numéro deux résidait dans le fait qu'il venait de pirater le système informatique de Lassiter et détenait dans sa poche une clé USB avec des informations volées pour lesquelles ce dernier, sans nul doute, était prêt à tuer. Peut-être n'avait-il toujours pas constaté l'effraction. Mais ce n'était pas un risque que Quince était disposé à prendre, d'autant moins qu'Eliza était sous sa responsabilité. Toute échappatoire qui réduisait les occasions de tomber sur Lassiter était bonne à prendre.

Eliza n'émit aucune objection. Elle se contenta de hocher la tête et rejoignit la fenêtre avant de retrousser sa robe à mi-cuisse, lui offrant une vue savoureuse alors qu'elle enjambait le rebord.

Il se renfrogna en constatant qu'elle était pieds nus.

— Pas de chaussures ?

Elle baissa les yeux sur les talons incommodes qu'elle avait abandonnés par terre.

— Je ne peux pas descendre avec ça.

C'était vrai, l'escalier était une grille en métal et les talons risquaient de passer au travers. Pourtant, une fois arrivés dans la rue, ils devaient passer pour un couple normal. Il la contempla de nouveau. Sa robe était encore plus transparente maintenant que les lumières de la ville l'éclairaient dans le dos.

— Tiens, dit-il en retirant sa veste de costume pour la lui remettre.

Puis il se pencha et ramassa les chaussures.

— Je vais les porter, nous en aurons besoin pour nous fondre dans la masse.

Elle prit une vive inspiration et redressa ses épaules sans protester.

Étant donné le cauchemar qu'il lui avait imposé, il la trouvait plutôt docile. Il ne savait toujours pas comment elle avait atterri à la soirée, mais il s'en doutait. Sa carrière d'actrice s'embourbait. Elle avait besoin d'argent. L'une de ses copines faisait des extras en tant que call-girl et lui avait parlé de ces fêtes où une fille pouvait gagner en une nuit de quoi tenir pendant six mois. L'occasion était trop tentante et Eliza était devenue la version plus vraie que nature du personnage qu'incarnait Denny pour la soirée, une actrice peinant à joindre les deux bouts et qui avait consenti à vendre son corps.

Est-ce que cette pensée lui brisait le cœur ?

Pour Quincy, une femme pouvait gagner sa vie comme bon lui semblait. En théorie, il n'avait aucun problème avec les travailleuses du sexe. Tant que la personne rémunérée le faisait de son plein gré, alors les détails de ce qui se passait dans la chambre – les activités comme les payements – ne regardaient personne.

Mais Eliza n'était pas n'importe qui. Elle était *à lui*, bon Dieu.

Cette pensée le percuta avec la force d'une massue et il se ressaisit. Non, elle ne lui appartenait pas. Plus, du moins. Elle n'était plus à lui depuis très, très longtemps.

Mais ce n'était pas parce qu'il n'avait plus aucune prérogative sur elle qu'il ne la comprenait pas ou qu'il ne se souciait pas d'elle. Il la connaissait, bon sang. Son cœur et son âme, ses peurs et ses doutes.

Elle lui avait raconté comment elle avait grandi. Les maltraitances de son père, sa grande sœur protectrice. Ses mois passés dans les rues. Elle avait assisté à des perversions qu'aucune fillette ne devrait jamais connaître, et son passé lui avait laissé des séquelles.

Mais ce passé ne l'avait pas détruite.

Il le savait, il l'avait vu. Nom de Dieu, il l'avait même aidée à découvrir ce dont elle avait besoin pour atteindre la plénitude. Pour Eliza, le sexe avait toujours représenté une connexion. Une capitulation.

Une vérité.

Il aurait vraiment fallu que l'Eliza qu'il connaissait soit aux abois pour se vendre à un inconnu.

Oui, il l'avait emmenée dans des endroits où elle n'était jamais allée, il avait repoussé ses limites, réclamé sa soumission, et ensemble ils s'étaient perdus dans une extase partagée. Mais la route sur laquelle ils avaient cheminé était pavée de vérité, de passion, et aussi, pavée d'amour.

Un amour qu'il avait trahi, mais de toute façon, ce n'était plus le sujet.

Non, ce qui le préoccupait, c'était qu'elle n'avait rien à faire dans une fête comme celle-ci, et l'idée qu'elle soit nue et attachée dans le lit d'un autre homme lui donnait envie de distribuer des coups de poing.

Peu importe qu'il lui ait tourné le dos, qu'il n'ait plus le droit de prétendre à quoi que ce soit, qu'il ne puisse ni la juger ni l'aider. Tout ce qu'il savait, c'était qu'elle n'était pas à sa place dans un endroit comme celui-ci. Elle ne méritait pas d'être touchée par un homme qui cherchait seulement à se faire plaisir, qui la considérait comme un outil pour satisfaire sa queue. Qui voulait uniquement...

— ... maintenant ?

Il revint soudainement à lui.

— Quoi ?

— J'ai dit : on y va maintenant ?

— Désolé.

Il se tapota l'oreille en culpabilisant un peu de recourir à un mensonge.

— J'écoutais.

— Elle a dit que la voie est libre ?

Il émit un grognement évasif, puis il tendit le doigt vers le haut.

— Nous montons. Sur le toit, pour redescendre dans la

ruelle. Tout le monde sera devant avec le rouquin, alors mieux vaut partir de l'autre côté.

Elle ne protesta pas, ne se plaignit pas. Au lieu de ça, elle se glissa par la fenêtre, pieds nus, son corps frêle noyé dans sa veste de costume.

Il la suivit dans l'escalier, prenant soin de rester à quelques marches en retrait au cas où elle trébucherait, une position qui lui offrait une vue imprenable sur ses fesses dépassant sous l'ourlet de sa veste. Il déglutit en se disant qu'il ferait mieux de regarder plus haut et se tint à sa résolution.

Une fois qu'ils eurent atteint le toit plat au sol composé de galets, il lui prit la main et ils se baissèrent en traversant, prenant soin de rester dans les ombres projetées par les caisses et les portes d'accès qui jalonnaient le parcours.

Quand ils arrivèrent de l'autre côté, il jeta un œil en bas afin de s'assurer que personne ne les regardait. Puis il l'aida à franchir le bord pour redescendre sur l'échelle qui conduisait au palier le plus élevé de l'escalier de secours. Heureusement que Lassiter avait conservé les infrastructures de base. De nombreuses rénovations modernes supprimaient les escaliers de secours.

Cinq minutes plus tard, ils étaient dans la ruelle. Il l'aida à garder l'équilibre le temps qu'elle enfile ses chaussures. Encore cinq minutes et ils avaient atteint Hawthorne, la rue parallèle à Hollywood Boulevard.

— Tu as un téléphone portable ?

Elle secoua la tête.

— C'est une amie qui m'a déposée à l'hôtel. Je me suis dit qu'il valait mieux éviter les objets personnels.

Elle croisa son regard et ajouta :

— Je tenais à rester anonyme.

Il hocha la tête, supposant que cette *amie* devait être une sorte de proxénète. Il envisagea de lui demander si c'était pour l'argent ou une autre raison qu'elle était là ce soir, puis il se dit que cela ne le concernait plus. Au lieu de ça, il sortit son propre téléphone avec l'intention de réserver un Uber une fois qu'ils auraient rallié l'intersection entre Hawthorne et La Brea.

— Je vais te ramener chez toi. Excuse-moi de t'avoir entraînée dans tout ça. Je ne sais pas comment le rouquin a eu vent de ce que Denny et moi préparions, mais...

— Quincy...

— Non, attends. J'ai autre chose à dire. Je sais que ce soir était un pur hasard. Mais quand même, ce genre de choses, c'est très imprudent. Certains hommes à ces fêtes-là... Eliza, ils ne sont pas...

— Comme toi ?

Elle haussa les sourcils en s'arrêtant au croisement.

— Es-tu en train de me dire que le genre d'hommes qui participent à ces soirées avec des call-girls sont capables de me faire du mal ? ajouta-t-elle d'une voix aiguë, indignée.

Il s'autorisa à pousser un soupir de soulagement, satisfait qu'elle comprenne.

— C'est exactement ce que je veux dire.

Elle croisa les bras sur sa poitrine. Ses yeux lançaient des éclairs.

— Mais toi, tu ne me ferais jamais aucun mal, n'est-ce pas, Quincy ? Tu ne pourrais pas m'arracher le cœur ni réduire mon âme en lambeaux.

Son estomac se noua. Il était à la fois frappé par la véracité de ses paroles et par le fait qu'il s'était lui-même attiré ses foudres.

— Eliza, ce n'est pas ce que...

— Va te faire voir.

Elle recommença à marcher, ses talons claquant sur le trottoir.

Il la rattrapa et lui prit le coude pour la forcer à s'arrêter.

— Si tu as besoin d'argent, je peux t'aider. Mais ce genre de fêtes… enfin, mon amour, tu sais que c'est une terrible erreur.

Elle hocha lentement la tête et il espéra qu'elle réfléchirait sérieusement à ses paroles. Il s'imagina qu'elle allait l'envoyer au diable, ou bien accepter sa proposition. Quoi qu'il en soit, il ne s'attendait clairement pas à sa question :

— Parle-moi de la fille.

— La fille ? Denny ?

Elle leva les yeux au ciel.

— Non, je crois avoir compris. Tu travailles avec elle. Tu couches peut-être avec elle, d'ailleurs. Ça, je n'en sais trop rien.

— Non, je…

— Je parle de la fille de treize ans. La fille qui avait besoin de mon aide, d'après toi, tu t'en souviens ? La raison pour laquelle tu m'as donné cette espèce de boîtier.

— Tu crois que j'ai tout inventé ?

— Je crois qu'elle est portée disparue.

Il s'arrêta, abasourdi par sa réponse.

Un moment plus tard, elle cessa de marcher, elle aussi, et se retourna pour le regarder.

— Alors, j'en déduis que j'ai vu juste.

— Explique-moi, Eliza. Tout ce que tu crois savoir dans les moindres détails.

Elle se mordit la lèvre en prenant le temps de la réflexion.

— Le rouquin n'était pas dans cette chambre à cause de ce que vous faisiez, Denny et toi.

— Qu'est-ce que tu…

— Il était là pour moi.

Il recula d'un pas, frappé par ses paroles comme par une gifle.

— Toi ? Pourquoi diable irais-tu penser une chose pareille ?

Elle lui adressa un sourire ironique en levant son poignet encore orné d'un simple ruban rouge.

— Belle coïncidence, pas vrai ? Mais c'est lui qui a choisi le ruban comme moyen de m'identifier. Ou plutôt, d'identifier Emma. Je me faisais passer pour elle.

— Emma était censée participer à cette soirée ?

— Pas comme ça. Elle venait sous couverture. Pour rencontrer quelqu'un.

Il hocha la tête en se remémorant qu'Emma était détective privée.

— Elle travaillait sur une affaire ? Et tu me dis que le ruban était un signal ?

— Tout juste.

— Alors, pourquoi es-tu venue à sa place ? Et quel rapport avec la disparition d'Ariana ?

— C'est l'adolescente ? Je ne comprends pas comment tout cela se recoupe. Tout ce que je sais, c'est que je me suis incrustée parce qu'Emma a disparu et que le message à propos de la rencontre et du ruban était mon seul indice.

Elle cligna des yeux, et pour la première fois depuis qu'elle était descendue par l'escalier de secours, il vit son contrôle de soi commencer à se craqueler.

— Je ne comprends pas ce qui se passe, sincèrement. Mais cet enfoiré dans la chambre croyait que j'étais Emma.

Il m'a demandé où était la fille. C'est tout ce qu'il voulait savoir.

Elle affronta son regard, à la fois apeurée et rebelle.

— Ce qui signifie que j'ai besoin de ton aide. Parce que ton ado disparue a sans doute un rapport avec ma sœur disparue et...

— ... dans ce cas, tu ne rentres pas chez toi. Tu viens avec moi.

CHAPITRE HUIT

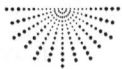

— *Tu viens avec moi.*

Ces mots délicieux et familiers retentissent encore en moi quand je monte à l'arrière du véhicule Uber garé à côté de nous, me glissant sur la banquette pour laisser de la place à Quincy. Je referme les bras autour de mon buste en le regardant monter à côté de moi, mais ce n'est pas l'homme d'aujourd'hui que je vois, avec son costume sur mesure impeccable. Non, dans mon esprit, son corps tonique porte un jean qui moule à la perfection ses fesses et ses cuisses musclées. Je vois un polo gris clair sous une veste en cuir noire, au lieu de la chemise blanche amidonnée. Je vois un homme dont les yeux francs me dévorent, dont le sourire admiratif me réchauffe.

Je revois le Quincy de ce premier matin, quand je décidai de le rencontrer, et alors que le véhicule s'éloigne du trottoir dans cette rue de Los Angeles et que l'homme de ce soir reste silencieux à côté de moi, je reviens à Londres en pensée, à ces souvenirs de l'homme d'autrefois…

———

Après qu'il m'eut déposée dans un taxi londonien, je passai la majeure partie de la nuit à me dire que je n'irais pas au rendez-vous du lendemain matin. Nous avions passé un merveilleux moment à explorer la ville, certes, mais cet homme était trop arrogant. Trop imprévisible. Je m'attendais à passer la nuit avec lui, et il avait tordu l'oreille à mes attentes. Il m'avait attisée au lieu de me satisfaire, avançant des suppositions présomptueuses sur ce que je désirais. Et d'abord, comment pouvait-il savoir ce dont j'avais envie alors que je ne l'avais même pas déterminé moi-même ?

Mieux valait reléguer le souvenir de cet homme au rang d'expérience touristique exceptionnelle. Quelque chose qui pourrait figurer dans une brochure sous le titre *Rencontre avec les locaux*. En tout cas, rien qui mérite d'aller plus loin.

Voilà ce que je me disais, du moins. J'employais même ma voix autoritaire et sérieuse. Pourtant, au petit matin, je me surpris à prendre une douche et à m'habiller, avant d'emprunter le métro jusqu'à Marble Arch et de marcher dans les rues de Londres jusqu'au petit café qu'il m'avait montré.

À chaque pas, je me disais que je partirais *si*.

S'il n'était pas là, je ferais demi-tour et j'irais faire du shopping.

S'il disait qu'il savait que je viendrais, je lui dirais que je voulais seulement lui faire savoir que je ne lui accorderais pas ce plaisir.

S'il sous-entendait que j'étais venue parce que ses promesses sensuelles directes m'avaient émoustillée et excitée, alors je tournerais les talons et je m'en irais. Bien sûr, j'étais intriguée. Mais il était hors de question que je confie mon corps à un homme qui me renverrait ma curiosité et mon désir en pleine face de manière aussi cavalière.

Je rayai le premier *si* en passant la porte. Même si j'étais arrivée avec dix bonnes minutes d'avance, il était déjà assis dans le troisième box, orienté vers la porte. Dès l'instant où je franchis le seuil, je vis son sourire illuminer ses yeux. Il se leva et agita une main pour me faire signe, sans chercher à dissimuler son plaisir.

— J'espérais que tu viendrais. J'avais peur de t'avoir effrayée.

Pouf. Et voilà, le deuxième *si* partait lui aussi en fumée.

— Tu m'as peut-être rendue un peu nerveuse, avouai-je en prenant place sur la banquette. Mais pas de là à être effrayée.

— Excuse-moi, en tout cas, je suis très heureux de te voir. J'ai passé un excellent moment hier. J'espère que toi aussi.

— Beaucoup, dis-je en prenant conscience qu'il avait réduit à néant tous mes prétextes.

J'étais coincée ici à cause de mes propres règles, et j'étais loin de m'en plaindre.

Le café servait des pancakes à l'américaine et j'en commandai aux pépites de chocolat, avec du café noir et un supplément de bacon. Je mourais de faim et je dévorai tout sans laisser de miettes. En temps normal, j'évite lors d'un rencard, de peur de passer pour un aspirateur humain. Mais c'était trop bon de manger comme au pays et honnêtement, j'étais tellement absorbée dans la conversation que je ne pris pas conscience des quantités englouties avant que la serveuse n'emporte mon assiette vide.

— Qu'as-tu visité depuis que tu es en ville ?

— Pas grand-chose, avouai-je.

Je lui avais déjà parlé la veille de l'annulation du spectacle et de ma liberté inattendue.

— C'est ce que je pensais, fit-il en penchant la tête. J'espère que tu es libre toute la journée. Il y a tant de choses que j'aimerais te montrer.

Si je n'étais pas encore prête à passer toute une journée avec lui, la chaleur de sa voix m'aurait incitée à libérer mon emploi du temps. Il m'emmena aux quatre coins de Londres sur sa Ducati. Très franchement, il n'y a pas mieux pour visiter la ville.

— Ça ne te dérange pas ? avait-il demandé en me tendant un casque de rechange. Je peux louer une voiture si tu préfères.

— Tu plaisantes ? C'est parfait.

J'étais sincère. Je sais piloter une moto depuis l'âge de douze ans, même si la plupart du temps, c'était Emma qui conduisait. La moto a été notre moyen de transport principal jusqu'à ce qu'elle arrive en âge de passer le permis. Personne ne nous a jamais causé de problème, même quand elle était trop jeune pour rouler à moto. C'était comme si nous étions invisibles. Voilà pourquoi elle a continué à en conduire pendant longtemps, n'utilisant la voiture que pour transporter des affaires ou des passagers. Ou alors, quand elle était en planque. Difficile de faire profil bas longtemps avec une moto.

Tout cela pour dire que j'étais plus que ravie de monter derrière lui. Et puis, la sensation de mes cuisses contre ses hanches n'était pas une mauvaise façon de passer la journée. En fait, au fur et à mesure que le temps s'écoulait et que mon corps se frottait contre le sien, avec les vrombissements du moteur sous mes fesses, mes pensées dérivèrent de plus en plus vers les promesses coquines qu'il m'avait faites la veille. La promesse de prendre possession de mon corps, de me donner du plaisir, de me faire capituler.

J'en avais envie. Plus j'y pensais, plus mon corps frémissait d'impatience.

Et pourtant, les heures défilèrent sans même un baiser passionné pour suggérer qu'il y avait une suite plus épicée au programme.

Nous sillonnâmes la ville. Quincy me montra ses marchés de plein air préférés, puis il m'emmena visiter des écuries près de Hyde Park où nous montâmes sur deux chevaux pour partir en exploration. Enfin, c'était moi qui explorais. Lui, il savait exactement où il allait, et pour cause, les chevaux lui appartenaient.

— J'adore venir ici à cheval, mais je prends rarement le temps de le faire, me dit-il à l'occasion d'une halte.

Nous étions assis au bord d'un étang et nous savourions le vin et le fromage qu'il avait demandé à un palefrenier de préparer. Il me prit la main et son pouce caressa délicatement ma peau, propageant des flammes dans tout mon corps.

— Je suis très heureux que nous soyons ici aujourd'hui.

Tout en parlant, il me regardait droit dans les yeux, comme si j'étais la chose la plus importante au monde. C'était un sentiment agréable, et rare, qui plus est. La vérité, c'était que Quincy me donnait toujours l'impression d'être spéciale.

Il organisa une visite privée de la tour de Londres, y compris les Joyaux de la Couronne – il m'impressionna en expliquant simplement : « J'ai des relations ». Ce ne fut que le soir venu qu'il m'emmena chez lui. Dans cette maison que nous avions vue lors de la visite de la ville en bus. Il s'avère que Quincy avait transformé la maisonnette des serviteurs, au fond du jardin, en résidence privée.

— J'ai pensé que nous pourrions commander quelque chose de léger pour le dîner, me dit-il en m'aidant à descendre de moto.

— Oui, avec plaisir, dis-je en le suivant dans sa maison coquette.

Pour tout dire, j'avais grandement apprécié notre journée passée ensemble, mais elle ne s'était pas déroulée comme je l'espérais. D'après ce qu'il m'avait dit la veille au soir, j'avais imaginé une sorte de fantasme, comme une scène tirée de ces films qui passent tard le soir sur les chaînes du câble.

Comme s'il pouvait lire dans mes pensées, il se pencha vers mon oreille et murmura :

— Des préliminaires. Notamment la moto, tu ne trouves pas ? Toute cette puissance qui vibre entre tes jambes ?

Ma bouche devint sèche et il m'adressa un sourire espiègle avant de me prendre par la main pour me conduire dans le salon.

— Un peu de vin ? demanda-t-il alors que je prenais place sur le sofa.

Sa voix et son attitude étaient parfaitement nonchalantes, comme s'il ne venait pas de dévoiler au grand jour la direction qu'avaient prise mes pensées pendant tout l'après-midi.

J'acquiesçai et il m'apporta un verre de rouge. Je le bus, impatiente de me sentir plus légère sans vraiment prêter attention au goût du vin. Tout ce que je voulais, c'était qu'il m'embrasse.

Enfin, Dieu merci, il le fit.

Il ne me demanda pas la permission. Il se contenta de poser son verre, puis il m'ôta le mien des mains pour le laisser sur la table. Ensuite, il se pencha et referma sa bouche sur la mienne. La sensation de ses lèvres me fit fondre sur place. Sa langue joueuse exigeait d'entrer. Il enfouit ses doigts dans mes cheveux et m'attira à lui alors que le baiser devenait plus intense et plus fougueux, comme s'il n'avait pensé qu'à cela toute la journée, et que maintenant il était incapable de se rassasier. Dieu sait que moi non plus, je ne m'en lassais pas.

Puis ses mains descendirent sur ma taille et il m'attira sur ses genoux. Je portais un legging noir au tissu fin et je sentais son sexe en érection à travers son jean. L'idée qu'il soit aussi excité que moi ne faisait que décupler mon envie. Je me pressai contre lui, laissant monter les sensations tandis qu'il approfondissait le baiser, maintenant ma tête à une main tout en me pelotant un sein de l'autre.

Je me perdis dans ce baiser, dans les sensations. Dans les frémissements de plaisir qui me traversaient de part en part, plus intenses que je n'en avais encore jamais ressenti.

— Déshabille-toi et va sur le lit, me dit-il.

Je restai figée, mes hanches s'immobilisant alors que je commençais à sentir monter l'orgasme.

— Quoi ?

Il se pencha en arrière, prenant ses distances avant d'empoigner mes deux seins. Ses pouces et ses index taquinaient les tétons qui pointaient sous mon soutien-gorge en dentelle.

— Je…

— Tu me fais confiance ?

Je passai la langue sur mes lèvres, mais j'acquiesçai. Oui, je lui faisais confiance.

— Alors, vas-y. Mets-toi nue, répéta-t-il comme si j'avais oublié. Sur le dos. Les jambes écartées.

Il me toisa du regard et la chaleur dans ses yeux faillit me faire jouir séance tenante.

— Quand j'arriverai dans la pièce, ajouta-t-il, je veux que tu sois en train de te toucher.

Je déglutis sans trop savoir si cela me plaisait. Être ainsi exposée. C'était un peu trop. Je n'avais pas envie de faire remonter à la surface les mauvais souvenirs.

— Je ne crois pas que…

Il passa le pouce sur ma lèvre inférieure.

— Tu peux refuser, Eliza. Tu peux toujours dire non.

— Je peux ?

Pour une raison insensée, cette simple vérité était une révélation. Avec *lui*, je n'avais jamais été capable de lui dire non. Et Emma non plus, c'était certain. Il était sérieux ? Mon regard descendit sur la bosse évidente dans son jean. Comme s'il lisait dans mes pensées, Quincy ricana.

— Je te promets que je survivrai. Nous avons un tas d'autres options. On peut aussi regarder la télé.

Il m'attira à lui et m'embrassa avec tendresse.

— J'ai envie de te toucher, murmura-t-il. J'ai envie de t'emmener dans des endroits que tu ignores et je veux te faire exploser et hurler mon nom. Mais uniquement si tu en as envie, toi aussi. Tout ce que tu voudras, Eliza. Il te suffit de décider.

Je pris une inspiration avant de hocher la tête.

— D'accord, dis-je.

Je commençai à me tourner vers la chambre lorsqu'il lança :

— Attends.

Pendant un moment, la peur bouillonna en moi et je

craignis d'avoir hésité trop longtemps, de lui avoir fait changer d'avis.

— Sais-tu ce qu'est un *safeword* ?

— Oui, en quelque sorte.

— C'est une autre façon de dire non. Un meilleur mot, sans équivoque. Quel est ton *safeword*, Eliza ? Quelque chose que tu ne dirais pas au lit en temps normal. Un mot que tu retiendras facilement.

— Canards, dis-je en songeant au moment où je l'avais rencontré. Canetons.

C'était ridicule, mais à son sourire et son hochement de tête, je compris qu'il approuvait.

— Allez, dit-il.

Avec ce simple mot, son comportement tout entier venait de changer. Alors qu'il était chaleureux et prévenant encore quelques instants plus tôt, il semblait sombre, sensuel et un peu dangereux à présent. Mais il ne me faisait pas peur. Mes appréhensions avaient complètement disparu.

Je fis ce qu'il me demandait et me déshabillai.

Nue et le cœur battant, je montai sur le lit. Si au début j'étais atrocement gênée, une fois que je fermai les yeux et imaginai le regard de Quincy sur moi, je me mis à me toucher. À tel point que lorsque j'entendis ses pas et l'ordre de garder les yeux fermés, mon corps vibrait déjà des signes avant-coureurs d'un orgasme exceptionnel.

— Tu es belle, murmura-t-il.

Je sentis le matelas s'enfoncer sous son poids lorsqu'il s'assit au bord du lit. Puis il prit délicatement mes mains et j'étouffai un cri de surprise, ouvrant presque les yeux en sentant des menottes en velcro rembourrées autour de mes poignets.

— Quincy...

Je perçus la tension dans ma propre voix. Sans doute s'en était-il rendu compte, lui aussi, parce qu'il chuchota :

— Ça va, tout va bien. Garde les yeux fermés.

Comme pour s'assurer ma coopération, il glissa un bandeau devant mes yeux.

Sans en avoir véritablement conscience, je tentai de refermer les jambes, comme si mon corps essayait de retrouver une certaine pudeur en réaction au fait que je ne pouvais plus bouger les bras.

— Oh, non, mon amour. Ne fais pas ça.

Je gémis en me mordant la lèvre inférieure, mais il était impitoyable. Il passa à mes chevilles, et bientôt je me retrouvai attachée au lit, le corps en forme de X. Honnête-ment, j'étais contente d'avoir un bandeau sur les yeux. Je n'aurais peut-être pas supporté la honte de son regard sur moi, même si le ton de sa voix et les mots qu'il prononçait m'indiquaient qu'il appréciait ce qu'il voyait et qu'il était très excité.

Je n'avais encore jamais rien fait de pareil et je me laissai aller à la sensualité douce et délicieuse de ses gestes. D'abord, il m'effleura avec une plume, puis il me tourmenta avec un glaçon. Mais ces caresses imperceptibles n'étaient rien en comparaison avec le vibromasseur qui causa un tel déferlement de sensations que je me trémoussai, tirant sur mes liens pour tenter désespérément de fermer les jambes, le corps à la fois révolté et ravi par ce plaisir intense qui côtoyait presque la douleur.

Il m'attisa par ses gestes experts, m'entraînant aux fron-tières de l'orgasme avant de se dérober, me laissant osciller sur le bord, pantelante et suppliante. Il reprit alors ses assauts érotiques avec ses doigts et sa bouche. Sans la

moindre honte, je me cambrai contre lui comme pour
retrouver le contrôle qu'il m'interdisait, comme pour le
supplier de le sentir tout entier en moi.

Lorsque je jouis enfin – lorsqu'il m'en donna l'autorisa-
tion –, la force de l'orgasme fut surpuissante. Je n'avais
jamais connu une telle expérience. Toutes les cellules de
mon corps semblaient sens dessus dessous. Bientôt, je
n'étais qu'un fantôme de femme, alanguie et comblée.

— Tu es merveilleuse, murmura-t-il sans cesser de me
caresser, du haut du corps jusqu'aux chevilles et aux
poignets.

Tout doucement, il me libéra et je me blottis à côté
de lui.

— Sais-tu à quel point c'est incroyable de te regarder ?
De te voir frémir de plaisir sous mes caresses ?

J'étais incapable de répondre, trop épuisée. Je plaquai
mon corps contre le sien, le visage dans son cou, et lui dis à
mi-voix que j'étais au paradis.

Son rire grave se répercuta à travers moi et il m'attira
dans ses bras, me caressant les cheveux tandis que je flottais
au-dessus de la terre. Enfin, longtemps après, je retrouvai
suffisamment mes esprits pour formuler des phrases
cohérentes.

— Je croyais que ça ne me plairait pas, murmurai-je.

Je trouvai la force de me hisser sur un coude pour le
regarder dans les yeux.

— Je pensais que le *safeword* m'échapperait dès les
premières minutes.

Son front se plissa et je compris qu'il était inquiet. Il
comprenait que je ne parlais pas simplement comme une
femme qui n'avait encore jamais joué à ce genre de jeux
sexuels, mais comme une femme chargée de secrets.

Avec délicatesse, il me caressa la joue.

— Eliza, mon amour. Y a-t-il quelque chose que tu ne me dis pas ?

Je savais que j'aurais dû en parler avant, mais aussi nerveuse que j'aie été tout à l'heure, je voulais trop être avec lui, faire l'expérience de ce qu'il avait à offrir. Je ne voulais pas le faire reculer, lui laisser croire que j'étais trop fragile.

Une fois que nous fûmes détendus, je m'ouvris à lui. D'ailleurs, j'en avais envie.

Je voulais qu'il comprenne mes réticences. Mon Dieu, je voulais partager cette partie de moi, plus sombre et plus profonde.

Alors, je lui racontai tout. Je lui parlai de mon père.

Des choses horribles qu'il faisait à Emma, des choses qu'il me faisait à moi.

Bien sûr, nous n'étions pas attachées. Pas de menottes aux poignets ni de liens aux chevilles. Mais nous étions incapables de nous enfuir. Notre père avait tout le pouvoir.

C'était affreux, et je confiai tout à Quincy.

Ensuite, alors qu'il essuyait mes larmes, je lui avouai que je redoutais de ressentir cela avec lui.

— Je croyais que je me sentirais prise au piège, utilisée.

Je penchai la tête, gênée.

— Mais ce n'était pas du tout comme ça.

Pendant un moment, il se contenta de me regarder et je crus que j'avais tout gâché. Que j'aurais dû me taire.

— Tu pensais que tu serais impuissante, dit-il. Comme avec lui ?

J'acquiesçai et il passa son bras sous mes épaules, me soulevant le haut du corps en tendant le doigt vers la fenêtre.

— J'en connais quelque chose, moi aussi. Tu vois cette

fenêtre, là-bas ?

Je hochai la tête.

— C'était la chambre de mes parents. La nuit où ces hommes sont venus, ceux qui voulaient se venger de mon père, j'avais sept ans. Je jouais au pied du lit tandis que ma mère lisait un livre. Elle m'a caché sous le sommier en me recommandant de n'en sortir sous aucun prétexte. J'étais à plat ventre et je tremblais de terreur, absolument impuissant.

Il se tourna pour me regarder.

— Alors, je comprends l'impuissance. C'est la perte totale de contrôle. Quand le contrôle vous est arraché. Comme moi avec ces hommes. Je ne pouvais rien faire pour défendre ma mère. Et toi avec ton père, impuissante à réagir.

Je clignai des paupières pour chasser les larmes qui s'étaient formées dans mes yeux.

— Avec ton père, le contrôle t'échappait. Mais avec moi, tu as tout le contrôle, au contraire.

— Je ne comprends pas.

— C'est toi qui m'as donné le contrôle, El. Tu l'as fait de ton plein gré. Tu avais le pouvoir d'arrêter à tout moment. Tu m'as accordé ta confiance. C'était ton cadeau pour moi. Tu m'as cédé le contrôle. Je ne l'ai pas volé. Est-ce que tu comprends ?

— Oui.

J'y réfléchis avant de sourire, roulant à califourchon sur son corps.

— Tu veux recommencer ?

Il éclata de rire, mais il ne refusa pas. Honnêtement, j'aurais pu passer le reste de mes mois à Londres au lit avec lui. À ce stade, j'étais accro.

Il s'avère que nous explorâmes la ville tout autant que nous explorâmes nos corps. Quincy me procurait un sentiment de liberté, de confiance. Par-dessus tout, je me sentais aimée, et chaque jour nous devenions plus proches, apprenant les limites l'un de l'autre. Nous repoussions nos interdits sexuels et je découvris à mon sujet des choses que j'ignorais. Nous jouions, tentions des expériences et nous amusions, si bien que grâce à lui, j'appris que j'aimais vraiment le sexe. Que ce n'était pas quelque chose que l'on devait subir, mais que l'on pouvait partager.

J'aurais peut-être fini par le découvrir de moi-même, mais ce n'était pas la question. Parce qu'avec Quincy, je tombais amoureuse.

Je serais restée éternellement s'il me l'avait demandé et pendant ces trois mois, je crus sincèrement qu'il le ferait.

Je n'aurais jamais imaginé que son amour pour moi ne soit qu'une illusion. Que nos moments ensemble ne soient rien de plus qu'un fantasme, une relation éphémère qu'il pouvait balayer sur un coup de tête ou faire disparaître en un claquement de doigts, comme un lapin au bout d'une baguette magique.

Pourtant, ce fut exactement ce qui se passa. Bientôt, mon conte de fées vola en éclats et je me retrouvai précipitée sans ménagement dans les bras glacials et amers de la réalité.

Et maintenant, me voilà, sur la banquette arrière d'une voiture qui file dans les rues de Los Angeles, avec l'homme qui m'a rejetée.

Ce que je sais, cette fois, c'est que je ne lui ferai pas confiance.

Maintenant, je suis consciente qu'il ment.

CHAPITRE NEUF

— Tu trouves quelque chose ? demande Quincy en faisant les cent pas devant une rangée d'ordinateurs.

Ils sont tous éteints. Seul le logo en 3D de l'Agence tournoie sur les écrans silencieux. À l'exception du moniteur devant lequel Denny est assise. À présent, elle porte un bas de survêtement et un débardeur blanc – tous deux estampillés du logo de l'Agence.

— Oui, j'ai résolu l'énigme, dit-elle sans lever les yeux.

Une enfilade incompréhensible de chiffres et de lettres défile sur l'écran comme une cascade inversée, si rapide que j'en ai presque le vertige.

Denny jette un œil vers Quincy par-dessus son épaule.

— C'est le majordome qui a fait le coup.

Je ris et Quincy, qui fronçait les sourcils en la regardant, se tourne vers moi.

— Sérieusement, Q. C'est crypté, tu as oublié ? Et tu viens d'arriver il y a dix minutes. Ça va, mais laisse-moi un peu d'espace.

Quincy croise mon regard, manifestement frustré. Quant à moi, j'ai un vrai coup de cœur amical pour sa partenaire.

Je me suis coiffée en queue de cheval et je suis habillée comme Denny, tenue fournie par la salle de fitness de l'Agence Stark Sécurité. Selon Quincy, c'est une entreprise plutôt récente qui fait partie de l'empire du milliardaire Damien Stark.

Le même Damien Stark qui, bien qu'il soit trois heures du matin, se trouve dans la salle de conférence aux parois vitrées, en conférence téléphonique aux côtés d'un homme que, contrairement à Stark, je n'ai jamais vu dans la presse à scandale. Ses cheveux sont de la même couleur que les miens et il arbore un sourire posé. Quincy m'a dit qu'il s'agissait de Ryan Hunter, chef du service de sécurité, et il m'a promis de me présenter les deux hommes une fois qu'ils auraient terminé leur appel.

Il y avait un autre homme au bureau quand nous sommes arrivés. Liam Foster. Un grand homme noir à l'allure militaire, une stature solide comme le roc et des yeux tendres qui semblent receler de nombreux secrets. Il a pris ma clé et il s'est rendu dans l'appartement d'Emma. Non seulement pour récupérer le téléphone dont j'ai désespérément besoin, mais aussi parce que j'ai dit à Quincy que Lorenzo et moi n'étions pas du même avis quant à la fouille éventuelle des lieux par un intrus. Quincy m'a assuré que si quelqu'un était capable de repérer les signes d'effraction, c'était bien Liam.

Je consulte l'horloge numérique sur le mur du fond et j'envisage de rappeler Lorenzo. Mais j'ai déjà essayé deux fois. Une fois dans le Uber avec le téléphone de Quincy, et une fois depuis un poste fixe dans la salle de sport. Chaque fois, je suis tombée sur le répondeur.

Je suis frustrée, mais pas trop soucieuse. Certes, Lorenzo savait que je serais sous couverture à la fête, mais il savait aussi que je devrais peut-être jouer le rôle d'une participante toute la soirée afin de rester discrète. J'avais vu la désapprobation dans son regard quand il avait compris ce que cela impliquait, mais à sa décharge, il n'avait pas essayé de m'en dissuader. À l'exception d'Emma, personne ne me connaît mieux que Lorenzo et il sait que je suis prête à tout pour ma sœur.

Même s'il savait que je ne viendrais pas au rapport avant le matin, je m'attendais à ce qu'il reste collé à son téléphone. Cela dit, il est presque quatre heures du matin, alors je devrais peut-être le lâcher un peu. Il s'est sans doute endormi. Malgré tous les stéréotypes sur les forces de l'ordre constamment sur leurs gardes, Lorenzo a un sommeil de plomb.

Il se réveille à six heures tous les matins, je l'appellerai à ce moment-là. En attendant, je regarde les doigts de Denny pianoter sur le clavier tout en essayant de comprendre ce qu'elle fait. Comme je n'en ai pas la moindre idée, je me lasse vite de cette activité. Je retrouve Quine à un poste de travail non loin de là. Il porte des lunettes de lecture demi-cerclées qui lui donnent un côté intello ridiculement sexy. Il semble concentré sur l'écran.

J'envisage de me pencher pour regarder par-dessus son épaule, mais je me ravise. Mon soulagement et ma gratitude envers lui de m'avoir sauvée du couteau du rouquin retombent déjà, laissant remonter à la surface toute mon animosité à l'égard de Quincy Radcliffe. Et là, dans ce bureau haut de gamme devant ces inconnus, ce n'est pas le moment de revenir sur la question.

Au lieu de quoi, je traverse la vaste salle jusqu'à la baie vitrée orientée vers l'ouest. Cet immeuble est situé au centre d'un nouveau complexe de bureaux appelé le Domino. D'après Quincy, l'Agence y occupe quatre étages, dont le rez-de-chaussée où nous sommes sert de quartier général aux analystes et aux membres du personnel informatique, d'où les rangées successives d'ordinateurs.

La baie vitrée est en verre sans tain. Je suis tournée vers un jardin paisible, conçu comme une oasis à l'écart de la frénésie environnante.

À cause de la lumière, je vois le reflet de Quincy lorsqu'il s'approche de moi. Il glisse les mains dans les poches de son pantalon. Il ne s'est pas changé, et si je ressemble à une étudiante peu soignée qui vient de sortir du lit pour aller en cours, cet homme passe pour le maître de l'univers.

Cette différence m'agace. Ce n'est pas juste. Je suis morte de fatigue et pas plus avancée qu'avant dans la recherche de ma sœur. Si ce n'est que maintenant, au lieu d'être toute seule et déboussolée, je suis entourée par des fortunes en matériel high-tech – et tout aussi déboussolée.

Je ne me sens pas mieux pour autant.

Comme si cela ne suffisait pas, j'ai passé les dernières heures en compagnie d'un homme que j'aimais autrefois et qu'en fin de compte, je ne connais pas du tout. J'ignore si c'est sa faute de m'avoir caché des choses, ou si c'est la mienne d'avoir été d'une telle naïveté.

Son regard croise le mien dans la vitre.

— Tu tiens le coup ?

— Ça va. C'est toujours agréable d'être précipitée dans le trou du lapin blanc !

Il arque un seul sourcil et mon cœur se serre douloureusement. C'est typique du personnage de Quincy, et autrefois cette mimique me faisait fondre. À présent, j'ai envie de le gifler.

— Quoi ? demandé-je.

— Apparemment, tu t'es fourrée dans la tanière de ton plein gré.

— Tu parles de la fête ?

Il acquiesce. Sur ce point, je suis forcée de lui donner raison. Ce n'était peut-être pas la décision la plus brillante, surtout quand on ajoute le rouquin à l'équation et le fait qu'il avait l'air de souhaiter ma mort – ou du moins, celle d'Emma. Mais je ne pensais pas à tout ça.

— Moi, je parlais de toi, lui dis-je. C'est toi le trou du lapin blanc.

Je me tourne pour le regarder, détachant mes yeux de son reflet.

— La pente glissante qui consiste à prendre conscience que l'homme avec lequel j'ai passé trois mois, l'homme à qui j'ai avoué mon amour, l'homme qui m'a plantée comme une moins que rien, n'a jamais été celui que je pensais. Pas de bol, n'est-ce pas ?

Il ne réagit pas. Évidemment. Quincy a toujours gardé le visage impassible comme un joueur de poker.

Je tire sur l'élastique qui retient ma queue de cheval, histoire de m'occuper les mains, et mes cheveux se déploient sur mes épaules.

— Ce n'est pas une nouvelle lubie, j'imagine ? Tu ne t'es pas brusquement lassé du monde de la haute finance pour décider de faire le grand saut dans le monde palpitant des renseignements privés. Je me trompe ?

— Non. Tu as raison.

— Bien sûr. Un point pour moi. Maintenant, voyons si je décroche le point bonus, parce que je pense que la seule chose qui te rapproche un tant soit peu de la haute finance, c'est la valeur de ta fortune familiale. Je crois qu'avant de travailler ici, tu travaillais pour le gouvernement. Britannique, naturellement, le MI6 sans doute. Ou, je ne sais pas, l'un des organismes paramilitaires privés qui doivent grenouiller à Londres.

— Grenouiller ?

Je penche la tête et croise les bras.

— Je t'expose mon avis et la seule réponse que tu me donnes, c'est une critique sur mon choix de vocabulaire ?

— Continue.

Je hausse les sourcils, feignant une surprise exagérée.

— Quoi ? Il y a autre chose ? À moins que tu veuilles dire que tu étais déjà dans les renseignements quand on était ensemble ? Parce que je parie que c'était le cas. Et je double ma mise en affirmant que c'est une mission qui t'a éloigné de moi. Ce qui m'échappe, c'est pourquoi tu n'es pas revenu. Honnêtement, Quincy, je me demande bien comment j'ai survé… *et merde !*

Il ne dit rien, les yeux posés sur moi. Je ne vais tout de même pas lui avouer la profondeur de mon chagrin. Hors de question.

Au lieu de ça, je fais rouler mes épaules en arrière et je me concentre sur son visage.

— J'étais amoureuse de toi.

Il déglutit, mais son expression reste immuable. Pendant un moment, il est silencieux, puis il se contente de dire :

— Et maintenant ?

J'ai envie de lui mentir, mais à quoi bon ?

— Maintenant ? Maintenant je crois que je te déteste.

J'expire, soulagée d'avoir exprimé de ce qui me pesait sur le cœur. Je ne regarde pas son visage. Au lieu de quoi, je me détourne et me dirige vers Denny, me laissant tomber sur la chaise à côté de la sienne.

Elle me lance un coup d'œil en coin et j'ai le sentiment qu'elle comprend plus qu'elle n'en laisse paraître. Pour la première fois, je m'interroge sur sa relation avec Quincy. Sont-ils partenaires de travail ? Ou existe-t-il autre chose entre eux ?

Étant donné que je viens de dire à Quince que je le détestais, je ne devrais pas y attacher d'importance. Pourtant, ça me taraude.

Je me racle la gorge et désigne l'écran d'un mouvement de la tête.

— Je suis perdue. Je croyais que je devais tenir ce gadget tout à l'heure pour qu'une sorte de logiciel de décryptage soit transmis à Quincy. Mais si c'est le cas, alors qu'est-ce que tu décryptes maintenant ?

Elle regarde furtivement Quincy, qui nous observe depuis la baie vitrée, et je le vois hocher la tête, lui donnant la permission de me mettre au parfum.

— Ce logiciel nous a permis de franchir la sécurité du système tout en établissant un programme de clonage haute vitesse.

— Alors, vous avez volé sa base de données, mais elle est toujours cryptée ?

— En quelque sorte.

Je me renfrogne.

— Mais tu peux la décrypter, c'est ça ?

— Moi personnellement ? Non. Mais heureusement, je travaille avec les meilleurs génies que l'argent de Monsieur Stark puisse acheter.

— Et pourquoi l'avez-vous volée ? Qu'y a-t-il dessus, et qui vous a engagés pour faire ça ?

Elle passe les doigts dans ses cheveux blonds et fins.

— C'est trop confidentiel, je ne pense pas pouvoir te le dire.

Je pousse un soupir de frustration.

— Très bien. Combien de temps ça va durer ? Je ne suis ici que parce que nos problèmes se sont télescopés, et j'aimerais savoir s'il y a là des informations au sujet de ma sœur.

— Eh bien, c'est la question à un million de dollars. C'est pour ça que nous avons emporté le clone avec nous au lieu de le faire sur place. Encore cinq minutes, ou peut-être cinq mois.

— Ça ne durera pas cinq mois, précise Quincy en nous rejoignant. Mon ami Noah dirigeait l'équipe qui a développé ce logiciel de pointe. C'est d'une efficacité redoutable. Garanti.

Il penche la tête en direction de la salle de conférence.

— Viens. Ils ont terminé. Je vais te les présenter.

J'ai déjà rencontré de nombreuses célébrités au fil des ans. C'est inévitable quand on joue tout un tas de rôles. Mais je n'avais encore jamais rencontré quelqu'un comme Damien Stark. Il est grand et mince. Je me souviens qu'il était joueur de tennis professionnel avant de changer de cap pour devenir l'un des hommes les plus riches de la planète. Il a les cheveux foncés et des yeux vairons fascinants – l'un noir, l'autre ambré. Il dégage une autorité qui devrait être intimidante, mais curieusement, qui ne l'est pas.

— Mademoiselle Tucker, dit Stark en tendant la main. Excusez-moi de vous avoir fait attendre. Quincy, beau travail sur le terrain.

— Sauf que la base de données n'est toujours pas décryptée, dis-je.

J'ai tellement l'habitude de dire ce que je pense avec Lorenzo et Emma que j'en ai oublié de mettre mon filtre social.

— Denny va y remédier le temps que nous terminions cette conversation, dit Ryan Hunter. Je crois que Damien parlait de vous. Vous n'avez pas failli vous faire tailler en rondelles par cet individu aux cheveux roux ?

— Oh.

Je me rends compte que Quincy a dû leur envoyer un compte-rendu pendant notre trajet de Hollywood à Santa Monica. Très franchement, je suis flattée que Stark et Hunter me prennent pour autre chose qu'un bâton dans les roues de leur mission. Mais je comprends ce qu'il veut dire et je me tourne vers Quincy avec un sourire contrit.

— Je ne t'ai pas remercié ?

Ses yeux pétillent d'amusement.

— Il n'y a pas de quoi.

Ryan hoche la tête, puis il indique les chaises à proximité. Je m'assieds, contente d'avoir dépassé le stade des présentations. Dans l'ensemble, Hunter me paraît plus abordable que Stark, mais en même temps, je crois que c'est une façade. D'après Quincy, Ryan est le gros bonnet de l'Agence, ce qui signifie qu'une partie de son métier consiste à observer. À jouer la carte de la proximité. En ce moment, il me regarde et je me demande ce que ses yeux bleus voient en moi.

J'ai le sentiment que ces hommes n'accordent pas facilement leur amitié, mais qu'ensuite, ils sont d'une loyauté sans faille. C'est une qualité que j'admire et qui me fait penser à Emma.

En voyant ces hommes assis autour de la table, j'ai l'impression d'être figurante dans un film avec trois têtes d'affiche. Ils sont magnifiques. Et malgré cela, ils semblent authentiques, avec leurs bords tranchants et un moral d'acier. Il n'y a rien de superficiel chez eux.

Des trois, c'est Quincy qui me paraît le plus réel. Pourtant, il a ses zones sombres, lui aussi. Comme s'il demeurait indomptable. Je l'avais déjà touché du doigt à Londres, mais à présent ça me saute aux yeux. Une vigilance sombre. L'impression constante qu'il est en chasse.

Quoi qu'il en soit, il est plus alerte aujourd'hui que jamais, et je crois que c'est en partie pour cette raison que je me sens en sécurité, même si je viens de passer l'une des pires soirées de ma vie.

Cependant, avec Quincy, même la sécurité peut être dangereuse. J'ai beau être contente de ne pas avoir péri sous le couteau du rouquin, je suis terrifiée à l'idée de faire tomber les barrières que j'ai dressées autour de mon cœur afin de maintenir Quincy Radcliffe à distance.

— … et peut-être un bref résumé ? Eliza ?

Je sursaute, gênée de constater que Ryan Hunter m'a parlé alors que je rêvassais.

— Excusez-moi. La journée a été très longue.

C'est vrai, mais ce n'est pas pour cela que mon esprit vagabondait.

— Qu'avez-vous dit ?

— Désolé. Je sais que vous êtes épuisée, mais il se trouve que nos intérêts sont liés. Quince nous a donné la version courte de la raison de votre présence au Terrace. Pourriez-vous combler les blancs ?

Je m'adosse dans mon siège.

— Eh bien, ça dépend.

Mon regard alterne entre lui et Damien Stark et je me demande si je peux tenter une réponse audacieuse.

— Et vous, comptez-vous me dire pourquoi vous avez piraté le système de Scott Lassiter ? Parce que, je suis peut-être naïve, mais j'ai l'impression que ce n'est pas très légal.

— Nom de Dieu, Eliza, s'exclame Quincy d'une voix sèche, frustrée.

Je le fusille des yeux.

— Pardon de vouloir comprendre dans quel bazar je patauge.

— Ryan veut seulement savoir…

— Non, répond le principal intéressé. Ça ne fait rien.

Il regarde Stark, qui prend subtilement le relais de la conversation :

— Connaissez-vous le nom de Marius Corbu ?

Je fronce les sourcils en secouant la tête.

— Je devrais ?

— Non, pas vraiment. C'est le chef d'un cercle de trafic sexuel basé en Roumanie.

— Oh.

Je me voûte sur ma chaise. Je ne suis pas étonnée. Au contraire, les pièces du puzzle commencent à s'assembler.

— Continuez.

— Le cercle fonctionne depuis plus d'une décennie. Parfois il est mis à mal par les forces de l'ordre, mais la plupart du temps, il reste sous les radars. Ou au-dessus, selon la perspective.

— Comme la mafia.

Il acquiesce.

— La majeure partie des victimes viennent de pays sous-développés. Des gens qui essaient de trouver une vie meilleure.

— Je sais. Beaucoup de réfugiées nigérianes se font avoir.

J'en sais plus que je ne le voudrais sur le trafic sexuel, étant donné qu'Emma a passé une grande part de son service aux renseignements à mener un combat perdu d'avance.

— Une force opérationnelle de l'Union européenne traque certains des acteurs essentiels de ce cercle, et jusqu'à présent ils ont fait du bon boulot. Mais Corbu est le Saint Graal, c'est un homme difficile à trouver. Alors, Stark Sécurité a reçu pour mission d'aider la force opérationnelle en mettant la main sur le protocole permettant d'entrer en contact avec Corbu.

— À la fête ? Mais ça ne… *oh.*

Quincy hoche la tête en voyant que je viens de comprendre.

— Apparemment, Corbu fait partie des clients de Lassiter. Nous ignorons encore s'il est au courant du rôle de Corbu dans l'opération. D'après ce que nous en savons, ce n'est qu'une pourriture banale, coupable d'extorsion, de prostitution et de trafic de drogue, entre autres. En soi, ce n'est pas inintéressant, mais surtout, il peut nous conduire vers un plus gros poisson.

— Comme Corbu, dis-je. Parce que si Corbu est un client, alors Lassiter doit avoir un moyen de le contacter.

— Exactement, confirme Ryan. Selon nos renseignements, Lassiter conserve toutes les infos sur ses clients dans son disque dur soigneusement crypté.

— Que nous avons récupéré, ajoute Stark.

— Alors, c'est la combine, dis-je. Vous obtenez le protocole, puis vous entrez en contact avec Corbu et…

— Pas nous, répond Ryan. Mais c'est ce que les agents de la force opérationnelle ont sans doute l'intention de faire.

Dès que Denny récupérera le protocole sur ce disque et que nous l'aurons transmis à l'Union européenne, le rôle de l'Agence dans cette opération sera officiellement terminé.

— D'accord. Mais quel est le rapport avec la fille de treize ans que Quincy a mentionnée ? C'est la fille dont parlait le rouquin aussi ?

— C'est ce que nous pensons, fait Ryan.

— Qui est-ce ?

— La princesse Ariana d'Eustancia. Elle a été enlevée récemment.

J'écarquille les yeux.

— Une princesse ? Sérieusement ? De quel pays ?

— Eustancia, répond Stark.

— C'est une petite monarchie extrêmement riche, entre la Suisse et l'Italie, précise Quincy.

Je n'en ai jamais entendu parler, mais je le crois.

— La force opérationnelle se demande pourquoi Corbu prendrait un tel risque en enlevant une jeune fille de la haute société, reprend-il, mais les sources sont formelles.

— Et Stark Securité travaille aussi sur le kidnapping ?

Je perçois l'incrédulité dans ma propre voix et j'espère ne pas les avoir vexés.

— Enfin, je veux dire, l'Europe n'a pas ses propres forces de l'ordre ?

— En fait, nous n'avons rien à voir avec la princesse, explique Ryan en s'immisçant dans la conversation. Ou du moins, c'était le cas jusqu'à ce que nous recevions vos renseignements.

— Mes renseignements, répété-je en regardant Quince. Vous voulez dire, le fait que le rouquin m'ait interrogée au sujet de la fille ?

— Jusqu'à présent, c'est la seule véritable piste.

— Mais il ne faisait peut-être pas référence à cette princesse.

— C'est vrai, dit Stark, mais le Régent est prêt à faire ce pari. Il nous demande de poursuivre l'enquête dans ce sens. Comme je le connais, lui et son frère, nous avons accepté cette mission.

— Oh.

Mon seul rapport avec la royauté, c'est d'avoir croisé Queen Latifah quand j'avais deux lignes à dire dans l'un de ses films. Et puis, j'ai assisté à la relève de la garde devant le palais de Buckingham avec Quincy. Donc, en effet, je suis un peu abasourdie.

L'ombre d'un sourire effleure les lèvres de Stark. Je suis certaine qu'il a très bien compris ma réaction.

— À l'évidence, nous allons avoir besoin de votre aide.

— Désolée de vous annoncer une mauvaise nouvelle, mais je vous ai dit tout ce que je savais. Je ne suis pas certaine de pouvoir vous aider plus que ça.

Ryan se laisse aller sur son siège.

— Que faisiez-vous au Terrace ?

— Vous le savez. J'essaie de comprendre ce qui est arrivé à ma sœur.

Il le sait déjà, naturellement. J'ai tout raconté à Quincy dans le Uber et il s'est empressé de tout transmettre à Ryan et à Stark.

— La sœur qui, à en croire le rouquin, est censée savoir des choses sur la fille ?

J'acquiesce.

— Et nous partons tous du principe que cette fille est la princesse Ariana ?

Une fois de plus, je hoche la tête.

Ryan écarte les mains dans un geste qui signifie : *alors, voilà !*

— Apparemment, nous devons retrouver votre sœur. Et pour ça, nous avons besoin de votre aide.

— Eliza, ajoute Quincy d'une voix douce. Je crois que tu as besoin de notre aide, toi aussi.

Je suis étonnée par le soulagement qui me traverse. Lorenzo est intelligent et je sais qu'il est tout aussi inquiet que moi, mais ses ressources ne sont pas comparables à celles qui se trouvent dans cette salle.

— Oui, murmuré-je au moment où Denny tapote sur la vitre. Je le crois aussi.

Ryan lui fait signe d'entrer et elle fait irruption dans la salle.

— Ça y est, s'exclame-t-elle. Je ne suis pas épatante ?

— Tes talents me laissent toujours admiratif, dit Quincy, pince-sans-rire.

En réponse, elle sourit en frottant ses ongles sur sa poitrine.

— Il est jaloux parce que je suis géniale, me souffle-t-elle sur un ton de conspiratrice.

Je hoche la tête avec un sourire forcé. Tout compte fait, moi aussi je suis un peu jalouse.

Sans être décontenancé par la plaisanterie, Quincy me conduit hors de la salle de conférence afin de laisser Stark, Ryan et Denny appeler le commandant de la force opérationnelle pour lui transmettre le protocole permettant de contacter Corbu.

En sortant, j'aperçois Liam qui franchit la porte principale. Il lève une main pour nous saluer et nous le retrouvons à mi-chemin. Chacun prend une chaise devant l'un des ordinateurs.

— Alors, tu avais raison, me dit-il. Quelqu'un est passé chez elle.

— Je le savais. Lorenzo m'a dit que j'étais parano, mais je connais Emma.

J'incline la tête pour le dévisager.

— Tu es aussi doué qu'on le prétend. Mais comment peux-tu en être certain ?

Il me montre son téléphone, ouvert sur les photos, et je reste bouche bée en découvrant la première. C'est l'appartement d'Emma, mais on dirait qu'une tornade a saccagé les lieux.

— Je crois qu'ils sont revenus après le plongeon du rouquin. Je hoche mollement la tête.

— Et puis, ton téléphone a disparu. Ils croient peut-être que c'est celui d'Emma.

— *Merde.*

Ce juron m'échappe, mais il sort du cœur. Ma vie entière se trouve sur ce téléphone qui, fort heureusement, est relié au *cloud*. Il est verrouillé, mais si ces gars trempent dans le crime organisé, je parie qu'ils sauront le pirater. Ce qui signifie que s'ils ne possédaient pas déjà l'adresse e-mail et le téléphone de ma sœur, c'est chose faite. Et si elle m'a envoyé des messages, ils les auront interceptés.

— Et si elle m'a écrit ? je demande à Quincy. Ils sauront où elle est. Bon sang, ils peuvent se faire passer pour moi. Et… oh, *bordel* ! J'ai une appli de localisation qui permet de suivre ses amis. Si elle a son téléphone sur elle, ils savent exactement où elle se trouve.

Quincy me prend la main et cette démonstration d'affection me renforce.

— Elle est maligne, me rappelle-t-il. Tu me l'as déjà dit

une centaine de fois. Pour le moment, tu dois t'occuper de ton téléphone.

Il a raison. Je ne crois pas qu'il comporte quoi que ce soit susceptible de me causer du tort – je n'ai aucune appli bancaire et je n'utilise pas mon téléphone pour payer –, mais tout de même, je me tourne vers un ordinateur. Je dois me connecter et tout effacer à distance, et je dois le faire tout de suite.

Quincy m'a devancée. Il se connecte déjà et navigue sur iCloud. Je cherche comment nettoyer le contenu de mon téléphone et je me rends compte que je peux suivre celui d'Emma à partir d'ici. Je clique et l'écran affiche une carte. J'attends que le petit point représentant ma sœur apparaisse.

Rien.

— Elle a effacé les données de son téléphone, elle aussi, observe Quincy. À moins qu'elle l'ait éteint.

— Ce qui signifie qu'elle ne t'a probablement pas contactée. En tout cas, pas depuis son téléphone, ajoute Liam. Peut-être pas non plus depuis sa boîte de messagerie habituelle. Si elle est aussi futée que vous le dites.

Je hoche lentement la tête, soulagée. Puis je me penche et je vide mon téléphone. Ça prend du temps, car l'ordinateur tient à s'assurer que je sois bien certaine de vouloir supprimer toutes mes données à distance, mais bientôt, tout a disparu.

Je m'appuie contre le dossier, soudain submergée par l'impact de ce que je viens de faire. Pour la première fois de ma vie, je suis entièrement coupée de ma sœur.

À côté de moi. Quincy me prend la main.

— Ça va aller, dit-il d'une voix douce.

Autrefois, je l'aurais cru, j'aurais laissé ses paroles me réconforter.

Mais maintenant ?

Maintenant, j'ai peur. Et même avec Quincy à mes côtés, je me sens terriblement seule.

CHAPITRE DIX

L'appartement de Quincy à Santa Monica est plus petit que je m'y attendais, et pourtant il lui convient parfaitement. Il y a un hall d'entrée exigu avec un placard à manteaux sur la droite et une cuisine de type cambuse de bateau sur la gauche. Un bar donne sur la pièce à vivre, au bout de laquelle une porte vitrée occupe tout un pan de mur, renforcée au besoin par une porte métallique de style garage actuellement enroulée au-dessus de la vitre. Une lumière tamisée éclaire la terrasse, révélant une chaise et un banc en fer forgé garnis de coussins.

Impeccablement rangé, l'appartement est décoré avec goût, dans des tons de gris et de noir qui se marient avec élégance à l'ameublement contemporain. Une bibliothèque occupe tout un mur, remplie par un système stéréo impressionnant, des dizaines et des dizaines d'albums vinyle et de CD, ainsi que des centaines de livres reliés allant des classiques incontournables jusqu'aux ouvrages historiques, sans oublier une collection impressionnante de romans d'espionnage modernes.

Je ne vois aucune télévision, mais cela ne m'étonne pas. Le Quincy que je connaissais ne regardait la télé que pour les actualités, et encore, c'était sur un petit poste dans son immense salle de bain, qu'il allumait uniquement en se rasant. Je me demande si c'est toujours sa routine du matin ou s'il est passé à une appli d'actualités sur son téléphone.

Ce qui m'étonne, en revanche, c'est le sac de frappe près de la porte de la terrasse. Pas un petit punching-ball, mais un énorme sac accroché au plafond, sans doute plus lourd que moi.

Quincy a toujours aimé rester en forme, à moins que les choses aient changé, je sais qu'il est tonique sous ce costume, doué dans tous les arts martiaux. Autrefois, je pensais que son intérêt pour le taekwondo, le karaté et toutes les autres disciplines lui venait de son enfance et de la mort de sa mère. Maintenant, je pense qu'il y a autre chose, et que son déploiement de talents est lié à son travail dans les renseignements. Et surtout, j'ai le pressentiment qu'en dépit de sa nationalité britannique, il ressemble bien plus à Liam Neeson qu'à James Bond au combat.

Malgré cela, le Quincy de Londres n'aurait pas eu d'équipement de sport dans son espace de vie et je me demande pourquoi le sac de frappe occupe toute une partie de son salon. J'ai l'impression d'avoir un aperçu de la vie actuelle de cet homme que je connaissais si bien autrefois, sans notes de bas de page pour me débrouiller.

D'autres indices me laissent deviner quel homme il est devenu. Par exemple, les cadres photo sur le guéridon derrière son canapé. Je reconnais sa mère sur l'une des photos, elle était déjà chez lui à Londres. Sur une autre, il est en compagnie d'une pseudo-célébrité, Dallas Sykes, un célèbre play-boy new-yorkais surnommé Le Roi de la Baise, auquel le public s'intéresse depuis que son aventure avec sa sœur adoptée a fait les gros titres des journaux.

Je jette un coup d'œil vers Quincy, mais il ne me donne aucune explication et je n'en demande pas. Je n'aurais jamais supposé qu'il puisse être ami avec un type comme Sykes, mais encore une fois, il y a tout un tas de choses que j'ignore au sujet de Quincy Radcliffe.

Cette simple réalité m'attriste et je chasse cette pensée en me détournant de la table. Cependant, je m'arrête lorsqu'une petite photo tout au bout attire mon attention. Une femme souriante qui tient un ours en peluche, à l'occasion d'un carnaval à en juger par l'arrière-plan flou.

Denny.

Immédiatement, j'ai chaud. Non, froid. Honnêtement, je n'en sais rien, si ce n'est que je n'aime pas ma réaction. D'ailleurs, je n'aime pas l'idée même de réagir à cela, parce qu'après tout, que m'importe ce que fait Quincy dans sa vie personnelle et qui il fréquente ?

Je m'ordonne de me détourner. Quand je lève les yeux, c'est pour découvrir le regard de Quincy sur moi.

— Je ne savais pas que Denny et toi étiez ensemble, dis-je d'une voix guillerette, faussement enjouée.

Je me fais l'effet d'une sale hypocrite, mais il est hors de question que je lui montre à quel point cet aperçu de sa vie me fait mal. Cela ne devrait rien me faire, je ne devrais pas m'en soucier.

— Tu ne savais pas ?

Il fronce les sourcils, pour de bonnes raisons sans doute. C'est vrai, ils avaient l'air de très bien s'entendre à la fête. Il doit croire que je suis aveugle.

— Ça fait environ huit mois maintenant.

— Oh. Elle est géniale. Je l'apprécie beaucoup.

— Moi aussi. Et maintenant qu'elle revient sur le terrain plus…

Il s'interrompt brusquement et il penche la tête tout en me dévisageant. Lentement, un sourire étire ses lèvres et je vois son regard pétiller de malice.

— Quoi ?

J'entends la méfiance dans ma voix et je me demande ce que j'ai raté.

— C'est ma partenaire de travail, El. C'est tout. Et même si elle était célibataire, elle ne serait rien d'autre.

— Oh.

C'est alors que la portée de ses paroles me frappe. *Oh.*

Il fait un pas vers moi, si proche à présent qu'il pourrait me toucher en tendant la main.

Il n'en fait rien.

Je ne bouge pas non plus. Je reste debout comme une idiote, à le regarder tout en me grondant intérieurement d'en avoir révélé bien plus que j'en avais l'intention.

— Je n'ai jamais eu de relation sérieuse depuis toi, me dit-il d'une voix douce, apaisante.

— Oh.

J'ai du mal à respirer et l'air grésille entre nous. Il fait un autre pas. Maintenant, je sens l'odeur de son eau de toilette qui s'attarde encore même si nous avons passé la nuit debout. Ses yeux sont rivés aux miens, mais je n'ai pas la moindre idée de ce qu'il pense. Mon souffle reste suspendu, et en cet instant, je suis certaine qu'il va m'embrasser. Pourtant, j'ignore toujours si je vais fondre contre lui ou le gifler.

Je n'ai pas l'occasion de le déterminer, parce qu'il ne m'embrasse pas. Au lieu de ça, il désigne quelque chose derrière moi.

— La chambre est là-bas.

— Je ne peux pas prendre ta chambre. Je vais dormir sur le canapé.

— Non. C'est ma maison, mon règlement. Ce soir, tu dors dans mon lit.

— Oh, d'accord.

Mes joues rougissent même si je n'ai pas à avoir honte.

Je m'arrête dans l'encadrement de la porte et je me tourne vers lui.

— J'aurais dû accepter quand Monsieur Stark m'a proposé une chambre à l'Hôtel Stark Century.

— Je serais quand même venu dormir sur le canapé. Si tu crois que je vais te laisser seule ce soir, tu es folle.

— Techniquement, c'est le matin. Et Denny serait restée avec moi.

Il me regarde droit dans les yeux.

— Peut-être, mais je veux que tu sois ici avec moi.

Mon cœur fait un numéro de claquettes et cette réaction m'agace. Il n'a pas le droit de me faire éprouver cela. Aucun droit.

Je rebrousse chemin jusque dans la cuisine, j'ouvre le réfrigérateur et je me sers un verre d'eau gazeuse.

— Pourquoi ? dis-je en lui tournant le dos.

Il ne répond pas et je me retourne pour le découvrir à quelques pas de moi. Seul le bar de la cuisine nous sépare.

— Quincy, pourquoi ?

— Parce que tu te retrouves mêlée à quelque chose de plus grave que tu le pensais. Parce que tu ne comprends pas tout ce qui se passe. Non, ne proteste même pas. Tu ne comprends pas, et si je le sais, c'est parce que moi non plus. Tu es mouillée jusqu'au cou maintenant, Eliza. Tant que je ne serai pas certain que tu es en sécurité, je ne te quitterai pas des yeux.

— Parce que c'est ton métier, dis-je, incapable de réprimer la pointe de sarcasme qui me vient.

Son expression ne change pas, et pendant un long moment de silence, il me regarde dans les yeux. Je ne décèle aucune réaction. Pas la moindre.

— Oui, dit-il enfin. C'est mon métier.

Enfoiré.

Je prends une longue gorgée d'eau pour masquer le déferlement d'émotions qui m'habite, puis je sors de la cuisine. Je l'évite en retournant vers la porte ouverte de la chambre.

— Quand tu as dit que je pouvais rester ici, je pensais qu'il y avait deux chambres. C'est petit pour toi.

Il jette un regard circulaire.

— Ça me suffit largement. Le propriétaire est un ami et ça convient à mes besoins. Ce n'est pas beaucoup plus petit que mon appartement à Manhattan.

— À New York ? Tu habites à New York ?

— Jusqu'à présent. Avant d'accepter la proposition de Ryan et de Damien et d'intégrer l'Agence à plein temps, je travaillais pour une petite organisation basée dans les Hamptons. C'était un petit à-côté, disons. Pendant que j'étais avec Délivrance, je continuais à effectuer des missions pour le compte du NI6.

Il hausse une épaule d'un air désinvolte.

— Après la dissolution de Délivrance, j'ai envisagé de raccrocher, mais finalement, je suis venu ici. Liam a pris la même décision.

— Je vois.

Malgré tout, j'ai le sentiment qu'il s'en tient aux détails de surface. Cela dit, ça m'est égal. J'ai saisi le tableau d'ensemble.

— Tu savais que j'habitais toujours à New York, moi aussi ?

Il acquiesce et je ravale le nœud qui m'obstrue la gorge, tout à coup. Son aveu n'y change rien, mais l'idée qu'il m'ignore depuis l'autre côté de l'Atlantique était plus facile à supporter que de savoir qu'il m'a ignorée tout en vivant à quelques rues de moi, tout au plus.

Je redresse le menton en entrant dans la chambre.

— Bonne nuit, Quincy.

Je m'arrête sur le seuil et jette un œil par-dessus mon épaule.

— As-tu la moindre idée du temps qu'il m'a fallu pour passer à autre chose ?

C'est un mensonge, bien sûr. Je ne suis pas passée à autre chose, même si j'essaie de me persuader du contraire.

— Je suis désolé.

— Je n'en doute pas. Alors ?

Il ne répond pas. Que pourrait-il dire ?

Je m'avance dans la chambre et m'assieds au bord du lit tandis qu'il s'approche, s'attardant sur le seuil comme s'il attendait que je le renvoie.

Je ne fais rien.

— Un jour, tu devras me dire pourquoi. Je mérite de savoir.

Je crois voir une étincelle d'émotion dans ses yeux gris orageux.

— Peut-être, dit-il d'un ton posé. Mais nous savons aussi bien l'un que l'autre que dans cette vie, on n'obtient pas toujours ce qu'on mérite.

Puis il tend la main vers l'interrupteur et il éteint la lumière avant de refermer délicatement la porte, me laissant seule dans le noir avec mes souvenirs. Et mes regrets.

CHAPITRE ONZE

— T iens, *chuchote Emma en me fourrant Mister Wellington dans les bras. Quoi qu'il arrive, tu fais semblant de dormir, d'accord ? Et tu tournes le dos à la chambre, le visage contre la fourrure de Mister Wellington. Tu ne roules pas le côté et tu ne regardes pas. C'est promis ?*

J'acquiesce en ramenant l'ours en peluche contre moi.

— Dis-le, ordonne-t-elle. C'est une vraie promesse uniquement quand on le dit à haute voix.

Je sors mon pouce de ma bouche et je chuchote :

— P... p'omis.

Je viens de perdre ma première dent et j'ai du mal à prononcer les R.

Emma, une grande avec toutes ses dents, fronce les sourcils en me regardant. Je vois qu'elle n'est pas satisfaite, mais elle ne dit rien d'autre. Elle se contente de hocher la tête et monte dans le lit avec moi.

Il y a deux lits jumeaux dans notre chambre humide et froide, dépourvue de fenêtres, mais nous ne dormons jamais séparées. Nous ne sommes séparées que lorsqu'il vient, et ce n'est jamais le

*moment de dormir. C'est le moment de faire semblant de dormir.
Pour moi, en tout cas. Emma doit rester réveillée. Il dit qu'il veut
qu'elle ouvre les yeux. Il veut qu'elle regarde quand il se touche
comme ça.*

*Je ne regarde jamais. Je ne veux pas voir, mais même si je
voulais, je ne le ferais pas. Je fais confiance à Emma, et si elle me
demande de garder les yeux fermés, je le fais. Parce que je sais
qu'elle prend toujours soin de moi. Elle me le dit tous les jours. Elle
me dit qu'elle m'aime aussi. C'est la seule qui me le dit, et c'est la
seule que j'aime.*

*Certainement pas lui. Je le déteste. Si je savais comment lui
faire du mal, je le ferais, mais je suis trop petite. Même Emma est
trop petite, alors qu'elle a quatorze ans.*

*Quelquefois, j'aimerais que maman soit là, mais la plupart du
temps, je ne souhaite rien du tout. Ça ne sert à rien d'avoir des
souhaits, parce qu'ils ne se réalisent jamais.*

*Je ne me souviens même pas d'elle, mais Emma dit qu'elle nous
aimait. Elle dit que notre maman le détestait, lui aussi, mais
qu'elle ne nous aurait jamais laissées seules avec lui volontaire-
ment. Jamais. Elle dit que c'est sa faute si elle est morte, mais
personne ne le sait. Elle dit que tout va bien se passer. Qu'elle va
s'occuper de nous deux. Que même si notre maman nous manque,
nous n'avons pas besoin de mère. Elle sera notre maman, et un
jour, nous partirons loin de lui.*

Seulement, elle ne sait pas quand.

*— Allez, viens, insiste-t-elle avant d'écarter une boucle rousse
de son visage.*

*Ses cheveux sont épais et ondulés, et je trouve qu'elle ressemble
à une star de cinéma. Il aime ses cheveux, lui aussi, et elle dit
qu'elle aimerait les couper, mais que ça le mettrait en colère. Elle
ne le fait pas, parce qu'il ne faut pas le mettre en colère. Et puis,
elle disait que notre maman adorait ses cheveux. Elle s'assoyait*

avec Emma pendant des heures pour les lui brosser. C'est à ça qu'elle pense quand il passe les doigts dans ses cheveux. Elle imagine notre mère et elle essaie de ne pas penser à lui.

Je sais qu'il y a quelque chose de différent ce soir, mais je ne sais pas quoi. Je sais déjà que je suis censée garder les yeux fermés et ne jamais, jamais regarder quand il est dans la chambre. Alors, je ne sais pas pourquoi Emma me le répète avec insistance aujourd'hui. Elle est bizarre et j'ai peur, mais je ne veux pas le lui dire, parce qu'elle se sentira coupable. Alors, j'enfouis mon visage contre Mister Wellington, mon pouce dans ma bouche. Emma monte derrière moi et elle me serre dans ses bras. J'essaie de m'endormir de toutes mes forces.

Mais je n'y arrive pas.

Je reste allongée là, à respirer la fourrure poussiéreuse de mon ours, et j'écoute le vent au-dehors qui fait gratter les branches du gros arbre contre la façade de la maison. C'est effrayant, mais Emma est avec moi. Elle me tient comme je tiens Mister Wellington, alors j'ai moins peur. Pas de la maison ni de l'arbre, en tout cas.

J'aurai peur plus tard, parce que je sais qu'il viendra.

Bien sûr, il finit par venir. Les bruits de pas pesants. Cette toux grasse qui retentit.

J'entends tinter les clés dans la serrure et la porte grince sur ses gonds. Je ferme vivement les yeux et resserre les poings dans la fourrure de Mister Wellington. Emma affermit son étreinte et j'entends sa respiration. Puis je sens sa main à lui sur ma hanche et je sens son haleine fétide près de mon oreille.

— À ton tour, petite.

Je reste pétrifiée, puis je me rappelle qu'Emma m'a fait promettre de faire semblant de dormir quoi qu'il arrive. Je m'efforce de rester aussi immobile qu'une pierre, comme si je rêvais, inerte au possible.

— *Ah bon, petite garce ? Tu veux jouer à faire semblant ? C'est ce que nous allons voir.*

Ses grandes mains m'attrapent par la taille et je hurle à pleins poumons jusqu'à ce qu'Emma s'interpose en criant à son tour. Je ne comprends pas ce qu'elle dit, mais brusquement elle disparaît et je lève les yeux pour voir son corps frêle voler dans les airs et atterrir sur l'autre lit.

Une fois de plus, il tend les mains, mais elle s'égosille :

— *Non ! Moi ! Laisse Eliza tranquille. Je ferai n'importe quoi, je le jure.*

Lentement, je sens qu'il se détourne et je parviens enfin à respirer à nouveau.

— *N'importe quoi ? dit-il d'une voix issue de mes pires cauchemars. Bien, je crois que ça peut m'intéresser.*

Un bras ferme me hisse par la taille et me redresse en position assise sur le lit.

— *Ouvre les yeux, petite. Sinon ça va chauffer pour toi et encore plus pour ta salope de sœur.*

À présent, je sanglote et j'entends la voix d'Emma, éraillée et humide de larmes :

— *Ça va aller, Eliza. Je crois que tu es obligée. Je crois que nous sommes toutes les deux obligées.*

Il me force à regarder. Tous les soirs, il me fait asseoir et câliner Mister Wellington tout en regardant les horreurs qu'il fait à ma sœur. Cent cinquante-sept fois. Je les compte et je les marque au crayon sur le mur quand il s'en va et qu'Emma se lave dans la petite bassine qui occupe un recoin du cagibi qui nous sert de chambre.

Cent cinquante-sept fois avant qu'Emma trouve une solution. Avant qu'elle nous sauve.

Ou du moins, avant qu'elle essaie.

Elle crochète la serrure de cette petite chambre et elle ouvre la voie dans l'escalier. *Nous marchons lentement en prenant soin de ne pas faire craquer les lattes du parquet.*

J'aperçois la porte d'entrée devant nous. Elle est ouverte et dehors, il y a du soleil, des nuages et une merveilleuse journée. À portée de main.

Nous sommes proches, si proches.

C'est alors que le hurlement d'Emma déchire l'air. Je la vois voler dans les marches et s'écraser dans un imbroglio de membres, de chair et de sang sur le carrelage en contrebas.

Je me retourne, horrifiée, et je le découvre derrière moi. Les yeux injectés de sang. La peau encroûtée.

Ses lèvres esquissent un sourire hideux et alors que j'essaie de détaler, il m'empoigne le bras et m'attire à lui, collant sa bouche à mon oreille et glissant la main entre mes jambes.

— Tu es la prochaine, dit-il.

Alors, je hurle et je hurle encore.

———

Je me réveille en sueur, les bras de mon père autour de moi.

Je ne peux pas me dégager. Je me débats, je donne des coups de pied et je crie, mais je...

— Eliza. Eliza, du calme. Tout va bien. Il n'est pas là. Tu es en sécurité. Je suis avec toi.

Quincy.

Je me détends et les bras forts qui m'entourent se relâchent sensiblement.

— Tout va bien.

Sa voix est tendre, apaisante, et j'enfouis mon visage contre son torse, inspirant profondément, les mains agrippées à sa chemise. J'inspire, j'expire, tandis que Quincy me caresse doucement les cheveux dans un geste aussi rassurant que son odeur familière.

— Je suis désolée.

Mes paroles sont étouffées, mais je n'ai pas envie de bouger. Le rythme de mon cœur s'est calmé et je me sens en sécurité dans ses bras, maintenant.

— Je suis désolée, répété-je, la poitrine encore oppressée par la terreur qui vient tout juste de s'estomper.

— Oh, mon amour, non. Tu n'as pas à être désolée.

Il y a de la compassion dans sa voix, de la compréhension aussi, et je fonds un peu plus.

— Tu veux m'en parler ? C'était ton père ?

Jusqu'à Quincy, je n'avais encore parlé à personne de mon père. Et je n'en ai plus jamais parlé depuis.

Pas plus qu'Emma. Pas même à Lorenzo, que nous aimons et à qui nous faisons confiance. Il y a certaines choses que l'on garde dans le secret de son cœur, parce qu'elles sont trop dangereuses pour être dites à haute voix.

J'en ai parlé à Quincy parce que je l'aimais, parce qu'il voyait les cicatrices de mon âme et qu'il voulait m'aider à guérir.

Je lui faisais confiance. C'est peut-être encore le cas, parce que j'acquiesce alors que ses bras se referment autour de moi. Puis je prends une grande inspiration, je ferme les yeux et j'essaie de décrire l'horreur indicible.

— Il me tenait. Il m'entraînait et Emma était morte. Il… il l'avait tuée. J'étais toute seule et je ne savais pas comment le combattre, et…

— Là, là.

Ses lèvres effleurent mon front, à la fois douces, tendres et douloureusement familières.

— Tout va bien. Je suis là.

— C'est vrai ?

Je sais que je ne devrais pas, mais je penche la tête. Je désire ce que je ne devrais pas désirer, j'aspire à ce dont je ne devrais pas avoir besoin. Quincy est le seul homme qui connaisse mon passé secret. Le seul qui soit en mesure de dompter mes démons. Mon Dieu, j'ai trop besoin de lui maintenant. Je veux me laisser couler, capituler tout entière, qu'il m'emmène vers ces territoires familiers où j'aimais m'aventurer quand j'étais dans ses bras.

Je veux raviver le passé, et même si je ne peux pas avoir l'éternité, j'aimerais au moins saisir l'instant. Je ne m'en veux même pas d'avoir aussi désespérément envie de lui.

Son regard croise le mien et je vois la tempête faire rage. Cette intensité familière, cette folie contrôlée, semblable à une tempête dans une bouteille.

— Eliza, me dit-il.

Dans sa voix, j'entends *non*.

— Rien qu'un baiser, supplié-je. Tu me dois bien ça.

Il ne répond pas, mais j'ai la paume sur son torse et je sens le battement de son cœur. Je sens son souffle sur mon visage et la chaleur de sa peau sur la mienne. J'ignore ce qui nous est arrivé et je ne me fais aucune illusion. Plus rien ne sera jamais comme avant. Mais en cet instant, j'ai besoin de réveiller le passé. Je veux me perdre dans les souvenirs agréables et non les cauchemars torturés.

J'ai besoin de Quincy, tout simplement. Je tends les mains et passe les doigts dans ses cheveux sombres et drus. Je ne suis jamais aussi entreprenante, mais j'ai passé plus de quatre ans à désirer quelque chose que je ne pouvais pas avoir. J'étais affamée sans même en avoir conscience.

Il ne résiste pas et j'attire sa tête à moi. Je suis follement reconnaissante. J'ai envie de ses lèvres, de ses caresses. Mon désir pour lui est aussi fort qu'il y a toutes ces années à Londres, et je ne suis pas certaine que mon ego survivrait s'il ne me désirait pas en retour, ne serait-ce qu'un peu.

L'air est chargé entre nous et je suis certaine que son désir n'est pas le fruit de mon imagination. Il en a envie tout autant que moi. Cette certitude m'emplit d'audace. J'effleure ses lèvres sous les miennes dans une caresse timide, superficielle. Mais j'ai envie d'infiniment plus. J'ai envie de retrouver ce que nous avions. Son corps sur le mien, ses mains autour de mes poignets pour me maintenir en place. La tension rigide de ses muscles alors qu'il prend ce qu'il désire, me laissant céder au pur plaisir de lui appartenir.

Je veux retrouver ça. Être à lui. Lui appartenir, *ressentir.*

J'en ai envie, certes, mais pour le moment, je prendrai ce que je peux, et si ce n'est qu'un seul baiser, alors je m'y raccrocherai et je le chérirai à jamais. *S'il te plaît, je t'en supplie, touche-moi maintenant... !*

Ces mots tournent en boucle dans ma tête alors que je joue avec ses lèvres, l'incitant à s'ouvrir à moi. J'ignore ce qui l'a éloigné de moi à Londres, et en cet instant, je m'en fiche éperdument. Cette époque est révolue. Elle n'a plus la moindre importance. Tout ce que j'ai, c'est le présent, mon cauchemar et Quincy. J'ai besoin de lui. J'ai besoin qu'il efface l'horreur.

— S'il te plaît, dis-je dans un gémissement. Je t'en supplie.

Je ne sais pas si ce sont mes paroles ou mes caresses, mais les vannes cèdent. Ses doigts se glissent dans mes cheveux alors qu'il maintient ma tête en place. Sa bouche dévore la mienne, sa langue et ses dents s'entrechoquant alors qu'il prend ce qui lui revient de droit, me donnant du même coup ce que j'attendais désespérément.

Nous sommes assis dans une position un peu gauche sur le lit, mon corps tordu pour être face à lui. Mais à présent, il me prend par les épaules et je tressaille lorsqu'il me repousse pour m'étendre sur le dos. Avant que je puisse reprendre mon souffle, il est sur moi, une main sur mon sein tandis qu'il me stabilise et prend possession de ma bouche. Je gémis, m'ouvre à lui et mes doigts s'agrippent à ses cheveux alors que je l'attire comme pour le capturer et le ramener à moi.

Mon cœur bat à tout rompre, mon corps s'embrase et une chaleur éperdue s'installe entre mes cuisses.

— S'il te plaît, imploré-je.

En l'entendant murmurer *Eliza*, je sais qu'il est de retour. Peut-être pas pour toujours, mais en cet instant, il est à moi et je...

— *Je suis désolé, El.*

Le temps que je comprenne le sens de ses paroles, il est de l'autre côté de la pièce. Ses yeux sont hagards et il a le souffle court. On dirait un homme sur le rebord d'une fenêtre qui tenterait de se convaincre de ne pas sauter.

Je me redresse, troublée et gênée, et je remonte le drap sur le débardeur fin et la culotte que je porte.

— Quincy, qu'est-ce que tu...

— Je ne peux pas.

Ses mots sont lourds et son expression d'une tristesse insondable.

— Je suis désolé, dit-il. Sincèrement désolé.

— Mais...

Il lève une main et secoue la tête.

— Je suis vraiment désolé, Eliza, reprend-il en me regardant dans les yeux. J'ai envie de toi, mais...

Je me renfrogne en m'efforçant de ne pas insister. À

l'évidence, il n'a pas envie de moi. Et ça fait bien longtemps qu'il n'a pas eu envie de moi.

— Tu devrais t'habiller, dit-il. Nous t'achèterons un nouveau téléphone avant d'aller au bureau.

J'acquiesce, trop assommée pour parler, et il quitte la pièce, refermant la porte derrière lui.

Je ramène les genoux devant ma poitrine et je les serre en prenant de grandes inspirations régulières. La lumière se déverse dans la pièce et alors que je reste assise en essayant de ne pas pleurer, je découvre les photos qui ornent la commode de l'autre côté de la chambre. Elles me disent quelque chose et je fronce les sourcils avant de m'avancer au bout du lit pour mieux voir.

Je reste bouche bée, car ce sont des photos de moi. Debout à côté de la fontaine près du palais de Buckingham. Donnant à manger aux canards au bord de la Serpentine. Assise sur l'herbe à Paris, la tour Eiffel en toile de fond. Et une autre, prise par un inconnu, de Quincy et moi, main dans la main dans les rues de Montmartre, Paris étendu sous nos yeux comme une carte postale.

Il les a gardées.

Je referme les bras autour de mon buste, sentant renaître l'espoir. Mais plus j'y pense, plus cet espoir retombe. Parce que même s'il est clair qu'il a encore envie de moi, il est tout aussi clair qu'il est bien déterminé à garder ses distances.

CHAPITRE DOUZE

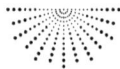

B*am !*
Quince assena un autre coup de poing au centre
du sac de frappe, suivi par un coup sec et un rapide crochet
du gauche. Il n'avait pas pris la peine d'attacher des bandes
autour de ses doigts ni d'enfiler des gants, et il se déchaînait
à mains nues depuis qu'il avait entendu Eliza faire couler
l'eau de la douche. Seigneur, il avait envie d'elle et il avait
failli se laisser persuader qu'il pouvait l'avoir. Non... bon
Dieu, *non* !

Il n'aurait jamais dû la toucher. Elle avait déjà tant subi
et elle méritait bien mieux qu'un homme qui finirait inévi-
tablement par lui faire du mal. Il avait beau la désirer plus
que de raison, il n'aurait jamais dû ouvrir cette porte.

Pourtant, il l'avait fait, et à présent les souvenirs défer-
laient. L'humiliation cinglante, la douleur lancinante. La
terreur. Et le remords.

Bam ! Vlan ! Bam !

Sans relâche, encore et encore. Comme s'il avait besoin
de trouver la combinaison exacte de coups de poing et de

coude qui lui permettrait de revenir dans le passé. Alors, peut-être, il aurait une chance de les arrêter. De tout recommencer.

Elle ne serait peut-être pas morte.

Ces ordures n'auraient peut-être pas… *Non.*

Il prit une inspiration en forçant ses bras à continuer vaille que vaille. Toujours plus vite jusqu'à ce que ses muscles soient endoloris et que ses jointures se fendent. Plus fort et plus vite, comme s'il pouvait chasser les souvenirs par le sang. Alors, peut-être, retrouverait-il la plénitude.

Une chimère. Une foutue chimère, rien de plus. Il était trop vieux pour les contes de fées. Il en avait trop vu pour croire que les bons finissaient toujours par gagner. Plus que quiconque, il devait bien le savoir. Les bons étaient punis. Les bons perdaient tout.

Et il ne pouvait absolument rien y faire.

Putain.

Un dernier coup de poing et il se pencha, les mains sur les genoux en inspirant à pleins poumons, épuisé. Physiquement et émotionnellement.

— Ça t'aide ?

Il resta pétrifié, immobilisé par sa douce voix. Au bout d'un moment, il se tourna pour voir Eliza debout non loin de là. Elle portait le pantalon de survêtement qu'elle avait emprunté à l'Agence la veille, mais elle avait enfilé l'un de ses hauts. Un t-shirt de Manchester United usé jusqu'à la corde qu'il avait depuis plus de dix ans.

Elle tira sur l'ourlet.

— J'avais dormi avec mon débardeur, alors je t'ai emprunté ça. C'était bien plié dans un panier à linge, j'en ai déduit que c'était propre. Ça ne te dérange pas ?

D'aussi loin qu'il s'en souvienne, ce t-shirt n'avait jamais été aussi bien mis en valeur.

— Oui. Enfin, je veux dire, oui, il est propre. Et non, ça ne me dérange pas.

Un léger sourire se dessina sur ses lèvres et elle hocha la tête. Il se rappelait toutes les fois où elle avait porté ce même t-shirt lors des mois qu'ils avaient passés ensemble. Eliza était le genre de fille tirée à quatre épingles à l'extérieur, mais qui préférait traîner en vieux bas de pyjama et t-shirt ample dans le confort de sa maison. Il s'était fait un plaisir de lui ouvrir sa garde-robe. Elle ne lui avait jamais paru aussi sexy que vêtue de ses propres tenues. Sauf peut-être quand elle ne portait rien du tout.

— Alors ?

Il prit conscience qu'elle lui avait posé une question.

— Excuse-moi, tu disais ?

Elle désigna le sac de frappe tout en se dirigeant vers la cuisine.

— Je crois que tu ne m'as pas entendue la première fois. Je te demandais si ça t'aidait.

Il la dévisagea en se demandant si elle comprenait la profondeur de sa propre question.

— Oui. Et non.

C'était la réponse la plus simple et la plus vraie. Mais il savait que c'était loin d'être suffisant. Et d'après la façon dont elle le regardait tout en se versant une tasse de café, elle le savait, elle aussi. Il retint son souffle en attendant qu'elle lui demande à nouveau ce qui s'était passé à Londres, qu'elle insiste jusqu'à ce qu'il lui parle du monstre tapi en lui. La bête contre laquelle il devait constamment se battre.

Cependant, elle garda le silence et il se dit qu'il en était soulagé.

Mais ce n'était qu'un mensonge de plus qu'il se faisait à lui-même.

———

— Bon, dit Denny, alors que Quince et Eliza se penchaient par-dessus son épaule. Ça devrait être bon.

Elle remit le nouvel iPhone à Eliza, qui le regarda d'un œil dubitatif.

— Je peux l'utiliser sans crainte ? Même s'ils y ont accès ? À mes e-mails et tout le reste ?

— Nous avons vidé ton téléphone et nous t'avons déconnectée de toutes les applications que tu utilisais déjà. J'ai seulement changé ton identité et j'ai vérifié que tu n'étais connectée nulle part ailleurs. J'ai remis tes applis aussi. Alors, c'est bon, il ne devrait pas y avoir de problème.

Eliza se mordit la lèvre et leva les yeux vers Quince.

— Je peux vraiment l'utiliser sans crainte ?

Denny éclata de rire.

— Oh, d'accord. Je vois en quelle place j'arrive dans le classement. Tu fais d'abord confiance au gars avec qui tu couchais.

Quince tressaillit et Eliza tourna la tête pour regarder Denny et lui tour à tour, la bouche pincée.

Si Denny s'en rendit compte, elle ne dit rien. Elle se contenta de continuer :

— Je te jure que ça va. Mais j'ai installé un filtre. Si ton identifiant ou ton adresse e-mail se connectent depuis un autre appareil, nous le verrons.

Elle haussa une épaule désinvolte.

— Mesure de sécurité.

Eliza acquiesça.

— D'accord. Ça devrait faire l'affaire. Je ne veux pas avoir un nouveau numéro ni une nouvelle adresse de messagerie. Et si Emma essayait de me joindre ?

Quince croisa son regard.

— Si elle t'a déjà écrit et qu'ils ont effacé son message et vidé la corbeille, tu n'as pas de chance. Mais Denny vient de changer les mots de passe de tes comptes Apple et Gmail. Ils ne verront pas tes nouveaux messages.

Elle les regarda, tous les deux.

— Bon, d'accord. Je vous fais confiance.

C'était un commentaire sans conséquence, mais il s'installa dans le cœur de Quince, à la fois réconfortant et un peu dangereux.

— Et maintenant ? demanda-t-elle.

— Briefing dans cinq minutes, dit Denny.

Elle indiqua la salle caverneuse. À présent, plus d'une dizaine d'analystes travaillaient aux postes informatiques.

— J'attends quelques rapports, puis nous avons une réunion en salle de conférence avec Ryan et Liam.

— Quelqu'un d'autre est affecté à l'équipe ? demanda Quince.

Denny secoua la tête.

— Il n'y a que nous, les poussins. Trevor et Leah sont à New York. Et Winston est à Hong Kong.

L'organisation était encore relativement récente et Ryan triait son personnel sur le volet. L'Agence ne disposait que d'une poignée d'agents actifs sur le terrain.

— Si nous avons besoin de renforts, tu sais que Ryan peut faire passer quelqu'un du côté obscur le temps d'une mission temporaire.

— Du côté obscur ? répéta Eliza. Comment ça ?

— Denny travaillait dans la sécurité chez Stark International, expliqua Quince. Et Ryan était le *big boss* là-bas. C'est toujours le cas, techniquement, même s'il a gravi les échelons. Les tâches quotidiennes sont effectuées par quelqu'un d'autre maintenant, et Ryan supervise l'équipe ici.

— Mais en cas de besoin, c'est un bon vivier, ajouta Denny.

Elle se leva et posa les mains sur son écran d'ordinateur.

— Avant l'année prochaine, ce serait mieux, Mario. Je dis ça comme ça.

— Je vous l'envoie tout de suite, chef, répondit l'analyste maigrichon de l'autre côté de la salle.

— Ce devrait être le dernier rapport, dit Denny à Eliza et lui. Pile dans les temps.

Quincy se tourna dans la direction qu'elle indiquait et vit Ryan entrer dans la salle de conférence. Ensemble, ils le rejoignirent. Quelques instants plus tard, Liam était avec eux et prenait place sur l'une des chaises rembourrées, un grand sourire aux lèvres.

— Laisse-moi deviner, dit Quincy. Ils ont remis du Pepsi dans le distributeur.

— Très drôle, répondit Liam avant de se tourner vers Eliza avec une lueur conspiratrice dans le regard. Parfois, il vaut mieux l'ignorer.

— Crois-moi, je le sais.

Elle lui adressa un sourire et le cœur de Quincy se serra. Pendant un moment, il eut l'impression d'être revenu au bon vieux temps, quand tout était si facile entre eux.

— Alors, qu'est-ce que vous avez ? s'enquit Ryan.

— Je viens de raccrocher avec Enrique Castille, dit Liam en faisant référence au chef de la force opérationnelle européenne. Ils utilisent les informations que vous avez récupérées, tous les deux, pour préparer un coup monté et piéger

Corbu. Ça se passera ce soir. Avec un peu de chance, il sera en garde à vue demain soir.

— Excellent, fit Quincy.

— Bon travail, vous deux, dit Ryan en saluant la prouesse de Quince et Denny.

— Je serai plus impressionné quand nous aurons retrouvé Emma et la princesse, répond Quince.

— Je viens de lui envoyer un e-mail, dit Eliza. Mais je doute qu'elle réponde même si elle le reçoit. Elle est trop prudente. Toute ma vie, elle n'a cessé de me rappeler qu'en mission, on ne peut pas communiquer par les canaux traditionnels.

— C'est une philosophie plutôt drastique pour une détective privée, dit Liam en formulant tout haut les pensées de Quince.

— Elle est très pointilleuse.

Eliza gardait les yeux rivés sur la table, réaction qui échappa sans doute à tout le monde sauf à Quince. Après tout, c'était l'indice le plus flagrant qu'Eliza mentait, à la table de poker comme dans sa vie de tous les jours. Au moindre bobard, elle baissait les yeux.

Il ne pouvait s'empêcher de se demander quels secrets elle cachait à propos d'Emma.

— Ne nous emballons pas, dit Ryan en s'adossant dans sa chaise, balayant l'assistance du regard. Pour le moment, nous partons du principe qu'Emma est avec la princesse. Mais nous basons cette supposition sur une montagne de preuves indirectes. Avons-nous des indices concrets ? Nous devons déterminer comment elles se sont retrouvées ensemble – *si* elles sont ensemble – et nous aurons peut-être une chance de trouver leur emplacement.

Eliza se pencha en avant afin de regarder Denny derrière Quince.

— Les identifiants que je t'ai transmis hier soir ont donné quelque chose ?

Avant de partir, Denny et elle avaient dressé une liste d'identifiants possibles qu'Emma aurait pu utiliser pour naviguer sur le dark web.

— Je crains que non. Mais nous savions que les chances étaient minces.

— Quoi donc ? demanda Liam.

— Nous espérions qu'Emma se soit connectée aux forums du dark web sous un identifiant connu d'Eliza. Nous aurions pu ainsi remonter sa trace.

— J'ai envoyé un texto à Lorenzo quand Denny a arrangé mon nouveau téléphone et je lui ai demandé de me rappeler, mais il ne l'a pas encore fait. Il connaît peut-être le mot de passe, cela dit j'en doute. Ce n'est pas le genre de choses qu'Emma envisagerait de partager.

— Ce n'est pas grave. J'ai une autre piste, dit Denny. Comme je n'ai pas pu me connecter en tant qu'Emma, j'ai inventé mon propre nom d'utilisateur et j'y suis allée. Nous savons qu'elle faisait des recherches sur le trafic sexuel, alors j'ai suivi quelques lapins dans leurs tanières.

Quince perçut l'enthousiasme dans sa voix et il sourit.

— Étant donné que tu nous racontes ça, je suppose que l'un de ces lapins t'a conduite quelque part.

— L'Hôtel Perlmutter à Pasadena. Devinez qui en est le propriétaire ?

— Scott Lassiter ? avança Eliza.

Denny se tapota le nez.

— Bien vu. Et il y a mieux. Ils discutaient d'une vente aux enchères pour une marchandise de très haute qualité.

Eliza ouvrit grand les yeux et Quince la vit frissonner. Il tendit la main pour prendre la sienne et la serrer dans un geste rassurant. Sa sœur et elle n'avaient jamais été esclaves sexuelles, mais Dieu sait qu'elles avaient été abusées et maltraitées. Cette histoire devait être difficile pour elle.

Elle lui serra la main en retour sans le lâcher.

De l'autre côté de la table, Ryan repoussa sa chaise et se leva.

— À l'évidence, nous pensons tous que cette marchandise n'est autre que la princesse. Je dois dire que c'est une supposition solide.

Eliza fronça les sourcils.

— Alors, ça voudrait dire qu'Emma flairait quelque chose et qu'elle s'est renseignée avant même que la vente aux enchères ne soit organisée ?

Elle inclina la tête et son front se plissa, soucieux.

— Alors, elle fouine un peu en ligne, elle essaie de trouver des informations sur le trafic sexuel et ce genre de choses. Monsieur X l'aborde et lui propose de le retrouver à la fête de Lassiter, en se proposant probablement de lui donner des infos.

— Avec l'intention de la tuer, ajouta Denny en reprenant le fil du récit. Elle fourre son nez dans des affaires qui ne la concernent pas.

— Mais ensuite, elle entend parler de la vente aux enchères, continua Eliza. Cela dit, j'ignore comment elle sauve la princesse.

— Pour le moment, partons du principe qu'elle ait réussi, intervint Quince. Manifestement, elle a d'autres soucis plus importants que d'aller rencontrer Monsieur X.

— Mais comme je l'ignore au moment où je commence à

essayer de retrouver ma sœur et que c'est ma seule piste, je décide d'y aller à sa place.

Liam hocha la tête, songeur.

— Et Monsieur X est sacrément étonné de te voir là-bas, mais il estime que c'est l'occasion idéale pour savoir où se trouve la princesse, parce qu'il est convaincu que tu l'as prise avec toi.

— Mais pourquoi Emma serait-elle la principale suspecte ? s'interrogea Eliza.

Quince lui lâcha la main et repoussa sa chaise, passant aussitôt à l'action dès qu'une pensée lui vint.

— Il y a une vidéo, dit-il. Quelque part, il doit y avoir une vidéo de surveillance.

Il sourit à Eliza.

— Et sur cette vidéo, on te voit enlever la princesse.

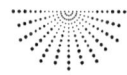

CHAPITRE TREIZE

— **M**oi ? je demande, ébahie, la mâchoire grande ouverte avant d'en prendre conscience et de me ressaisir. Quincy, mais de quoi parles-tu ? Je n'ai pas enlevé de princesse ! Je n'imagine même pas tout ce qu'il faudrait faire pour en arriver là.

— Peut-être pas toi, mais Emma. Elle en serait capable, tu ne penses pas ?

Je hoche la tête.

— Eh bien, oui. Je veux dire, c'est du domaine du possible. D'ailleurs, c'est même la supposition que nous avons faite, mais tu as dit que *j'étais* sur la vidéo.

— Laisse-moi le reformuler autrement. La vidéo montre quelqu'un qui te ressemble. Eliza, mon amour, vous vous ressemblez tellement toutes les deux.

— Pas vraiment. Elle mesure dix centimètres de plus que moi et elle est rousse. Et puis, elle fait presque un bonnet D, alors que moi, pas vraiment, ajouté-je en baissant les yeux sur ma poitrine pour accentuer mon argument.

— J'ai vu la preuve. Tu te souviens de la photo de vous

deux sur le quai de Santa Monica. En noir et blanc, vos cheveux semblent presque de la même couleur. Elle était plus grande, bien sûr, mais avec ces sweatshirts que vous portiez, difficile d'identifier la taille de vos soutien-gorge. Si elle a été filmée, elle était seule. Impossible de savoir sa taille sans point de comparaison.

Je reste bouche bée en essayant de comprendre ce qu'il dit. Denny semble saisir. Elle se penche en avant et ses cheveux blonds tombent comme un rideau autour de son visage.

— Tu dis qu'Emma s'est enfuie avec la princesse et qu'il existe sûrement une vidéo quelque part qui montre la scène ?

— Exactement, répond Quincy.

Alors que ses paroles s'impriment lentement en moi, je prends conscience que je n'ai pas vraiment d'objection à émettre.

— Dommage que nous ne puissions pas demander au rouquin de nous le confirmer, ajoute Denny. Mais je devrais bientôt avoir des nouvelles des empreintes.

Quincy et moi nous tournons pour la regarder.

— Tu ne m'avais pas dit qu'il y avait des empreintes

Elle sourit.

— Je lui ai pris son pouls en me faisant passer pour une citoyenne inquiète, c'était le moins que je puisse faire.

— Tu es très douée, dis-je.

Elle fronce le nez avec plaisir.

— Je sais.

Quincy ne prête pas attention à nos plaisanteries. Au lieu de ça, il repousse la table et se met à faire les cent pas.

— Partons du principe que nous avons raison, alors ça veut dire qu'Emma a trouvé qui détenait la princesse et qu'elle a réussi à y aller, à contourner la sécurité et à libérer la fille. Encore une fois, reprend-elle avec un coup d'œil en coin dans ma direction, c'est impressionnant pour un détective privé.

Je hausse une épaule.

— Nous nous sommes enfuies quand elle avait quinze ans. On apprend beaucoup d'astuces de survie quand on se retrouve livré à soi-même à cet âge-là.

— C'est forcément le Perlmutter, dit Liam, attirant l'attention générale. Il y a de fortes chances qu'Emma opère avec les mêmes informations que nous. La piste devait remonter jusqu'au Perlmutter. Son propriétaire est Lassiter, et nous savons déjà qu'il trempe dans des affaires louches.

— Mais il n'a jamais été épinglé pour quelque chose d'aussi scandaleux que le trafic d'esclaves sexuelles, ajoute Ryan.

— Il s'est peut-être laissé embarquer, dit Quincy. En tout cas, Liam a raison. Le Perlmutter est notre meilleure option. Non seulement c'est la seule piste, mais il y a un sous-sol.

— Quince a raison, renchérit Ryan. Je m'en souviens. Jackson m'en a parlé un jour.

Il me faut une seconde, mais je me souviens enfin de Jackson Steele, l'architecte célèbre pour avoir conçu le Winn Building à Manhattan, frère de Damien Stark. Et bien sûr, l'architecte du Domino.

— Il a dit que le Perlmutter était inhabituel en Californie du Sud, parce qu'il y a deux niveaux en sous-sol. C'était une banque avant de devenir un hôtel et apparemment, c'est là que se trouvaient les chambres fortes. Damien et lui ont envisagé d'acheter la propriété à une époque. Étant donné que Lassiter a signé, ils ont dû changer d'avis.

— Un deuxième sous-sol, voilà qui ferait un cadre intéressant pour la vente d'une marchandise de très grande qualité, commente Liam en utilisant le vocabulaire découvert par Denny sur les forums.

— Oui, dit Ryan. En effet.

— Je vais mettre Mario sur le coup, dit Denny. S'il ne peut pas pirater les séquences de vidéo surveillance, alors personne ne le peut. Mais si on y voit Emma partir avec notre fille, je parie qu'il y aura de grandes parties manquantes.

— Vérifie les caméras de surveillance des autoroutes, des guichets bancaires, des particuliers, avance Quincy. Pour l'instant, il nous faut juste une confirmation.

Elle acquiesce.

— Quant à Lassiter, je crois qu'il est temps d'avoir une petite conversation avec lui.

— Ce n'est peut-être qu'un pion dans tout ça, dit Ryan. Ses fêtes au Terrace sont un secret de polichinelle et d'un point de vue technique, c'est parfaitement légal. Un peu risqué d'ajouter des ventes d'esclaves sexuelles à son répertoire. Surtout à un tel stade. L'enlèvement d'une princesse, ça ne passe pas inaperçu.

— Il n'a pas franchement les mains propres, observe Denny. Ce disque que nous avons témoigne de blanchiment d'argent et de chantage. De quoi le mettre à l'ombre pendant un bon bout de temps.

Quincy hoche la tête.

— Allons lui parler, découvrons ce qu'il sait au sujet d'Emma ou de la princesse, à tout hasard, puis livrons-le aux autorités. Ollie ?

J'ai la tête qui tourne en les voyant parler et planifier leurs actes à une vitesse folle. Bien sûr, j'ai déjà vu Emma en mode enquêtrice, mais ça remonte à loin. C'est à la fois motivant et épuisant.

Je me penche et murmure à Quincy :

— Qui est Ollie ?

Apparemment, je chuchote plus fort que je le pensais, parce que Ryan m'explique qu'Orlando McKee est un bon ami de Nikki, la femme de Damien. Ancien avocat, il travaille désormais pour le FBI.

— Ce sera un beau de filet pour lui. Et si nous arrêtons Lassiter tout de suite, nous limitons les risques qu'il découvre le piratage de son disque dur et avertisse Corbu.

— Liam et moi, nous irons lui parler, dit Quincy. Et par parler, je veux dire que nous le ramènerons ici pour l'interroger.

Liam sourit.

— Bonne idée. Au fait, mon vieux, je crois que c'est toi qui devrais parler.

Quincy pivote sur son siège pour me regarder. La chaleur déferle en moi, si vive que pendant un moment, je ne suis même pas capable de respirer. Soudain, j'ai l'impression que le temps n'est pas passé. Je sais exactement ce qu'il pense. Je sais qu'il se souvient des mains de Lassiter sur moi. De sa présence à côté de moi, quand il essayait de montrer que je lui appartenais.

— Oh, oui, dit Quincy en s'adossant dans sa chaise. Je crois que nous allons avoir une conversation intéressante.

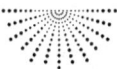

CHAPITRE QUATORZE

— Tourne à droite ici, puis à gauche au feu, dis-je à Denny.

Il est peu après midi et nous sommes à Venice Beach. J'ai écrit à Lorenzo pour lui dire que nous partions et il m'a tout de suite répondu : *Dieu soit loué, ma belle. J'ai cru mourir d'inquiétude.*

Étant donné qu'il ne m'a pas appelée ni envoyé de textos ou d'e-mails – du moins, pas selon mon tout nouveau téléphone – je l'ai trouvé un poil mélodramatique, mais j'étais tellement nerveuse au sujet de la fête au Terrace que je me suis peut-être emmêlé les pinceaux. À ce que je sache, le protocole standard lorsqu'un agent s'infiltre dans une soirée libertine en se faisant passer pour une call-girl est de contacter son responsable après la mission, mais en aucune circonstance le responsable en question ne doit contacter la fille.

Quoi qu'il en soit, je vais le revoir très bientôt et j'en suis si heureuse que c'en est ridicule.

— Alors, qu'est-ce que Lorenzo sait au sujet de Quincy et

toi ? Je ne voudrais pas mettre les pieds dans le plat, dit-elle avec un grand sourire. J'ai l'art de le faire.

Je fronce les sourcils en réfléchissant à sa question et à tout ce que cela implique.

— Rien, en réalité. Si ce n'est que nous sommes sortis ensemble à Londres il y a quelque temps, et qu'il m'a larguée.

Lorenzo est comme un père pour moi, mais il y a certaines choses que les parents ne sont pas obligés de savoir.

— Hmm, et toi, qu'est-ce que tu sais ?

Elle hausse une épaule et la laisse retomber.

Je ne sais pas trop comment l'interpréter, mais je crois comprendre que sa réponse est *tout*. Je fronce les sourcils.

— Euh, Quincy m'a dit… enfin, est-ce que vous êtes ensemble tous les deux ? demandé-je.

Quincy m'a affirmé le contraire et j'ai envie de le croire, mais je ne suis pas prête à me fier aveuglément à ses paroles.

Denny enfonce la pédale de frein devant le feu rouge, plus fort que nécessaire, et je fais un soubresaut sur mon siège.

— Oh, non, certainement pas. Jamais. Ne le prends pas mal. Nous travaillons ensemble depuis longtemps maintenant et nous sommes devenus bons amis. Il… eh bien, il a subi beaucoup d'épreuves, tu sais. Alors, il comprend mon état d'esprit.

— Ton état d'esprit ?

Elle me décoche un regard en coin avant de s'engager à l'intersection.

— Il y a eu un petit souci avec mon mari, dit-elle. Ça s'est plutôt mal passé.

— Oh. Je suis désolée. Vous êtes… enfin…

Je me tais, parce que je suppose qu'elle parle de sépara-tion ou de divorce, mais je ne sais pas comment formuler ma question.

Pendant une seconde, elle a l'air troublée, puis elle écar-quille les yeux.

— Oh, non. Non, non. Je… Nous sommes heureux. Nous sommes loin l'un de l'autre, c'est tout. Très, très, très loin.

Elle pousse un profond soupir et je n'en sais pas plus que tout à l'heure.

— C'est un soldat. Un agent secret de haut niveau dont je ne peux pas parler, parce que sinon, on pourrait nous traquer et nous tuer.

— Bonne idée, dis-je avant de me racler la gorge. Je suppose qu'il est souvent absent.

— Ça fait trois ans maintenant, répond-elle en me regar-dant. Ça craint, vraiment.

— Mais vous pouvez communiquer par FaceTime, Skype, les e-mails, tout ça, n'est-ce pas ?

Elle secoue la tête.

— Pas un mot ? Rien du tout ?

Pendant un moment, elle garde le silence, puis elle hausse une épaule en tournant à droite, suivant mes instruc-tions plutôt inutiles étant donné que l'écran du GPS lui annonce chaque virage.

— Voilà, c'est bien résumé.

— Je suis vraiment désolée.

— Je ne cherche pas la pitié, je t'assure. Je te dis simple-ment que Q et moi, nous nous sommes bien entendus, étant donné que nous sommes tous les deux séparés par la force des choses de ceux que nous aimons.

Je me redresse, le cœur si lourd que j'éprouve soudain des difficultés à respirer.

— Ça l'a déchiré, tu sais.

Sa voix est douce, mais je ne trouve rien d'apaisant dans ce qu'elle me dit.

— *Arrête*, m'exclamé-je avant de pouvoir m'en empêcher. Tu crois que ça m'aide ? S'il en souffre autant, il n'aurait pas dû partir !

— Oh, mon Dieu, je suis vraiment désolée. Je…

— Tu le sais ?

Je me tourne violemment sur mon siège pour la foudroyer du regard.

— Tu sais où il était ? Ce qui lui est arrivé ? Sais-tu s'il existe la plus infime raison que je puisse utiliser pour endiguer le saignement de la plaie à vif qu'il a laissée dans mon cœur ? Parce que si tu sais quelque chose, tu dois me le dire. Sinon, je t'en prie, tais-toi, ça fait trop mal.

Des larmes me piquent les yeux et je les ferme en me laissant tomber contre le dossier, ramenant mes genoux devant ma poitrine. *Je ne pleurerai pas. Je ne pleurerai pas.*

Mais j'ai bien peur d'avoir déjà perdu la bataille, parce qu'entre la disparition d'Emma et le retour de Quincy, j'ai les nerfs à fleur de peau.

— Je suis vraiment désolée. J'ai mal choisi mon moment. Mais nous sommes arrivées, dit-elle au moment où le GPS annonce que nous sommes à destination.

Elle me tend un mouchoir.

— Tu veux attendre un peu ?

Je secoue la tête, gênée qu'elle s'occupe de moi. Je dois me concentrer sur Emma, pas sur Quincy. Je parviendrai peut-être à me ressaisir. Je pousse la portière.

— Non. Allons-y.

Une fois hors de la voiture, je me précipite vers la porte d'entrée de l'agence Double T. Tate et Tucker, pour Lorenzo et Emma. Ce n'est pas le nom le plus percutant qui soit, mais ils ne manquent pas de travail. C'est notamment parce qu'Emma reçoit de nombreuses références de la part de ses amis dans les services secrets. Lorenzo croit que c'est grâce à leur réputation exceptionnelle.

Leur bureau est situé dans un bâtiment quelconque, entouré de commerces sur une rue qui descend jusqu'à l'océan. On ne voit pas le Pacifique de là où ils se trouvent. Sur le toit, on aperçoit un peu de bleu si le ciel n'est pas brumeux, mais c'est à peu près tout. Les quartiers de Venice Beach ne sont pas tous conformes aux cartes postales. Mais elle est chez elle et le bureau appartient à ma sœur, qui a commencé à le rembourser alors qu'elle n'avait encore que seize ans. La vie a essayé de la briser, mais Emma lui a botté les fesses. C'est une dure à cuire, ma sœur. Voilà pourquoi je sais qu'elle va s'en sortir. Nous avons survécu à trop d'épreuves ensemble pour que je la perde maintenant.

Denny et moi arrivons à peine devant la porte qu'elle s'ouvre à la volée. Marissa se précipite vers nous. À peine âgée de vingt ans, l'unique nièce de Lorenzo a commencé à travailler pour la société six mois plus tôt, quand son beau-père lui a annoncé qu'elle devait comprendre la valeur d'un dollar. Étant donné qu'elle voue une passion dévorante aux marques de créateurs, je crois que la leçon lui échappe et qu'elle dépense tout son salaire en vêtements de chez Nordstrom.

— Eliza, enfin ! Tonton Lorenzo était mort d'inquiétude pour toi hier soir.

— Pas du tout, répond une voix bougonne dans l'encadrement de la porte.

Il me fait un clin d'œil.

— Je sais qu'elle peut se débrouiller toute seule.

Ses sourcils broussailleux se rejoignent quand il plisse les yeux en regardant Denny.

— Et toi, qui es-tu ?

— Denny, répond-elle sans se faire prier. Vous devez être le fameux Lorenzo.

— Elle est futée, me dit-il.

Il penche la tête et nous invite à entrer. L'agence consiste en une vaste pièce avec quatre immenses bureaux rescapés d'autres entreprises. Un pour Lorenzo, un pour Emma, un pour Marissa, et un autre pour quiconque a besoin d'espace de travail supplémentaire.

Je me hisse sur le bureau inoccupé tandis que Denny se laisse tomber sur l'un des fauteuils réservés aux clients. Marissa s'installe en tailleur sur le sien et Lorenzo prend place sur sa chaise, accoudé à la surface stratifiée.

Il tend le doigt vers moi.

— Je sais que tu n'avais pas ton téléphone au Terrace, mais bon Dieu, pourquoi tu ne m'as pas contacté ce matin ? Ne va pas croire que je me faisais du souci, ajoute-t-il en plissant les yeux à l'adresse de Marissa. Je voulais juste rester informé.

Je croise le regard de Denny et elle répond à ma place :

— Son téléphone a été volé. Apparemment, ils ont effacé tout ce qui arrivait avant que nous puissions effacer l'ensemble des données.

— Génial, dis-je en me demandant ce que j'ai raté à part ça… et quelles informations personnelles ils détiennent maintenant à mon sujet.

— Volé ?

— Dans l'appartement d'Emma, expliqué-je.

Comme l'histoire est compliquée, je reprends du début

et lui donne un résumé détaillé de la situation, sans omettre Quincy.

— Ce sale con ? demande Marissa avant d'ouvrir de grands yeux offusqués lorsque Lorenzo lui lance un élastique. Quoi ? Emma l'appelait comme ça. C'est le type avec qui tu sortais à Londres, n'est-ce pas ? Et il t'a laissé tomber sans prévenir.

— Ce n'est pas une raison pour le traiter de con à haute voix, dit Lorenzo. Ma sœur ne t'a jamais enseigné les bonnes manières ?

— Désolée.

— Cela dit, tu n'as pas tort, reprend Lorenzo. Si quelqu'un fait du mal à l'une de mes filles, il aura affaire à moi. Je me fiche que ce Quincy Radcliffe soit le bras droit de la reine. Il a fait du mal à mon Eliza. Ça fait de lui un con, point barre.

Sur la chaise à côté de moi, Denny s'agite, mal à l'aise.

— Il m'aide à retrouver Emma, dis-je. Tout comme Denny. Ils sont amis.

— Pour info, vous avez bien raison, dit Denny. Quince serait d'accord avec vous. Il s'en est beaucoup voulu pour ce qui s'est passé à Londres. Il ne voulait aucun mal à Eliza.

— Dans ce cas, c'est un con doublé d'un idiot. À quoi s'attendait-il ? À des félicitations et une parade d'honneur ?

Denny fait la grimace.

— Quoi qu'il en soit, il est avec vous maintenant. Enfin, je veux dire qu'il est à la recherche d'Emma. Et moi aussi.

— Pourquoi ? demande Lorenzo en quittant Denny des yeux pour me regarder d'un air interrogateur.

Je suis déconcertée.

— Pourquoi aide-t-il ?

Je ne sais même pas que répondre. Pour se racheter ?

Parce qu'il tient encore à moi ? Parce que la disparition d'Emma concerne aussi sa propre affaire ?

Je ne suis certaine que de la dernière supposition, mais je ne peux pas le dire à Lorenzo.

— Pourquoi est-il impliqué ? demande Lorenzo. Cet homme est un banquier. En tout cas, d'après ce que m'a dit Emma.

— Vous avez dû mal comprendre, intervient Denny. Quincy travaille dans une société de sécurité consacrée au monde des affaires. Quand Eliza et lui se sont rencontrés, il travaillait pour une société d'investissement internationale.

— C'est ça, dis-je en confirmant son mensonge. De toute façon, cela n'a aucune importance. Tout ce qui compte, maintenant, c'est de retrouver Emma.

J'ai envie de lui parler de l'Hôtel Perlmutter et de la princesse, mais de Quincy à Ryan, tout le monde m'a bien fait comprendre que cette information était confidentielle. Je m'en doutais. Règle de base : quand une force opérationnelle de l'Union européenne et une famille royale sont impliquées dans l'équation, il vaut mieux garder les détails pour soi.

— Avez-vous des nouvelles de sa part ?

Je m'attends à ce que la réponse soit négative, mais un immense sourire lui barre le visage.

— Quoi ? demandé-je. Quand ? Et pourquoi tu ne me l'as pas dit plus tôt ?

— Je te le dis maintenant. Marissa a reçu un message il y a un moment. En tout cas, nous pensons qu'il s'agit d'elle.

— Nous n'avons aucune idée de ce que ça veut dire, précise Marissa.

— Bon, dites-le-moi.

Marissa me tend le téléphone et je bondis du bureau

pour aller le prendre. Je lis le message énigmatique, puis je les regarde tous les deux.

— C'est quoi, ça ?

— Je sais, dit Lorenzo. Ça n'a absolument aucun sens.

Je relis le message en m'efforçant de rester neutre. Parce qu'à mes yeux, c'est parfaitement cohérent, au contraire, et je n'ai qu'une envie : sortir d'ici tout de suite pour aller chercher ma sœur.

CHAPITRE QUINZE

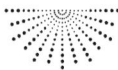

Dis à mon amie qui parle aux animaux de ne pas
commencer rapido, mais d'aller aux pierres rondes de
l'espace.

Quince fronçait les sourcils en relisant le message pour
la troisième fois. Toujours rien. Il ne se traduisait pas
comme par magie en un texte un tant soit peu compréhensible. Pendant un moment, il regretta que Denny ne soit pas
de retour au QG. Elle n'avait pas son pareil avec les
énigmes.

Enfin, il secoua la tête.

— Très bien, j'abandonne. Lequel d'entre vous compte
me donner une interprétation ?

— Ils ne comprennent pas plus, dit Eliza avant de tendre
le doigt vers Marissa, une fille dégingandée en âge d'être
étudiante, qui entortillait ses cheveux autour de son index.
Toi, tu devrais, cela dit. Tu y es déjà allée, après tout, deux
fois.

— Bon sang, mais où ? demanda Lorenzo.

Quince était arrivé un quart d'heure plus tôt, quand

Denny l'avait appelé en lui demandant de les rejoindre à Venice Beach. Étant donné que l'affaire avec Lassiter s'était déroulée plus vite que prévu, il avait pu venir tout de suite.

Pendant les dix premières minutes après l'arrivée de Quince, Lorenzo ne s'était pas déridé. Maintenant, il semblait plus occupé à réfléchir à l'énigme qu'à désapprouver en silence la présence de Quince.

— Le ranch, dit Eliza comme si cela devait être clair pour tout le monde.

À en juger par le chœur de *oh, bien sûr* qui lui répondit, il était manifeste que Lorenzo et sa nièce avaient compris.

— Expliquez-moi, s'il vous plaît, dit Quince, un peu frustré d'être le seul à rester dans l'obscurité totale.

— Mon amie qui parle aux animaux…

Elle laissa sa phrase en suspens avec un regard plein d'espoir à l'attention de Marissa.

— C'est Eliza, s'exclama la jeune femme. Emma parle d'Eliza.

Quince se tourna vers Lorenzo et il eut le plaisir de constater que le vieil homme avait l'air tout aussi perplexe.

Marissa leva les yeux au ciel en soupirant.

— Elle parle aux animaux, pas vrai ? Le docteur Doolittle. Allô ! Le gars est même britannique, vous devriez piger.

— Eh bien, moi, je ne suis pas britannique et je ne pige rien, grommela Lorenzo.

— Docteur Doolittle. *Eliza* Doolittle. Le personnage principal de *My Fair Lady*, ça vous dit quelque chose ? Elle s'appelle Eliza.

Perchée sur le bureau, Eliza haussa les épaules en hochant la tête.

— Oui, cette partie fait référence à moi.

— Je te crois sur parole, dit Quince.

C'était peut-être un truc entre sœurs.

— Et commencer rapido, ça veut dire quoi ?

— Rapido, je ne vois pas trop, dit Eliza. Mais commencer, ça se comprend tout seul. Rapido veut sans doute dire vite. Alors, elle me dit que nous ne sommes pas obligés de nous dépêcher. À l'évidence, elle se cache dans un endroit sûr.

Il acquiesça.

— Continue.

— Les pierres rondes de l'espace font allusion à cet affreux monospace que possédait Emma. Et il y a un cercle de pierres devant la maison, ajouta-t-elle après réflexion. On faisait semblant que c'était une forteresse.

— Tu vois ? dit Eliza en s'adressant à Marissa, sans le regarder. C'était facile. Tu aurais dû trouver tout de suite.

Les épaules de la jeune femme s'affaissèrent.

— C'est clair.

Eliza se tourna enfin vers Quince.

— Clair comme une flaque de boue ?

— C'est le message le plus crypté que j'aie jamais lu. Mais en effet, maintenant que vous l'avez traduit, ça se comprend. Si tant est que vous sachiez où se trouve cet endroit.

Elle éclata de rire, le visage radieux. Pour la première fois depuis qu'il l'avait vue au Terrace, il ne décelait aucune inquiétude quand il la regardait. À l'évidence, elle était convaincue que sa sœur débrouillarde avait réussi à se tirer d'affaire.

Il n'était pas aussi optimiste, mais il ne voulait surtout pas gâcher sa joie.

— Évidemment. C'est notre ranch.

Un frisson remonta le long de sa colonne.

— *Notre.* À Emma et à toi, tu veux dire ?

Cela signifiait l'existence d'un acte de propriété, des documents susceptibles d'être retrouvés. Il y avait de fortes chances que les hommes de Corbu soient déjà sur le coup, message codé ou non.

— Nous devons y aller.

— Oui, dit-elle. Mais pas pour les raisons que tu crois. Ce n'est pas à mon nom ni à celui d'Emma. Ce n'est même pas au nom de notre père.

— Mais il est à vous ? Il vous appartient ?

Elle hocha la tête.

— Tu m'expliqueras tout ça en chemin.

— J'ai une glacière à l'arrière, des sodas et des chips que vous pouvez emporter, dit Lorenzo. Des sacs de couchage aussi, en cas de besoin.

Il tendit le doigt vers les deux femmes.

— Allez charger sa voiture, toutes les deux. Moi, je dois parler à ce garçon.

Eliza adressa un sourire encourageant à Quincy alors que ce dernier s'avançait. Plus que jamais, il se sentait comme un petit garçon.

— Oui, monsieur ?

— J'ignore ce qui s'est passé entre vous deux à Londres. Et j'ignore ce qui se passe maintenant. Non, dit-il en levant une main. Ça ne me regarde pas. Je tiens seulement à vous faire savoir que cette fille et sa sœur sont comme des filles pour moi. Si vous lui faites du mal – à l'une ou à l'autre, d'ailleurs – je vous traquerai comme un chien enragé et je vous tuerai à mains nues.

Il plissa les yeux et ses sourcils broussailleux convergèrent au-dessus de son nez.

— C'est bien compris ?

— Oui, monsieur, dit Quince. C'est très clair.

Il hocha la tête avant de s'éloigner vers la porte, puis il marqua une pause et se retourna.

— Elle a de la chance de vous avoir, monsieur.

Sur ce, il sortit sans un regard en arrière.

Dans le petit parking devant l'agence, Marissa refermait le coffre de sa Range Rover noire.

— C'est bon. Vous verrez, c'est une bonne voiture. Même si elle est énorme.

À côté de la portière du côté passager, Eliza leva les yeux au ciel.

— Marissa rêve d'une Ferrari.

— Je devais en avoir une pour mes vingt ans, mais ce cher papa est allé mettre des idées dans la tête de ma mère, sur les privilèges, les responsabilités, tout ça, tout ça. Enfin, franchement ! Il a deux Ferrari et une Porsche, lui.

— Oui, la vie est dure, dit Eliza en serrant la fille dans ses bras avant de monter en voiture.

— Vous nous tiendrez au courant ? lui demanda Marissa en s'éloignant sur le trottoir.

— Bien sûr.

— Super. Allez retrouver Emma. Ça commence à craindre, cette histoire.

Il monta en voiture et répéta à Eliza ce qu'elle venait de dire.

— Quoi ? Elle n'a pas tort. C'est vrai que ça craint. Tu dois prendre la 10, au fait.

— Intéressante, cette fille, observa-t-il en s'engageant dans la circulation.

— Elle est sympa. Un peu déboussolée sur sa place dans le monde.

Devant son regard interrogateur, elle poursuivit :

— Sa mère est la sœur de Lorenzo. Elle a grandi à Inglewood et on ne pouvait pas dire qu'ils roulaient sur l'or, tu vois ? C'était une mère célibataire qui faisait un peu de cinéma. Elle a décroché quelques petits rôles, puis une série, et enfin elle a joué dans un film, le rôle d'une prostituée qui se faisait assassiner après avoir eu une liaison avec un flic.

— Je crois que je l'ai vu. Le flic, ce n'était pas cet acteur… son nom m'échappe. Une grande star. John quelque chose ?

— Lui-même. Ils se sont mariés quand Marissa avait quinze ans. Elle vivait presque dans la pauvreté et voilà qu'elle se retrouve avec un beau-père qui pourrait sans doute acheter l'Australie s'il en avait envie.

— Et ça pose un problème ?

— Je crois que c'est au même moment que sa mère et son beau-père ont décidé de lui faire comprendre la valeur de l'argent.

— Ah. Une jeunesse frustrée.

— Comme je l'ai dit, c'est une fille sympa. Mais d'après Emma, elle s'investit de plus en plus dans l'agence. Je crois qu'elle essaie de prouver qu'elle est responsable. Ou alors de gagner suffisamment pour aller faire du shopping avec ses copines qui, elles, ne manquent pas d'argent, bien sûr.

Elle changea de position sur le siège, passant une jambe sous ses fesses.

— Je crois que c'est le chaînon entre toi et moi. Elle a commencé pauvre comme moi, mais maintenant elle est blindée comme toi.

— Si ce n'est que moi, j'avais accès à mon argent.

— C'est vrai. Ce doit être frustrant. Pourtant, je la connais depuis longtemps. Elle trouvera sa place. Comme nous tous, un jour ou l'autre.

Il fronça les sourcils.

— Nous tous ?

— Oui, on trouve sa place. La vie ne nous ménage pas, mais on fait avec. On se mouille, on galère, mais on finit par trouver une solution et tout s'arrange.

Il lui lança un regard en coin.

— Ça se passe comme ça pour toi ?

— Dans la plupart des cas, oui. Mais avec toi… Je crois que je n'ai jamais réussi à trouver une solution.

— Je ne suis pas certain de comprendre.

Elle s'installa plus confortablement sur son siège, retira ses chaussures et posa les pieds sur le tableau de bord.

— C'est volontaire.

Il ne dit rien. Honnêtement, il le méritait. Il ne protesta pas lorsqu'elle se pencha pour allumer la radio.

— Tu vas prendre la 101 en direction du nord.

Sur ce, elle se pencha en arrière et ferma les yeux, laissant des classiques du rock la bercer en stéréo.

— On remonte jusqu'à San Luis Obispo.

Pendant plus de trois heures, les Doors, les Beatles, AC/DC, Aerosmith et Queen s'égosillèrent à plein volume dans les haut-parleurs sans réveiller Eliza. Il n'en fut pas étonné. Il se rappelait quand elle dormait comme un loir, enveloppée nue dans un drap alors qu'il commençait sa matinée. Pendant la première semaine, il s'était déplacé sur la pointe des pieds dans la maison. C'était un lève-tôt et il ne voulait pas la perturber, surtout qu'à cause de lui, elle s'endormait très tard le soir.

Au bout d'une semaine, il avait pris l'habitude de ne plus faire attention. D'ailleurs, il en était venu à boire son café et à écouter les informations à la radio depuis son lit, pour le plaisir de la sentir blottie à côté de lui.

Ça lui manquait… bon Dieu, elle lui manquait. Mais il

savait pertinemment qu'il ne pouvait pas l'avoir. Plus maintenant. Plus depuis…

Le tintement sonore et musical de sa sonnerie de téléphone le tira de ses pensées de plus en plus mélancoliques et, par réflexe, il jeta un œil vers Eliza. Bien sûr, il aurait fallu que l'enfer se déchaîne pour qu'elle daigne ouvrir un œil.

Il appuya sur le bouton de son volant afin de répondre par le système intégré et il sourit quand la voix grave de Liam se fit entendre dans l'habitacle. Ils avaient souvent travaillé ensemble, tous les deux, et Quince était content que son ami ait signé chez Stark.

— J'ai reçu ton texto. C'est quoi cette histoire de ranch ?

— Eliza m'a dit qu'il appartenait à son grand-père. C'est une cabane de chasseur. Il l'a vendue à un magnat de l'immobilier qui voulait y construire un ranch et raser la cabane. Comme il ne voulait pas céder son terrain, le type a passé un accord avec lui. La famille pouvait avoir un accès libre au domaine et utiliser la cabane pendant encore cinquante ans. Mais ce n'est qu'une poignée de main avec un accord signé conservé dans le coffre-fort de l'acheteur. Seul le nom du propriétaire du ranch figure sur les documents officiels.

— Dans ce cas, c'est une cachette plutôt sûre, dit Liam.

— On dirait bien. Mais nous savons tous les deux que les choses ont souvent l'art de mal tourner.

Liam partit d'un petit rire sans joie.

— Tu l'as dit.

— En parlant de mal tourner, ça ne s'est pas très bien passé pour Lassiter aujourd'hui.

Ce fumier s'était laissé embarquer sans résistance par Ryan et Liam, qui l'avaient remis à Quince, au QG.

— Comment va notre invité cet après-midi ?

Quince avait développé de nombreuses compétences au cours de son service pour le MI6, mais celle qui s'était avérée la plus utile avait été la pratique des interrogatoires. En réalité, le MI6 s'était contenté de lui apprendre les arcanes du métier, et il avait lui-même peaufiné son style avec ses propres techniques, ses outils et de petits ajouts de son cru, de nature pharmaceutique.

Lors de sa formation, il avait trouvé certaines méthodes dégradantes et il s'était montré réticent à les mettre en pratique. Mais à l'époque, c'était encore un bleu. Dès qu'il s'était enfoncé dans les entrailles du monde criminel et qu'il avait vu le degré de perfidie et de malveillance à l'état pur qui y régnait, ses réserves s'étaient évaporées. Après être lui-même passé sur la chaise de la victime, il avait décrété qu'il ferait tout son possible pour mettre les ordures hors d'état de nuire et protéger les innocents.

— Je l'ai déjà dit et je vais le répéter, tu fais plutôt peur dans une salle d'interrogatoire, répondit Liam. Lassiter vient à peine de réaliser tout ce qu'il t'a avoué et il est fou de rage contre sa langue trop bien pendue.

— Ce type ne m'a même pas permis de faire une démonstration de mes talents. C'est une vermine qui se fiche des conséquences tant qu'il peut gagner trois sous.

Il n'avait eu aucun mal à lui extorquer des informations. Il savait que cet hôtel était utilisé pour une vente privée, et même s'il ne le lui avait pas dit franchement, il soupçonnait qu'une jeune fille du nom d'Ariana soit au programme. Après avoir insisté pendant une bonne heure, Quince eut la conviction que Lassiter ignorait qu'elle faisait partie d'une famille royale.

— Au moins, nous savons que la princesse est en lieu sûr.

On l'avait enfermée dans une pièce surveillée par un garde, et Lassiter savait que malgré cela, elle avait réussi à s'échapper. Quince et le reste de l'équipe supposaient que c'était l'œuvre d'Emma, mais comme ils connaissaient les dangers des conclusions trop hâtives, ils essayaient toujours d'en avoir la confirmation.

Étant donné la facilité déconcertante avec laquelle il lui avait extorqué des informations au sujet de la fille, Quince avait pris son temps pour creuser un peu plus les données enfouies dans le cerveau de Lassiter.

— Stark a fait venir son ami Ollie pour une petite conversation, dit Liam. Apparemment, le FBI va étudier de près les comptes de Scott Lassiter. Ces fédéraux sont très chatouilleux dès qu'on touche au chantage et au blanchiment d'argent.

— Il paraît, dit Quince en réprimant un sourire.

Ils conclurent la communication avec la promesse de Quince qu'il le rappellerait une fois au ranch. Eliza dormait toujours, mais il avait besoin de café et la Range Rover d'essence. Il se gara dans une station-service et coupa le moteur, la laissant somnoler tandis qu'il se rendait à l'intérieur.

— Alors, vous avez eu Lassiter, dit-elle dès qu'ils eurent repris la route.

Il la regarda de travers.

— Tu ne dormais pas ?

Elle bâilla et se redressa, puis elle aperçut le café dans son porte-gobelet.

— Dis-moi que c'est pour moi et tu auras mon amour éternel.

Aussitôt, la bouche de Quincy devint sèche et elle écarquilla les yeux.

— Désolée, je ne voulais pas dire… *Merde.* Excuse-moi, je

suis encore à moitié endormie.

— Façon de parler, je comprends. Oui, c'est pour toi. J'ai pris des biscuits aussi, dit-il en désignant la boîte de sablés sur la console entre leurs deux sièges.

Elle s'empara de la boîte et l'ouvrit, mais il se demanda si elle avait vraiment faim ou si elle cherchait simplement à faire oublier son faux pas.

— Oui, au fait, dit-elle. En quelque sorte. J'ai eu l'impression que tu avais une conversation dans mon rêve. Ça paraissait vraiment surréaliste. J'ai entendu que la princesse s'est échappée ? Avec Emma ?

— Échappée, oui. Avec Emma ? Ce n'est pas confirmé, mais nous le supposons.

— Eh bien, c'est notre boulot, n'est-ce pas ? dit Eliza. À toi et moi. D'aller vérifier dans la cabane que ma sœur est bien avec elle.

— Denny est sur le coup aussi. Elle cherche à retrouver la vidéo surveillance qui montrerait ta sœur. Nous n'en aurons pas vraiment besoin si nous trouvons Emma en personne, mais…

— Nous la trouverons, dit-elle résolument avant de s'adosser dans son siège, hissant à nouveau ses pieds nus sur le tableau de bord.

Il remarqua qu'elle avait du vernis rose sur les ongles. C'étaient des orteils adorables.

Au bout d'un moment, elle se tourna pour le regarder, la tête penchée et la bouche pincée.

Il lui jeta un coup d'œil.

— Un problème ?

— Comme je l'ai dit, c'est surréaliste.

Il repassa la conversation dans sa tête, mais il ne comprit pas mieux la seconde fois.

— Tu m'expliques ?

— Toi. Moi. Ici dans cette voiture. Je ne m'attendais pas à te revoir, et encore moins à ce que nous soyons à nouveau ensemble. Même si nous ne sommes ensemble que par notre proximité géographique.

— Ah.

Il inspira sans quitter la route des yeux. Puis il se tourna pour la regarder et, enfin, il décida de crever l'abcès qui pesait sur leur relation.

— Je ne t'ai jamais dit que j'étais désolé.

— Non, en effet. Tu es désolé ?

— Évidemment.

— Hmm.

Il fronça les sourcils.

— C'est tout ? Rien que *hmm*.

— Je crois… Je ne sais pas trop. Tu ne t'es peut-être pas excusé parce que c'était inutile. Tu te disais que tu ne me reverrais jamais, alors à quoi bon ?

— Ce n'est pas la raison, répondit-il aussitôt.

Ses paroles étaient comme un couteau et il regretta d'avoir ouvert cette maudite porte. À moins que ce soit elle qui l'ait ouverte ? Il n'en était pas certain.

Il attendit qu'elle lui demande la vraie raison, mais elle ne dit rien. Son indifférence, renforcée par le silence pesant, lui faisait encore plus mal qu'il l'aurait cru, surtout après si longtemps.

Les kilomètres s'égrenaient. Deux, quatre. Au bout de six, elle reprit la parole avec une voix d'une douceur presque insoutenable.

— J'ai appelé à ton bureau, tu sais. Ils m'ont dit que tu avais été muté à Taipei. Que tu avais eu une envie subite de plier bagage et de partir en Asie.

— Je n'aurais pas dû...

— Je sais que tu es revenu à Londres.

Son intonation était impassible, détachée, dénuée de la moindre émotion.

— Quoi ?

Mais il l'avait très bien entendue.

— Je t'ai vu.

Il prit une vive inspiration sans réussir à retrouver sa respiration.

— Je suis vraiment désolé.

— Eh bien, voilà. Maintenant, tu peux dire que tu m'as présenté tes excuses.

— Eliza...

— Non. Ça va. Ça va plus que bien. Enfin, j'ai survécu, n'est-ce pas ? Pendant un moment, j'ai cru que je ne réussirais pas. Honnêtement, Q, j'étais tellement amoureuse de toi que c'était insoutenable. Ces trois mois ? J'avais l'impression que trois vies entières s'étaient écoulées et j'en voulais encore plus. Et puis, *pouf*, tout a disparu et je n'ai pas compris. J'étais morte de peur à l'idée qu'il te soit arrivé quelque chose. Ensuite, j'ai éprouvé de la colère. J'ai cru que c'était ma faute, aussi. Que quelque chose clochait chez moi.

— Non.

Il tendit la main vers elle, mais elle l'esquiva.

— Mais ce n'était pas moi. C'était toi.

Elle prit une longue inspiration.

— C'est toi qui as tout gâché, Quincy. Nous avions une relation formidable et tu as tout fichu en l'air. *Toi.*

Pendant un moment, le silence s'attarda.

— Je voulais m'assurer que tu le saches.

— Oui, dit-il. Je ne le sais que trop bien.

CHAPITRE SEIZE

— Juste là, dis-je en désignant un chemin de terre recouvert d'herbes folles sur la droite.

— Tu en es sûre ?

Je frappe du pied sur le tableau de bord, frustrée. Non, je n'en suis pas sûre. Ça fait une éternité que je ne suis pas venue ici. Peut-être depuis qu'Emma et moi avons emmené Marissa camper quand elle avait onze ans.

— Ça fait presque dix ans que je ne suis pas venue. Et j'étais toujours passagère, jamais conductrice. Alors, non, je n'en suis pas sûre. Tu veux jouer au pilote ?

Il lève les mains du volant en signe de reddition.

Aussitôt, je redescends de mes grands chevaux.

— Désolée. Je suis inquiète et contrariée… attends, ce n'est pas ici, tout compte fait. C'est le prochain croisement.

Il jette un œil vers moi, mais il ne dit rien. Cependant, je vois les questions dans ses yeux. *Suis-je seulement capable de nous conduire à bon port ?*

— C'est bon. Tu vois le X rouge sur le rocher ? Il est effacé, mais on le distingue encore. Emma m'a demandé de le peindre. J'avais huit ans, peut-être neuf. Elle l'a fait pour marquer le tournant. J'avais complètement oublié.

Je remercie ma sœur pour sa perspicacité. Parce que ce ranch couvre plusieurs hectares et la cabane est nichée quelque part au milieu. Sans repères, nous avons peu de chances de la retrouver. Si c'est précisément ce qui en fait une excellente cachette, j'approche de mon point de rupture. J'ai vraiment besoin de retrouver Emma et de m'assurer qu'elle va bien.

— Ça te semble familier ? demande Quincy après avoir roulé un moment sur la route sinueuse.

J'hésite, réticente à admettre que tout a changé. Pourquoi le paysage serait-il différent ? Ce ne sont que des arbres et des buissons, et la végétation pousse vite. Cela dit...

Oui.

— Nous y sommes presque, dis-je en désignant un arbre mort fendu en deux.

Victime de la foudre, sans doute, et je suppose que les propriétaires n'ont jamais estimé utile d'arracher la souche.

— Nous allons monter au sommet de la butte, et la cabane se trouve dans un vallon. Là, m'exclamé-je joyeusement en tendant le doigt vers le chemin qui s'engage en serpentant sur un monticule qui ne mérite pas le nom de colline, mais qui suffit à nous bloquer la vue.

Je vibre d'enthousiasme sur mon siège pendant que nous gravissons la côte. J'imagine retrouver Emma devant la cabane, la main en visière pour protéger ses yeux du soleil de fin d'après-midi.

Ce n'est pas ce que je vois.

Au lieu de la joie, c'est la peur qui s'empare de moi. Mon estomac se noue et je m'entends hurler à Quincy d'arrêter la voiture, parce que je dois sortir pour vomir tant le spectacle qui s'offre à nous me glace de terreur.

La cabane.

Ce n'en est plus une. À présent, il n'y a que les restes calcinés encore fumants de quelques poutres et éléments du toit. Tout autour, le sol est carbonisé, la végétation réduite en cendres.

J'ai la vague impression d'entendre la portière qui s'ouvre. Mes pieds martèlent le sol. Je me brûle les genoux et les mains en tombant par terre, puis les bras puissants de Quincy se referment autour de moi, me redressent et me serrent tandis que je sanglote contre son torse.

— Elle s'est échappée, murmuré-je alors que Quincy m'attire à lui. Elles se sont forcément échappées.

Quincy ne dit rien. Au bout d'un moment, je lève les yeux en suivant la direction de son regard.

Sa Jeep. Sauf qu'à présent, ce n'est plus qu'une carcasse noircie.

Mes genoux se dérobent et je tombe par terre, mais la poigne de Quincy m'empêche de m'étaler violemment sur le sol.

Il s'accroupit à côté de moi et m'enlace, mon visage contre son torse, son t-shirt baigné de mes larmes. Avec tendresse, il me caresse les cheveux et j'essaie de respirer. J'essaie de *réfléchir.*

— Nous allons la trouver, me dit-il.

Je recule. J'ai besoin de voir son visage.

— Tu crois qu'ils les ont prises, dis-je alors qu'un infime rayon d'espoir perce les ténèbres qui m'ont envahie.

— Pas toi ?

Lentement, je hoche la tête. Évidemment, ils les ont emmenées. Ils veulent la princesse, c'est un bien de valeur.

Quant à Emma… eh bien, elle vaudrait son pesant d'or s'ils parvenaient à la vendre. J'en doute fortement, cela dit. Ils voudront l'interroger. Découvrir ce qu'elle sait de leur organisation et à qui elle en a parlé.

— Oui.

Je hoche la tête.

— Oui, bien sûr qu'ils les ont emmenées vivantes.

Je m'écarte, abandonnant son étreinte. C'est trop agréable et je ne veux pas me fier à ce que je ne peux pas avoir. Et puis, c'est difficile de penser correctement dans les bras de Quincy.

Je me relève en réfléchissant.

— Comment les ont-ils retrouvées ? Même s'ils ont intercepté le message, ils ne peuvent pas l'avoir décodé. N'est-ce pas ?

À en juger par sa mine perplexe, je vois bien que cette question le taraude, lui aussi.

— Non, je ne vois pas comment. Ils ont pu la suivre depuis l'hôtel. Ou placer un traceur GPS sur la princesse. En tout cas, c'est troublant. Mais en ce moment, notre problème est tout l'inverse. Si nous voulons retrouver ta sœur et la princesse, nous devons à notre tour suivre leurs traces.

— C'est vrai. Mais comment ?

Il dépose un tendre baiser sur ma tête. Cette délicate attention est simple et naturelle, et j'en suis bien trop consciente. Puis il se lève et sort son téléphone. Je ferme les yeux en essayant de me concentrer tandis qu'il dit :

— Ryan, c'est moi. Quelles chances avons-nous de demander un service à la surveillance par satellite ?

Pendant que Quincy joue son rôle de super-espion, je commence à marcher autour des cendres. Quelque chose cloche, mais en même temps, l'ensemble de la situation n'a rien de normal. Ajoutez à cela la destruction de ce lieu de mon enfance qui m'a apporté tant de joie et c'est un miracle que je sois capable de réfléchir.

La cabane n'était pas un refuge bienheureux quand notre père était encore en vie. Il nous enfermait dans la cave pendant qu'il allait chasser, soi-disant pour éviter que nous nous égarions ou que nous nous blessions, mais Emma disait que c'était un connard autoritaire qui avait besoin de tout contrôler et de savoir où nous étions en permanence.

Il nous faisait dormir en bas, aussi, mais uniquement quand il voulait nous avoir *comme ça*. Emma allait dans son lit et il m'ordonnait de m'asseoir sur la chaise en bois. Je devais regarder, disait-il, pour savoir à quoi m'attendre quand mon tour viendrait.

Je tremble à ce souvenir, contente que cette ordure soit morte, contente qu'Emma nous en ait débarrassé.

Je suis terrifiée à la perspective qu'il lui arrive quelque chose d'affreux, d'encore plus terrible que notre père.

Je sursaute lorsque Quincy pose une main sur mon épaule, me ramenant à l'instant présent.

— Ça va ?

— Mon père nous amenait ici, lui dis-je.

Il ne dit rien et se contente de se placer derrière moi, les bras autour de ma taille.

— Et après ?

— Après ?

— Emma et toi, vous êtes revenues ensemble, n'est-ce pas ? Vous avez fait griller des marshmallows sous les étoiles. Vous avez pataugé dans le ruisseau. Vous utilisiez ton vieux Canon pour prendre les papillons en photo. Et vous avez invité Marissa à se joindre à vous. C'est devenu un lieu de vacances pour votre vraie famille, pas une cage construite par un monstre.

Je ferme les yeux, à la fois émerveillée et reconnaissante qu'il comprenne.

— Nous n'avons jamais fait griller de marshmallows, dis-je avec un léger sourire. Emma avait peur de déclencher un incendie si on allumait un feu de camp.

J'émets un ricanement ironique.

— Elle l'avait pressenti. Mais tu as raison, ajouté-je en me retournant dans ses bras, penchée en arrière pour le regarder. Nous en avons fait bien plus qu'une maison. Surtout cette affreuse cave. Nous avons apporté des litres et des litres de peinture blanche et nous avons repeint tous les murs. Nous avons même nettoyé les galeries de drainage pour nous débarrasser de l'odeur de moisi avant… *Oh.*

Je recule si vivement que je manque tomber à la renverse.

— El ?

— La galerie. Oh, bon sang, j'ai complètement oublié la galerie.

— Qu'est-ce que tu…

Mais je suis déjà partie en courant, Quincy sur mes talons.

Emma appelait cela une galerie de drainage parce que l'eau qui se retrouvait dans la cave après la pluie s'écoulait dans cette direction. Mais pour tout dire, nous ignorions à quoi servait réellement ce tunnel. Apparemment, la cabane n'était pas la première construction érigée à cet endroit. Nous avons découvert des fondations en pierre à une dizaine de mètres de là, un jour où nous plantions un jardin potager, et Emma a dit qu'il y avait peut-être une maison avant, et que ce tunnel en faisait partie.

Nous n'avons jamais essayé d'approfondir le *pourquoi* de la galerie, mais nous l'avons suivie un jour. J'en garde un souvenir atroce et une impression de claustrophobie après avoir fini en larmes parce que le tunnel s'étrécissait de plus en plus, déchirant mes manches à l'endroit où les parois éraflaient mes épaules. J'avais envie de faire demi-tour, mais je ne voulais pas marcher à reculons et Emma m'encourageait à avancer, estimant qu'ensuite, le tunnel s'élargirait forcément.

C'était le cas, car nous avons fini par atteindre le bout. Une petite caverne à flanc de falaise, au-dessus d'un torrent tumultueux.

C'est exactement là où je me dirige, emportée à toutes jambes par ma détermination. Une fois arrivée au bord de la falaise, au-dessus de l'emplacement de la grotte, je m'allonge à plat ventre et je me penche.

— Emma ! Ariana ! Vous êtes là ?

Quincy me rattrape et m'aide à me relever.

— Que se passe-t-il ?

— La galerie de drainage, lui dis-je. C'est ici qu'elle débouche.

Je vois qu'il comprend, car quelques instants plus tard, il est à plat ventre lui aussi. Il me regarde placer prudemment mes mains et mes pieds les appuis qu'Emma a pratiqués au fil des ans sur les reliefs en dents de scie de la paroi rocheuse. Je me faufile dans la petite caverne et utilise mon téléphone comme une lampe torche.

— Quelque chose ? demande-t-il.

Je me laisse tomber à genoux, envahie par le soulagement. Là, sur la roche, se trouve un message qui m'est destiné. Un seul mot : *Vivante.*

Mais ça me suffit.

CHAPITRE DIX-SEPT

Il est tard quand nous quittons enfin le ranch. Nous sommes tous deux épuisés, émotionnellement et physiquement. La perspective du long trajet de retour ne m'enchante pas.

Pourtant, je suis étonnée quand Quincy se gare devant un charmant hôtel à Avila Beach, à environ trente minutes de la cabane. Je me trémousse sur mon siège.

— Tu plaisantes, n'est-ce pas ?

Il inspire en se tournant vers moi.

— Nous sommes tous les deux épuisés et gênés, Eliza, dit-il d'une voix douce. Nous avons besoin de manger et de dormir. Demain, nous rentrerons à Los Angeles.

J'ai envie de lui dire qu'une nuit ici ne changera pas mon degré de gêne. En ce qui concerne Quincy, la seule chose qui me mettra à l'aise, c'est de me blottir contre lui, sentir son bras ferme sur mes épaules et laisser les battements de son cœur cogner en rythme avec le mien. Parce que j'ai beau apprécier qu'il m'aide à retrouver ma sœur, sa présence me fait mal.

D'un côté, j'ai envie de le lui dire, de lui annoncer sans retenue que j'ai envie de rentrer chez moi. Mais la vérité, c'est que le lieu n'y changera rien. Parce que même à Los Angeles, il insistera pour rester avec moi. Je me suis invitée à la fête de Lassiter. Le roux est mort après s'être battu dans ma chambre. Et j'ai aidé Denny et Quincy à voler des données. Emma est peut-être ma priorité – et la princesse celle de Quincy –, mais quoi qu'il en soit, il dira que je suis en danger, moi aussi. Et il ne me quittera pas d'une semelle.

— Nous pouvons rester, dis-je. Mais j'ai envie de manger au restaurant en terrasse. Pas de service d'étage.

La météo est parfaite, l'océan est beau. Et le coucher de soleil promet d'être splendide. La seule chose qui rendrait le moment encore plus magique, ce serait qu'il s'agisse d'un dîner romantique. Mais trois critères sur quatre, ce n'est déjà pas si mal.

Comme nous n'avons aucun bagage – détail que le réceptionniste à peine pubère semble trouver amusant –, nous nous rendons directement au restaurant. Je commande une bouteille de vin, parce que j'en ai besoin. Rouge, mon préféré. Un Pinot Noir, le préféré de Quincy.

— Allons-nous les retrouver ?

Je lance cette question dès que le serveur nous apporte le vin et une corbeille de pain. Je ne suis pas d'humeur à bavarder de la pluie et du beau temps. Je prends une longue gorgée de vin, savourant le picotement dans ma gorge et anticipant déjà la sensation d'étourdissement léger qui va suivre. Je n'ai mangé que quelques sablés en tout et pour tout aujourd'hui. Je veux seulement manger ma salade, boire mon vin, m'endormir et ne rêver à rien du tout.

Du moins, c'est ce que je me dis. Parce que ce dont j'ai

vraiment envie, je ne l'aurai plus jamais. Et c'est avec l'homme assis en face de moi que je le voudrais.

Je prends une grande inspiration, rassemble mes pensées et le dévisage attentivement.

Il faut reconnaître qu'il ne se dérobe pas à mes questions ni à mon regard insistant.

— Oui, dit-il simplement. Nous les retrouverons.

— Bonne réponse. Maintenant, explique-moi en quoi c'est la vérité et pas des conneries.

— Parce que je ne suis pas prêt à accepter l'échec et parce que je ne raconte pas des conneries.

Je m'adosse dans mon siège et je bois une longue gorgée de vin.

— Dans ton travail, peut-être, mais en matière de relations, l'échec et les conneries sont ta marque de fabrique.

Il repousse sa chaise et se lève.

— Je ne vais pas m'excuser éternellement, Eliza, ça va commencer à être redondant.

— Tu crois vraiment que nous en sommes là ?

Mon cœur bat la chamade. D'un côté, j'ai envie de revenir sur mes paroles. Je veux seulement dîner, avoir la paix.

D'un autre côté, j'aimerais hurler, vociférer et faire un esclandre. J'ai envie de lui jeter mon vin au visage et d'écraser mon verre au sol. J'ai envie d'entendre une explication, pas des excuses. Parce que je me fiche qu'il soit désolé. Tout le monde est désolé pour une raison ou une autre. Je veux savoir *pourquoi*.

Je veux savoir ce que j'ai fait de travers.

Sous mes yeux ébahis, il se laisse retomber sur sa chaise et il me prend la main.

— Oh, Eliza, mon amour. Tu n'as rien fait de travers. Absolument rien.

Oh, merde.

— J'ai dit ça à haute voix ?

Les commissures de ses lèvres frémissent. À Londres, des paroles incontrôlables m'échappaient en permanence. En général, des commentaires sur sa beauté presque absurde, sur mon envie de m'envoyer en l'air avec lui au lieu de faire ce que nous avions prévu d'autre. J'étais toujours mortifiée. Il trouvait cela adorable. Tellement adorable que nous finissions souvent par nous envoyer en l'air, justement.

Voilà pourquoi je n'ai jamais vraiment essayé de maîtriser cette petite bizarrerie…

Maintenant, en revanche, j'ai honte, et alors que mes joues virent au rouge, sa main se resserre autour de mes doigts.

— Arrête, murmuré-je.

— Que j'arrête quoi ?

Délicatement, je retire ma main de la sienne.

— Ne me touche pas. C'est… je préférerais que tu ne me touches pas.

Nous ne sommes pas ensemble. Je le sais. Il ne veut pas être avec moi. Je comprends. Mais mon corps réagit toujours et le simple effleurement de ses doigts sur ma paume propage en moi des ondes de choc.

Je suis contente que nous ayons une suite – et je suis contente qu'il me cède la chambre –, parce que je sais déjà que je vais m'endormir ce soir avec la main entre mes cuisses. Pitoyable, peut-être, mais à ce stade, je m'en fiche un peu. Après Londres, je pensais ne plus jamais revoir Quincy Radcliffe. Au vu des circonstances, je crois avoir

droit à un peu d'apitoiement et quelques orgasmes auto-
procurés.

Il prend une vive inspiration et acquiesce.

— Bien sûr. Tout ce que tu voudras.

— Ce n'est pas vrai non plus, n'est-ce pas ?

Il ne répond pas et je ne peux pas lui en vouloir. Je suis
quasiment certaine d'avoir franchi la frontière entre femme
blessée et véritable garce. Je sirote mon vin pour retrouver
ma concentration. Oh, et puis zut, je vide mon verre et je
m'en sers un autre. Ce faisant, je constate qu'il a fini le sien
aussi et je m'en réjouis intérieurement. Le malheur aime la
compagnie, tout compte fait, et je remplis également son
verre.

Nos plats arrivent et nous mangeons en silence alors que
le soleil décline lentement à l'horizon. C'est d'une beauté à
couper le souffle et mon cœur se gonfle d'émerveillement. En
cet instant, j'éprouve le même sentiment d'espoir, d'admiration et de possibilité qu'autrefois, avec Quincy. Savoir que j'ai
perdu tout cela est d'une tristesse si insoutenable que je pose
une question que jamais, au grand jamais, je n'aurais dû poser :

— M'as-tu vraiment aimée, en réalité ?

Je perçois la douleur de son visage avant qu'il ne baisse
les yeux sur son assiette vide. L'écho de ma question s'es-
tompe et mon cœur se serre avec la conviction qu'il ne me
donnera même pas la satisfaction de répondre.

Mais il lève la tête et son regard se rive au mien.

— Comment peux-tu me poser cette question ? Bien sûr
que je t'aimais. Je n'ai jamais cessé de t'aimer.

Mon cœur rate un battement et le souffle me manque. Je
déglutis et je cligne des paupières en détournant le regard,
m'efforçant de retenir mes larmes.

— Alors, pourquoi ?

— S'il te plaît, dit-il. S'il te plaît, ne me demande pas pourquoi.

C'est précisément ce que j'ai envie de faire, mais le serveur arrive et Quincy demande l'addition. Il fait ajouter le montant à la réservation de la chambre, puis il se lève sans me demander si je suis prête. Bien sûr, ce n'est pas le cas, mais je lui emboîte le pas sans discuter, avec la ferme intention de revenir sur la question une fois que nous serons dans la chambre. *Il m'aime.* S'il m'aime, alors nous avons peut-être un avenir. Je ne comprends pas pourquoi il ne le voit pas.

— Nous devons en discuter, dis-je dès l'instant où la porte de la suite se referme derrière nous.

Mais Quincy se contente de secouer la tête.

— Nous sommes tous les deux fatigués. Je vais prendre une douche rapide et je te laisse la chambre.

— Quincy, s'il te plaît. Nous…

— Demain, dit-il. Je serai ton public captif pendant plus de trois heures.

Il se détourne et entre dans la salle de bain, me laissant seule dans le salon à me demander quoi faire.

Je ne suis pas prête à mettre un terme à cela. Je ne peux pas laisser les choses se décanter jusqu'à demain, quand il aura retrouvé ses esprits et qu'il se sera replié sur lui-même. Cet homme vient quand même de m'annoncer qu'il m'aimait. Le même homme qui m'a laissé tomber sans même un « à bientôt ».

De mon point de vue, je ne lui dois rien, et certainement pas l'acceptation polie de sa demande de suspendre cette conversation.

Au contraire, il m'a fait un coup bas à Londres. Je peux bien lui faire un coup bas, à mon tour.

Et même si je suis terrifiée de franchir une limite dont je ne pourrai pas revenir, je retire mes vêtements et je me dirige vers la salle de bain. Là, je tourne la poignée, j'ouvre la porte et mes pieds quittent la moquette pour se poser sur le carrelage lisse et froid.

La douche est immense, encadrée de vitres. Il est tourné vers le mur du fond et le pommeau, et il ne me voit pas. Pendant un moment, je savoure la vue de son dos musclé et de ses fesses toniques tandis qu'il penche la tête en arrière, laissant l'eau ruisseler sur son visage.

Il a un grain de beauté sur la gauche, juste au-dessus de sa hanche. Maintenant que je le vois, j'imagine sa sensation sous mes doigts. Combien de fois ai-je touché sa peau et caressé langoureusement cet endroit précis alors que nous étions étendus au lit ensemble, après l'amour ?

J'ai envie de retrouver cela. Cette intimité. Ce n'est même pas le sexe que je veux, même si je ne nie pas que mon corps a envie du sien, comme en témoigne la chaleur entre mes cuisses. Mais ce n'est pas l'essentiel. C'est notre proximité qui me manque. Ses douces caresses. Nos longues discussions le soir. Sa spontanéité quand il m'attirait à lui et que je me sentais en parfaite sécurité.

J'avale ma salive, dérisoirement triste. Pendant un bref instant, je songe à battre en retraite, parce que j'ai peur qu'il me repousse à nouveau si je vais vers lui, et cette fois, je n'y survivrai pas.

Mais peut-on vraiment dire que j'aie survécu, la dernière fois ?

Je flotte dans les limbes depuis Londres. Noyée dans un sentiment de perte et de deuil, incapable d'avancer.

Peut-être ai-je tort d'insister, mais il a eu tort de partir comme il l'a fait.

J'ai besoin de tourner la page. Je dois savoir s'il y a toujours la moindre chance entre nous.

Je dois faire un pas pour tenter de recoller les morceaux de notre vie ensemble, ou bien qu'il achève ce qu'il a commencé en me détruisant complètement. D'une manière ou d'une autre, l'heure d'un nouveau départ a sonné, et la première étape consiste à travers cette salle de bain.

Je redresse mes épaules et je passe à l'action. Il ne s'est toujours pas retourné, ce qui rend les choses plus faciles, même si je suis étonnée qu'il ignore ma présence. Quincy est toujours conscient de ce qui l'entoure.

Je m'arrête devant la douche et j'inspire pour me donner du courage. Puis je tends la main vers la poignée de la porte vitrée.

Je vois son corps se crisper alors que je l'ouvre. Je m'interromps, mais je sais que j'ai déjà franchi le Rubicon. Je ne peux plus m'arrêter maintenant.

— J'espérais que tu changerais d'avis, dit-il sans se retourner.

Je prends alors conscience qu'il a senti ma présence dès le début.

— J'ai failli, mais je crois que nous méritons de sauter le pas.

Je me coule derrière lui et passe les bras autour de sa taille.

— Je ne voulais pas avoir à te repousser, me dit-il.

— Eh bien, tu n'es pas obligé de le faire.

Je pose mes lèvres sur son omoplate tout en caressant ses abdominaux d'une main légère.

— Le libre arbitre, tout ça. Ça existe, tu sais.

Je ne le vois pas sourire et je ne l'entends pas rire. Mais un infime frémissement de ses muscles m'indique qu'il ricane. En silence, je m'en réjouis.

— J'aurais préféré que tu n'entres pas.

Je prends un risque et fais glisser ma main plus bas, avant de sourire en constatant qu'il est dur.

— Vraiment ? Tu ne sembles pas trop mécontent.

Cette fois, je l'entends nettement rire.

— Je suis humain, Eliza. Je n'ai jamais dit que je ne te désirais pas. Mais je ne peux pas t'avoir.

Une vague de frustration déferle sur moi et je dois faire un effort pour garder une voix stable.

— So, tu peux. Je suis ici.

Je contourne son corps pour le regarder en face.

— Parle-moi, Quincy. Dis-moi ce qui s'est passé, alors je pourrai peut-être comprendre. Mais tu te fermes sans explications. Tu m'as claqué le portail au nez. *Boum.* Et tu as disparu. Sais-tu à quel point ça fait mal ?

Je le regarde dans les yeux et je le vois grimacer. Il comprend, j'en suis convaincue. Il sait qu'il m'a fait mal.

Et il me désire.

Mais il ne cède pas d'un pouce.

Je suis dans l'incompréhension la plus totale.

— Ça vient de moi ?

Cette fois, je ne parviens plus à contenir ma contrariété.

— Ou tu as fait vœu de célibat ?

Le son qui monte de sa gorge ressemble à un rire et une lame de jalousie brûlante me transperce.

— Oh, génial. Alors, tu as couché avec d'autres femmes depuis ton départ. Donc ça vient bien de moi.

Connard. Il me faut toute ma force de volonté pour ne pas prononcer ce mot à haute voix.

— Couché, non. Baisé, oui.

Des larmes stupides me piquent les yeux.

— Pourquoi pas moi ?

Son expression est si tendre que les larmes menacent de dévaler mes joues. Heureusement que nous sommes dans la douche, peut-être ne les verra-t-il pas.

Tout doucement, il prend mon visage en coupe.

— Parce que tu comptes trop.

Je secoue la tête sans trop savoir si je suis troublée, en colère ou triste. Tout ce que je sais, c'est que ce n'est pas bien.

— Un jour, tu m'as dit que tu me protégerais. Tu t'en souviens ? Tu as tendu le doigt vers la chambre de ta mère et tu m'as raconté l'histoire.

Je m'en souviens très bien. Elle l'avait poussé sous le lit. Il voulait sortir et se battre pour elle, mais il avait trop peur. Plus tard, il avait juré qu'il ne laisserait jamais la situation se reproduire.

— Je n'ai pas été à la hauteur de cette promesse ?

Sa voix est sèche et je sais que j'ai touché la corde sensible.

— Je ne t'ai pas fait sortir du Terrace ?

— Si, en effet. Mais ça n'arrange rien, parce que c'est toi qui m'as fait du mal, Quincy. Tu m'as fait du mal en t'en allant.

Je vois la colère sur son visage, mais elle retombe aussitôt et il hoche lentement la tête en signe d'acceptation. Puis je devine le regret.

— Crois-tu que je ne le sais pas ? Crois-tu que je ne m'en veux pas tous les jours ?

— Alors, pourquoi ?

Je frissonne, mais ce n'est pas à cause de l'eau. Elle est

toujours brûlante et elle remplit la pièce de vapeur. Non, je frissonne de peur, parce que j'ignore quelle sera sa réponse, mais je suis certaine que ça ne me plaira pas.

Il commence à ouvrir la bouche et je crois qu'il va me le dire, mais soudain il se déchaîne. Son poing s'écrase si violemment sur la vitre que je suis étonnée qu'elle ne se brise pas.

Je reste bouche bée, à la fois effrayée par sa réaction et contente d'en avoir au moins obtenu une. Je n'ai pas le temps de me décider entre les deux sentiments, car il m'attrape aux épaules. Il me repousse contre le mur et m'y plaque, balayant mon corps de ses yeux déments.

— Tu ne comprends pas ? Je ne peux pas être l'homme dont tu as besoin.

— Je ne te demande pas l'éternité, dis-je même si c'est un mensonge. Rien que maintenant. C'est toi qui ne comprends pas.

Avec audace, je prends son sexe en érection dans ma main.

— Et en ce moment, je te trouve parfaitement à la hauteur de la tâche.

Pendant un moment, nous nous contentons de nous regarder, le souffle court. Puis il se penche enfin, capture ma bouche et m'embrasse longuement, avec langueur.

C'est le paradis et l'enfer en même temps. C'est ce que je voulais. Ce que je désirais. Et je crains que tout s'évapore bien trop vite. Mais bon sang, je compte bien prendre ce que je peux et envoyer au diable les conséquences.

Avec ce nouveau mantra, je referme les bras autour de son cou et je lui grimpe pratiquement dessus jusqu'à ce que mon dos soit en équilibre contre le mur, mes jambes autour de sa taille.

Il ferme le robinet pour interrompre l'arrivée d'eau, puis il nous entraîne hors de la salle de bain jusqu'au lit. Nous sommes tous les deux mouillés, mais ça m'est égal. Je ne le lâcherais pour rien au monde. Bientôt, il m'a étendue sur le lit et il referme sa bouche sur mon sein.

Je gémis et me cambre tandis que sa succion redouble d'ardeur, propageant des étincelles depuis mon téton jusqu'à mon entrejambe. Comme s'il suivait un fil invisible, il descend le long de mon corps, effleurant le chemin sous ses lèvres jusqu'à enfouir son visage entre mes cuisses, sa langue opérant sa magie tandis que ses doigts me pénètrent. J'ondule le bassin, avide de plus. Avide de tout.

Quand il commence à remonter le long de mon corps tout en m'embrassant, je sais ce qui arrive, ce que nous désirons tous les deux, et je tremble d'impatience et de désir. Je m'étire, tendant les bras au-dessus de ma tête, attendant qu'il me prenne les poignets. Qu'il me retienne et me prenne avec force, ou qu'il me retourne et me donne la fessée avant de s'enfoncer en moi.

Pourtant, il ne fait rien de cela.

Sa bouche m'attise, ses mains me caressent. C'est délicieux, merveilleux, et je ne me plains pas, mais en même temps, j'ai envie de retomber dans le passé. Je désire le Quincy qui me possédait. Qui me forçait à capituler. Qui me laissait céder à mes propres désirs et me perdre en sûreté dans ces recoins sombres. Parce que j'en ai besoin maintenant. Avec la disparition d'Emma et la peur qui me taraude, j'ai besoin qu'il me pousse dans mes retranchements. J'ai besoin de savoir que je peux y aller, qu'il sera là avec moi et que je peux en revenir sans danger.

Mais il ne le fait pas. Il me connaît très bien – il a

toujours su exactement ce dont j'avais besoin – et pourtant, il ne m'y emmène pas.

Au lieu de quoi, il me maintient sur le dos et il me pilonne avec vigueur. C'est fabuleux, même si c'est un peu tiède. Je referme les jambes autour de lui et empoigne ses fesses pour l'inciter à accentuer la force de ses coups de boutoir. Enfin, la friction de nos corps me fait basculer et j'explose. Mon corps se contracte autour de lui jusqu'à ce qu'il me suive dans la stratosphère.

C'est incroyable. Renversant. Et à peine suffisant...

Je réprime un soupir et j'entremêle mes doigts à ses cheveux. Il glisse sur mon corps, puis il m'attire à lui. Je commence à parler, même si j'ignore encore ce que je veux dire. Peu importe, car il pose un doigt sur mes lèvres pour me faire taire.

— Tu as gagné la guerre, mon amour. Donne-moi cette petite victoire. Laisse-moi te serrer contre moi. Je veux m'endormir dans tes bras.

C'est une demande toute simple, alors j'acquiesce et me pelotonne contre lui. Je me sens en sécurité et aimée pour la première fois depuis bien longtemps.

Je dérive, somnolant par intermittence, jusqu'à me réveiller par la force des choses en le sentant tourner et se retourner à côté de moi.

Je change de position, me hissant sur un coude, puis je pose tendrement une main sur son torse pour le tirer de son rêve tout en douceur.

Avant que je puisse comprendre ce qui se passe, il m'a attrapé le poignet et il m'entraîne hors du lit. J'entends mon cri retentir dans la chambre quand il me plaque brutalement contre le mur, me coupant le souffle.

J'essaie de reprendre ma respiration, mais c'est impossible, car sa main est sur ma gorge et je commence à éprouver un vertige. Je suis terrorisée et désorientée.

Fébrilement, je lève le genou et je parviens à le frapper dans les bourses. Il lâche un cri et ouvre les yeux, mais à l'évidence il est bloqué dans un cauchemar et il ne me voit pas. Au moins, sa main n'est plus sur ma gorge. Alors qu'il commence à tendre à nouveau les bras vers moi, je fais la seule chose dont je suis capable. Je m'écrie : « Canard ! Caneton ! Canard ! » à pleins poumons en espérant que l'ancien *safeword* lui parvienne.

CHAPITRE DIX-HUIT

Canard ! Caneton ! Canard !

Ces mots résonnèrent dans sa tête, franchissant le brouillard rouge de sa mémoire, et Quince recula en titubant, atterré de découvrir qu'il était penché sur Eliza, dont le visage exprimait la peur.

C'était ça. C'était pour cette raison qu'il était parti, et il avait eu raison de garder ses distances. La mission de Berlin l'avait détruit. Il avait perdu Shelley. Il s'était perdu lui-même.

Même si on ne la lui avait pas réellement prise, il avait aussi perdu Eliza.

Il inspira, une tempête de pensées erratiques et d'émotions violentes sous son crâne. Bon Dieu, il aurait dû savoir qu'il ne fallait pas la toucher. Il avait été stupide de croire que tout se passerait bien, de penser qu'il pourrait avoir une seconde chance.

Ils l'avaient complètement brisé et il ferait mieux de ne pas l'oublier.

— Quincy ?

Elle tendit les mains dans un geste hésitant, l'expression méfiante. Prudente.

— Ça va, tu es réveillé maintenant. Tout va bien.

Il émit un râle déchirant – c'était loin d'aller – avant de revenir vers elle en secouant la tête. Il ouvrit la bouche comme s'il y avait des mots à prononcer pour expliquer, mais bien sûr, il n'y avait rien à dire. C'était un homme brisé, et il suffisait de le regarder pour le savoir. Que pouvait-il bien ajouter ?

Il leva les mains comme pour rejeter d'avance sa compassion. Il se détourna de son visage troublé et soucieux, aperçut son jean plié sur le dossier d'une chaise et l'enfila. Sans prendre la peine d'enfiler un t-shirt, il se dirigea vers la porte de derrière, ouvrit le portillon en métal et suivit le chemin jusqu'à la mer.

Le ciel était dégagé et la lune presque pleine était basse dans le ciel, son reflet éclairant l'écume des vagues grondantes. Il s'approcha du bord, laissant l'eau glacée du Pacifique clapoter sur ses pieds nus. Pendant un moment, il s'autorisa le fantasme de pouvoir marcher sur l'eau, de nager vers l'horizon jusqu'à se laisser noyer par l'épuisement et couler, encore et encore, pour mieux renaître victorieux, purifié de tout le mal dont il avait été témoin. Des horreurs qui lui collaient à la peau, souillant son âme de sang.

Mais l'heure n'était pas aux rêveries et il savait très bien que le sang sur ses mains ne pourrait jamais être lavé. Croisant les bras devant son torse nu pour se protéger du froid, il commença à marcher sur le rivage sans autre but que de se vider la tête et se laisser gagner par la fatigue. Alors, peut-être, avec un peu de chance, quand il rentrerait à la chambre, il pourrait entrer sans réveiller Eliza, se coucher sur le canapé et dormir.

Bien sûr, ce serait trop facile. Il aurait dû savoir qu'elle ne lui faciliterait pas les choses. Il ne pouvait rien faire pour l'éviter, parce qu'elle était assise sur une couverture, sur le sable, au beau milieu du chemin qu'il devait emprunter pour retourner à l'intérieur.

— Tu devrais dormir, dit-il en s'approchant de sa couverture.

Elle lui tendit son t-shirt et il le prit avec reconnaissance.

— Toi aussi.

Elle désigna d'un mouvement de tête la couverture à côté d'elle.

— Il faut qu'on parle.

— Je suis fatigué, j'ai envie de rentrer.

— Assieds-toi. Tu me dois bien ça.

— Parce que je t'ai agressée.

Ce n'était pas une question. Elle tressaillit.

— Non, voyons. Parce que tu m'as laissé tomber. Tu m'as laissée dans le noir pendant des années. Tu ne m'as pas fait confiance pour t'aider comme tu m'avais aidée.

Elle croisa les bras sur sa poitrine.

— Sérieusement ? C'est ce que tu penses de moi ? Que je te rejetterais à cause d'un cauchemar ?

Il ne répondit pas, mais il s'assit.

À sa décharge, elle n'insista pas. Elle ne le regarda même pas. Elle se contenta de rester assise, les genoux contre sa poitrine et une deuxième couverture sur les épaules. Elle tendit sa main gauche et lui prit la droite. Le premier instinct de Quincy fut de se dégager, mais il n'en fit rien. Il avait envie de son contact, du réconfort de savoir qu'elle était là, avec lui, qu'elle ne lui en voulait pas à cause de ce qui s'était passé. Et qu'il ne l'avait pas épouvantée.

Il ne voulait pas qu'elle sache ce qui s'était passé à Berlin, mais en même temps, il voulait tout lui raconter. Elle lui manquait tant ! S'il ne l'avait jamais revue, il aurait peut-être réussi à vivre avec un trou dans son cœur. Mais ce n'était pas le cas. Elle avait surgi à l'hôtel Terrace, il l'avait vue et tout avait changé.

Lui, par-dessus tout.

— Quincy ?

Elle tourna son buste vers lui pour s'assurer que tout allait bien.

— Non, dit-il. Reste comme ça. Donne-moi une minute.

Il lui fut reconnaissant de faire ce qu'il lui demandait. Contre toute attente, il s'entendit commencer son récit.

— Tu as sans doute compris que je n'ai jamais travaillé dans la haute finance. Et bien que je sois souvent allé à Hong Kong, en Chine et à Taipei, je n'y étais pas cet été-là.

Il fit une pause, mais elle ne l'interrompit pas et elle ne se retourna même pas pour le regarder. Il prit une inspiration, reconnaissant, et poursuivit :

— En fait, on m'a confié une mission d'accompagnement rapide et facile. Un service rendu à l'une de nos sources principales. Quasiment aucun risque. Pas d'espionnage. Un simple voyage comme un autre. À l'époque, je travaillais à la fois pour le MI6 et Délivrance, mais j'étais en vacances des deux et je m'amusais beaucoup.

Elle pencha la tête et il aperçut un petit sourire sur son visage. Il passa un doigt sous son menton et inclina son visage vers lui.

— Tu étais le meilleur de cette période.

Elle sourit avant de se détourner à nouveau.

J. KENNER

— Non, ça va, dit-il en serrant plus fermement sa main dans la sienne. De toute façon, comme je l'ai dit, ce devait être trois fois rien. La fille voyageait avec des amis, qui étaient un peu trop fêtards à son goût. Elle a appelé son père pour qu'il vienne la chercher à Londres et la ramener chez elle, mais il se trouvait à Hong Kong. Alors, il a appelé mon patron en lui demandant un service. Il me suffisait de la raccompagner chez elle à Berlin.

— Je devine que ça s'est mal passé.

— Oui, très mal.

Il prend une inspiration en se demandant comment tout exposer rapidement et simplement. Il avait envie de le lui dire, mais il ne voulait pas s'y attarder. Et une fois que tout serait dit, avec clarté et sans équivoque, il avait envie d'aller se coucher en espérant ne pas rêver.

— Nous avons subi un guet-apens, dit-il avec empressement, histoire d'en finir. On nous a enlevés et emmenés dans un entrepôt désaffecté. Cinq hommes. Je ne les avais jamais vus. Ou du moins, pas que je sache. J'ai vite compris que j'avais vu leurs chevilles à l'âge de sept ans.

Il vit sa gorge tressauter lorsqu'elle déglutit.

— Le meurtre de ta mère ?

— Je crois que ça ne leur avait pas suffi de les tuer, mon père et elle. Ils voulaient supprimer la famille tout entière. Mais surtout, ils voulaient nous torturer.

Il se leva, incapable de rester tranquille en racontant la suite.

— Ils ont commencé avec Shelley, dit-il, le dos tourné et les yeux vers l'océan. Une mission simple. La ramener chez elle à Berlin.

Sa voix monta dans les aigus et des larmes lui obstruèrent la gorge.

216

— Je lui avais dit que je la protégerais. Ils m'ont endormi avec une flèche tranquillisante. Je me suis réveillé attaché à un mur, nu comme un ver. Shelley était sur une chaise devant moi. Les bras attachés, les chevilles attachées, encore habillée. Ils avaient coiffé ses cheveux. Ils disaient qu'ils voulaient qu'elle soit belle pour moi.

Il tourna la tête, juste assez pour jeter un œil par-dessus son épaule et voir sa mine horrifiée.

— Ils l'ont prise en photo. Des Polaroïds, qu'ils ont laissé tomber sur le sol de l'entrepôt. Puis ils ont braqué une arme sur son visage en lui disant qu'elle allait mourir. Mais que si elle me suppliait, je la sauverais.

— Oh, mon Dieu.

Sa voix était douce, à peine audible, mais elle lui fendait le cœur.

— Elle n'avait que seize ans. Bien sûr, elle a imploré. Chaque pleur, chaque supplication a dévoré mon âme. Je jure devant Dieu que je suis mort ce jour-là, moi aussi.

— Ils lui ont tiré dessus.

Il se tourna vers l'océan noir et infini.

— Entre les deux yeux.

— Ils t'ont laissé partir ?

Il lâcha un grognement sarcastique.

— Ils m'ont violé, fit-il d'une voix neutre, dénuée d'émotions. À de nombreuses reprises.

Quand il la regarda à nouveau, il vit qu'elle était abasourdie. Il éprouvait la même torpeur.

— Comment t'en es-tu tiré ?

Il croisa les doigts sur sa nuque et ferma les yeux, laissant les souvenirs affluer pour une fois.

— Une partie de ma formation comprenait la résistance aux drogues. Parfois, ils me droguaient et me détachaient.

Ils devaient trouver encore plus spécial de me malmener dans cet état. Ils m'assommaient, mais ils ne voulaient pas que je sois inconscient, ce ne serait pas amusant. Un jour, ils ne m'en ont pas donné suffisamment. Sur quelqu'un d'autre, cela aurait suffi. Mais j'avais de la résistance. Ils m'ont touché et j'ai explosé. Après cette explosion initiale, je ne me souviens de rien. Seul un flou rouge devant mes yeux, l'odeur du sang et leurs hurlements.

Elle avait ramené ses genoux devant sa poitrine et elle les serrait avec force, les yeux hagards et la bouche ouverte d'horreur.

— Quand j'ai retrouvé mes esprits, ils étaient tous morts, éparpillés et ensanglantés par terre. Cinq cadavres étalés, couverts de sang. Je les ai laissés sur le sol de cet entrepôt. Je suis parti. J'ai rallié notre planque à Berlin et j'ai demandé de l'aide par radio, puis j'ai perdu connaissance. En revenant à moi, je leur ai donné les coordonnées, mais les corps avaient disparu. J'étais à l'hôpital depuis des semaines. Je suis rentré à Londres pour suivre une rééducation. Je crois que j'étais de retour depuis deux semaines quand tu m'as vu, mais je t'ai vue avant ça.

Elle leva la tête en fronçant les sourcils.

— Quoi ? Où ?

— Tu étais avec ton amie. La fille très mince aux cheveux noirs bouclés. Tu nous as présentés un jour au théâtre, et...

— Je vois. Alicia. J'ai déjeuné avec elle deux ou trois fois après que tu... enfin, nous nous sommes vues.

— Je n'ai pas pu, dit-il simplement. Tu riais. Tu avais l'air heureuse. Et moi, j'étais dans un endroit très sombre, animé par une soif de vengeance. Je ne dormais pas à cause de mes terreurs nocturnes. Et je n'ai pas pu...

Il s'interrompit en secouant la tête.

— Quoi ?

— Sexuellement, émotionnellement, fit-il en se frottant les tempes. Je n'étais pas bien. C'est toujours le cas, d'ailleurs.

Il regarda les émotions qui se succédaient sur son visage, convaincu qu'elle essayait de trouver un argument, des mots magiques pour lui remonter le moral alors qu'il n'y avait absolument rien de magique à cela.

— Parfois, je crois être maudit, dit-il. Ma mère. Mon père. Puis moi.

— Non, dit-elle simplement.

Il renifla avant de tendre son poignet pour lui montrer la Patek Philippe.

— Je t'ai déjà dit pourquoi je porte ça ? C'est une boussole, reprit-il lorsqu'elle secoua la tête.

— Ce n'est pas qu'une montre ?

— Je veux dire qu'elle me guide. C'était celle de mon père, tu sais. On m'a laissé fouiller dans ses affaires après avoir trouvé son corps. La montre était un cadeau que lui avait fait la famille royale. Il les a trahis. Le pays. Alors, la montre est devenue ma boussole. Je la porte pour me rappeler que je dois toujours me maîtriser, réfléchir avant d'agir.

Il prend une inspiration.

— Je ne l'ai pas fait ce soir et je le regrette.

— Tu étais pris au piège dans un cauchemar.

— Je n'aurais jamais dû me retrouver au lit avec toi.

Elle se leva et fit un pas vers lui.

— Tu ne m'as pas fait mal. Tu t'es réveillé brusquement.

Ses paroles faisaient éclore une petite graine d'espoir en lui. Mais il ne pouvait pas s'y fier. À la place, il dit :

— Tu m'as manqué.

Un léger sourire se dessina sur ses lèvres.

— C'est fou comme je suis heureuse que ce ne soit pas que moi.

— Tu m'as manqué, répéta-t-il. C'était merveilleux de te toucher. Mais je ne sais pas comment faire fonctionner cette relation.

— On peut essayer ?

En lui, le monstre se ramassa sur lui-même. Une culpabilité froide et une rage écarlate.

— Je ne sais pas.

— Ce n'était pas ta faute. Tu le sais, n'est-ce pas ? Ni ce qui est arrivé à Shelley, ni ce qui t'est arrivé à toi.

— Je sais, se contenta-t-il de répondre. Mais il ne suffit pas de savoir.

CHAPITRE DIX-NEUF

— Est-ce que tout va bien entre vous deux ?

Je sursaute et lève les yeux. Je suis assise au bord de la piscine de Damien Stark, les pieds dans l'eau. Denny est debout à côté de moi et elle me regarde, ses yeux verts reflétant l'inquiétude dans sa voix.

— Quoi ? Quincy et moi ? Bien sûr.

Je parle avec conviction, comme si ces mots allaient devenir réalité simplement parce que j'y donne de la force.

— Pourquoi me poses-tu cette question ?

Denny secoue la tête.

— Un pressentiment.

Elle se débarrasse de ses sandales avant de s'asseoir à côté de moi, laissant pendre ses pieds dans l'eau cristalline.

— Je commence à bien le connaître et il n'a pas l'air dans son assiette aujourd'hui. Toi non plus.

— Tu ne me connais pas assez bien pour savoir comment je vais.

Denny tend un doigt vers moi.

— C'est vrai. On devrait apprendre à se connaître.

— Le moment est peut-être mal choisi aujourd'hui, dis-je en riant. Ils vont bientôt revenir.

Toute l'équipe de Stark Sécurité – y compris, par défaut, votre dévouée – s'est rassemblée dans la fabuleuse maison de Monsieur Stark à Malibu pour accueillir au débotté le prince Michel d'Eustancia, oncle de la princesse Ariana, également directeur de la Sécurité nationale de leur petit pays. Il est arrivé à Malibu avec une petite escorte de gardes du corps alors que son équipe de renseignements restait à l'hôtel Stark Century, avec Liam Foster en tant qu'agent de liaison pour l'Agence.

En ce moment, le prince et la plupart des autres invités se trouvent dans l'immense garage souterrain de Monsieur Stark. Apparemment, le prince Michel est un aficionado de voitures classiques au même titre que Damien Stark.

— D'ailleurs, continué-je, je ne suis pas sûre que la journée soit idéale pour discuter de ma relation avec Quincy. Nous devrions nous concentrer sur la princesse.

Denny secoue la tête.

— Un petit conseil d'amie ? Je te promets que ça vaut la peine.

— Euh, oui, je t'écoute.

— Tu ne peux pas penser comme ça. Pas si tu veux survivre dans ce métier.

— Je suis une actrice. Je ne suis pas du métier.

Denny lève les yeux au ciel et donne un coup de pied dans l'eau, projetant des gouttes alentour.

— Bon, je reformule. Si tu comptes vivre avec quelqu'un qui travaille dans ce domaine, tu dois savoir que tu ne peux pas attendre que les choses se tassent. Parce que ça ne se calme jamais.

Elle cligne des paupières et je prends conscience qu'elle réprime ses larmes.

— Denny ?

— Excuse-moi.

Elle renifle et se frotte le visage avec les paumes

— Désolée, parfois je vais très bien, et puis *pouf*, plus du tout. Mais c'est justement ce que je veux dire. Je donnerais tout pour avoir Mason avec moi, pour parler de tout ce que nous n'avons jamais dit, pour avoir une *vie*, tout simplement. Avant, je le prenais pour acquis, avant sa mission. Et maintenant, nous n'avons pas échangé deux mots depuis si longtemps. Je commence à me demander si j'aurai un jour la chance de lui dire tout ce que je n'ai jamais dit.

Je lui prends la main et la serre.

— Ça va aller.

C'est ridicule, parce que je n'en sais absolument rien. Mais j'ai envie d'y croire. Et en cet instant, je pense que c'est ce qu'elle a besoin d'entendre.

Elle pose ses pieds sur le rebord.

— Excuse-moi, je ne voulais pas me morfondre.

Je pense à toutes ces années sans Quincy.

— Je comprends. Vraiment.

— Tant mieux. Alors, parle-lui. Il y a quelque chose entre vous deux. Il ne faut pas que ça se perde dans le bruit de fond.

Elle pousse un profond soupir.

— Mon Dieu, on dirait une grand-mère trop intrusive. Je me dis peut-être que si je gagne suffisamment de points de karma en matière de relations, l'univers me le renverra.

Je ne sais pas quoi dire, alors je me penche et je lui prends la main en disant :

— Merci.

Elle hausse une épaule.

— Si je me mêle de ce qui ne me regarde pas, demande-moi de la boucler. Mais Quince est comme un frère pour moi et je t'apprécie vraiment. J'aimerais tellement que vous y arriviez, les amis.

J'éclate de rire.

— Moi aussi, je t'apprécie beaucoup, dis-je.

Et encore, ce n'est rien de le dire. J'hésite en me mordant la lèvre inférieure, les yeux tournés vers Denny. Décidant que je n'ai rien à perdre, je me jette à l'eau :

— Que sais-tu exactement ? Sur le passé de Quincy, je veux dire.

— Ah, eh bien, je pourrais te poser la même question.

Je souris.

— Mais c'est moi qui l'ai posée en premier.

— D'accord. Ça reste entre nous, d'accord ? Si jamais je te dis quelque chose que tu ne sais pas, tu n'as rien entendu. Je te parle uniquement parce que c'est pour son bien. Et puis, pour l'amour du vin et des ragots, bien sûr.

— Parole de scout, dis-je en traçant une croix sur mon cœur.

— Tu mélanges deux serments, enfin bref…

Elle pince les lèvres, pesant soigneusement ses mots.

— Tu es au courant pour son père ?

— Oui. Et sa mère. Il possède encore la maison, ou du moins, à l'époque, quand nous étions ensemble à Londres.

— Alors, tu sais que ça le ronge. Son père. Ne pas avoir été capable de sauver sa mère.

Une fois de plus, je hoche la tête.

— Il y a autre chose, aussi. Quelque chose d'énorme qui l'a complètement chamboulé quand il travaillait encore avec le MI6 et Délivrance. Tu as rencontré Dallas, n'est-ce pas ?

J'ai l'impression qu'elle passe du coq à l'âne, et il me faut une minute pour me rappeler que Dallas Sykes est l'ami de Quincy, fondateur de Délivrance, sorte d'organisation para-militaire autoproclamée aujourd'hui fermée qui existait essentiellement pour retrouver et secourir des enfants kidnappés, d'après ce que j'ai appris récemment.

— Pas encore, dis-je. Mais j'ai vu des photos de lui dans les tabloïds. Il est ici, non ?

Elle hoche la tête.

— Stark et lui sont amis, et je crois qu'il connaît aussi le prince régent, le père d'Ariana. Dallas est l'archétype du play-boy occidental, ou du moins, jusqu'à son mariage. Bref, peu importe. Je disais seulement qu'il s'est passé quelque chose à l'époque. Quelque chose de très grave, je crois, mais j'ignore les détails.

Comme elle ne connaît rien, je ne vois pas trop pourquoi elle me le dit. Mon trouble doit être évident, parce qu'elle ajoute :

— Je lui ai demandé un jour s'il voulait le nom de mon psy — je le vois quelquefois quand ça devient trop difficile avec l'absence de Mason.

— Oh.

Je me redresse, intéressée.

— Il a accepté ?

— Non, et il ne m'a pas dit pourquoi. Mais je crois que c'était parce qu'il vivait et respirait boulot, alors il se fichait un peu de sa santé mentale.

Elle se remet debout et elle hausse une épaule en baissant les yeux vers moi.

— Maintenant, je crois qu'il aurait de nouvelles raisons d'accepter.

Je souris, bêtement réchauffée par ses paroles.

— C'est une fête et je vais prendre un verre, me dit-elle
sur un ton qui laisse entendre qu'il est temps d'oublier les
discussions trop sérieuses. Tu en veux un ?

— Non, merci. Plus tard.

Pour le moment, je réfléchis à ce qu'elle a dit. Ou plutôt,
je réfléchis à Quincy et à ce qui lui est arrivé. À ce que je sais
et que Denise ignore.

Et à ce que Quincy et moi n'avons pas dit ce matin-là,
pendant le trajet de retour de Los Angeles à San Luis
Obispo.

Il a dormi sur le canapé la nuit dernière. Il fallait s'y
attendre, mais j'espérais que nous pourrions parler sur la
route. Il est évident qu'il a des démons à exorciser et je
voulais l'aider. Mais il est resté silencieux et quand il a
repris la parole, ce n'était pas pour parler des révélations de
la veille ni évoquer son cauchemar.

Nous avons parlé d'Emma, de la princesse et des détails
de l'enquête. Nous nous sommes tous les deux demandé
comment ses poursuivants avaient trouvé la cabane. C'est
un endroit qui ne figure pas sur les cartes, et pourtant les
hommes y étaient arrivés avant nous. Pas de beaucoup, à en
juger par le sol encore fumant.

— Même s'ils ont piraté son téléphone, ils n'ont pas pu
interpréter ce message. C'est vrai, même Marissa ne l'a pas
compris, et elle est déjà allée là-bas.

— Ils l'ont peut-être suivie, a répondu Quincy. S'ils ont
été rapides après l'évasion d'Ariana, ils ont pu remonter sa
trace.

— Alors, pourquoi ne pas les avoir rattrapées plus tôt ?

— Je ne sais pas, a-t-il avoué, tout aussi frustré que moi
par cette vérité.

J'ai froncé les sourcils en me posant une autre question :

— Pourquoi a-t-elle écrit à Marissa ? Pourquoi ce n'est pas à moi qu'Emma a envoyé ce texto ? Non, c'est cohérent. Elle me croit à bord du bateau de croisière.

— Dans tous les cas, elle ne l'aurait pas fait. Je suppose qu'elle voulait garder sa petite sœur en dehors de ça.

J'ai ricané, je crois, mais je savais qu'il avait raison.

— Des nouvelles du satellite ?

Il avait appelé quelqu'un depuis le ranch et je me prenais à rêver que la NASA avait désormais un laser géant pointé sur les méchants.

— Malheureusement, c'est une impasse. Il n'y avait aucun satellite dirigé vers cet emplacement, et il est impossible d'en assigner un aussi rapidement. Quant aux caméras du réseau routier, nos analystes étudient les vidéos du secteur, mais ce n'est pas Los Angeles et il n'y a pas beaucoup de caméras.

— Génial.

Je me suis affaissée sur mon siège, déçue.

— Au moins, il y a le pick-up.

Je hoche la tête. C'est déjà ça. Environ une demi-heure avant notre arrivée sur le site, les propriétaires du ranch ont appelé la police locale pour signaler que leur pick-up Ford F-150 avait été volé dans leur allée.

— Mais Emma est trop maline pour le garder bien longtemps. À moins qu'un policier ou une caméra de sécurité les intercepte assez tôt, cet indice sera inutilisable.

— C'est vrai, a-t-il dit. Mais au moins, nous savons qu'elles ont quitté le ranch.

J'ai acquiescé, contente de cette information, et nous avons passé le reste du trajet en silence. Quincy pensait à

Dieu sait quoi, et moi, je déroulais un long monologue dans ma tête, songeant à ce qui lui était arrivé et m'interrogeant sur la meilleure réaction. S'il acceptait mon aide, j'étais certaine que nous pouvions y arriver.

Selon mon scénario, tout fonctionnait à merveille.

J'ai gardé le silence dans la voiture, écoutant encore les classiques du rock jusqu'à Los Angeles.

Après un arrêt chez Quincy pour changer de vêtements, nous avons fait cap sur Malibu. Ryan nous avait envoyé un message pour nous faire savoir que le prince Michel était en route.

Étant donné que l'appartement d'Emma a été visité, tant que l'affaire ne sera pas résolue, je suis une invitée permanente chez Quincy. Je lui ai dit que Denise m'accueillerait volontiers chez elle s'il le préférait. À voir sa panique hier soir, je me disais qu'il voudrait peut-être que je m'en aille.

— Non, a-t-il dit.

Ce simple mot m'a remonté le moral pendant la moitié du trajet.

Maintenant, j'entends des éclats de voix à l'intérieur de la maison. Le groupe a dû revenir du garage. Je me lève pour aller me chercher un verre avant que la foule se presse au bar.

Je demande un martini, puis je regarde le jeune barman mélanger le cocktail avec des gestes experts. En âge d'être étudiant, il a dû faire l'objet d'une enquête pour servir des verres chez un milliardaire et un représentant royal. Je me demande s'il a l'habitude de servir ici ou si c'est un événement unique, auquel cas il doit avoir hâte d'aller s'en vanter auprès de ses amis.

— Tu as l'air amusée, dit Nikki Stark quand je m'éloigne

du bar avec mon verre. J'espère que tu passes un bon moment.

La femme de Damien est une beauté accessible. Des tas de rumeurs ont circulé il y a quelque temps, mais pour être honnête, je ne m'y suis pas intéressée sur le moment. Maintenant, je n'ai plus envie d'y revenir. Je l'apprécie trop et ça me fait de la peine de savoir qu'elle a été traînée dans la boue par la presse à scandale, surtout maintenant que je vois à quel point ils forment un couple magnifique.

Une autre femme se joint à nous et passe un bras sur l'épaule de Nikki avant de me tendre la main. Je la prends, non seulement intimidée par ses manières, mais surtout parce qu'elle est splendide. On dirait un premier rôle au cinéma. Plus j'y pense, plus je me dis que je l'ai sans doute déjà vue à la télévision.

— Désolée d'être en retard, dit-elle. J'ai dû m'éclipser au boulot, mais je ne pouvais pas rater ça.

Elle se penche en avant et ajoute sur un ton de conspiratrice :

— Un membre de la famille royale ! Honnêtement, Nicholas, tu es encore montée en grade.

Elle donne un petit coup de hanche à Nikki qui secoue la tête, visiblement déconcertée.

— *James*, j'aimerais te présenter Eliza Tucker. Sa sœur…

— … est le détective privé qui a sauvé la princesse des griffes des trafiquants d'esclaves sexuelles. Je veux connaître toute l'histoire. Tu imagines le scoop si je présentais cette interview en direct ?

— Ce n'est pas le moment, James, dit Nikki.

— Excuse-moi. Tu as raison. Au fait, je suis Jamie Archer. Enfin, Jamie Hunter, mais j'utilise encore Archer dans le cadre professionnel.

— *Oh*. Bonjour.

Tout s'éclaire maintenant que je comprends qu'il s'agit de la femme de Ryan.

— Jamie et moi, nous sommes amies depuis toujours, explique Nikki. Ne t'inquiète pas, elle est spéciale, mais elle sait gagner les cœurs.

— Comme le cholestérol, rétorque-t-elle avec sérieux.

J'éclate de rire. Elles me plaisent, toutes les deux.

— Tiens, la troupe est là, lance Jamie.

Nikki secoue la tête avec une expression de maman excédée. Elle doit souvent faire cette tête depuis que Damien et elle sont parents de deux fillettes, qui ont été envoyées chez leur tante et leur oncle aujourd'hui afin de ne pas déranger les adultes pendant la fête.

Jamie avait raison, c'est une véritable troupe. En plus de Quincy, j'aperçois Damien, Ryan, le prince Michel, deux gardes du corps, Dallas Sykes, et un homme que l'on m'a déjà présenté comme agent du FBI, Ollie McKee. Il nous a dit que Lassiter était non seulement en garde à vue, mais qu'il coopérait pleinement. C'est fou ce que la carotte d'une peine de prison fédérale peut produire quand la punition en perspective consiste à côtoyer des meurtriers et des mafieux.

Je suppose que les hommes vont nous rejoindre, Nikki, Jamie et moi, pour bavarder et siroter un verre. Je suis donc étonnée quand le prince prend les devants et se dirige tout droit vers moi en disant :

— Vous, parlez-moi de cette femme qui a aidé ma nièce à s'évincer.

— À s'évincer ? répété-je, mon regard alternant entre Quincy et le prince. Excusez-moi ?

Damien s'avance, puis il se retourne et esquisse une légère révérence.

— Je crois que le prince Michel s'est trompé. J'imagine qu'il voulait dire évader.

Le prince croise les bras. J'ai l'impression qu'il n'a pas l'habitude d'être corrigé.

Sans s'excuser, il reporte à nouveau son attention sur moi.

— C'est votre sœur ?

— Oui, dis-je en acquiesçant.

— J'ai compris qu'il y a eu un incendie, qu'elle a protégé ma nièce.

— Oui, monsieur.

— Pourquoi n'a-t-elle toujours pas repris contact ?

Je jette un œil vers Quincy, mais je réponds avec sincérité :

— Je n'en sais rien.

— Où peut-elle être allée ?

— Je ne le sais pas non plus.

— Pourquoi ferais-je confiance à cette… femme… pour protéger ma nièce ?

À son intonation et ce qu'il sous-entend, je me hérisse.

— Je pense que vous n'avez pas vraiment le choix, monsieur, étant donné que nous ignorons où elles sont.

Il plisse les yeux et je suis certaine de l'avoir mis en colère, mais je m'en fiche. Je ne l'aime pas. Et maintenant, je me sens encore plus mal pour la pauvre Ariana. J'espère que son père est plus gentil.

Le prince me dévisage, puis il m'étonne en hochant légèrement la tête.

— Veuillez accepter mes excuses. Je m'inquiète pour le

bien-être de ma nièce. Nous sommes redevables à votre sœur, naturellement. Ce que je redoute, c'est que plus elles resteront seules, plus leurs poursuivants risquent de les rattraper. J'apprécierais, Mademoiselle Tucker, que vous me rassuriez quant aux capacités de votre sœur à protéger ma nièce.

— Oh.

Bon, finalement, je l'apprécie un peu plus.

— Emma est une survivante, monsieur. Elle m'a élevée, en quelque sorte. Elle a étudié tous les arts martiaux possibles et imaginables et elle est tout à fait brillante. Elle est détective privée depuis toujours et elle est très douée avec les enfants. Elle prendra soin de la princesse, monsieur. Et elle fera en sorte que la pauvre enfant n'ait pas trop peur.

J'espère qu'il ne voudra pas en savoir plus. J'ignore pourquoi je n'ai pas précisé qu'Emma a travaillé pour les services secrets pendant des années. Après tout, cet homme doit bien connaître les renseignements s'il est directeur de la sécurité de tout son pays. D'ailleurs, il sait peut-être déjà qui est Emma. J'y réfléchis en me retenant de froncer les sourcils. Sait-il que je lui mens ? Et s'il connaît le secret d'Emma, croira-t-il simplement que moi, je l'ignore ?

Je n'en sais rien. Tout ce qu'ont réussi à faire mes pensées vagabondes, c'est de me rappeler que je n'étais pas taillée pour l'espionnage. Je peux jouer une espionne à la télévision, mais mon goût du danger et de l'intrigue s'arrête là.

Je souris au prince en espérant paraître naturelle, puis je me concentre sur Quincy. Non qu'il puisse m'aider, mais ça me rassure de savoir qu'il est là.

Enfin, le prince hoche sèchement la tête.

— Merci pour votre honnêteté. Je suis soulagée de savoir que ma nièce est entre de bonnes mains.

Ryan s'est écarté du groupe pour vérifier un message sur son téléphone. À présent, il revient s'adresser au prince.

— Votre Altesse, je viens d'apprendre que Marius Corbu était en garde à vue. Avec de la chance, nous saurons avant la fin de la journée lequel de ses lieutenants a kidnappé votre nièce.

CHAPITRE VINGT

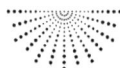

— Alors, dis-moi, fit Dallas en suivant Quince sur le chemin dallé en direction du court de tennis privé de Damien. Qu'est-ce qui te préoccupe ? Au fait, j'aime bien Eliza. Elle est magnifique, aussi. Comme tu me l'as dit il y a, quoi, trois ou quatre ans ?

— Presque cinq, répondit Quince avant de s'asseoir au bout d'une chaise longue autour du court.

Dallas approcha une chaise pliante et s'y assit à l'envers comme un adolescent, croisant les bras sur le dossier en regardant Quince, cherchant à percer tous ses secrets de ses yeux verts intenses.

Dallas et lui étaient meilleurs amis depuis leur jeunesse à St Anthony, prestigieux pensionnat dans les faubourgs de Londres. Quince y étudiait parce que, pour son tuteur, c'était plus facile de préparer ses valises et de l'envoyer là-bas. Quant à Dallas, il venait des États-Unis pour fréquenter l'établissement, car son père était convaincu qu'il avait besoin de plus de rigueur.

En fait, ils étaient à St Anthony tous les deux quand

Dallas et sa sœur Jane avaient été kidnappés. Quince avait assisté, impuissant, à leur enlèvement.

Une fois adulte, il avait compris qu'une tentative l'aurait tué, mais enfant, il avait ressenti le poids de la culpabilité pendant des années. Même si Quince ne connaissait pas tous les détails sordides, son ami lui en avait confié assez pour qu'il sache que Dallas avait été torturé. Brutalement, sexuellement, émotionnellement. Et cela n'avait fait que renforcer la culpabilité de Quince.

C'était l'une des raisons pour lesquelles, lorsque Dallas avait utilisé les milliards de son héritage pour fonder Délivrance, Quince s'y était engagé sans poser de questions, avec pour seule mise en garde qu'il ne trahirait pas le MI6 en travaillant dans leur dos. Si son père était fourbe, Quince n'avait aucune intention de l'être.

Voyant là une occasion de recueillir plus de renseignements, son responsable des services secrets avait accepté, et une identité complexe à deux visages était née, Quince demeurant à cent pour cent loyal aux deux entités différentes. À l'exception de la sécurité nationale, il partageait absolument tout ce qu'il savait. La seule chose qu'il cacha à Dallas, en réalité, ce fut ce qui s'était passé à Berlin. Il avait dit à son ami que la mission avait mal tourné, qu'il avait été blessé et qu'il avait besoin de prendre ses distances avec Délivrance.

La vérité, c'était qu'il ne voulait pas faire peser sur Dallas le fardeau de sa douleur. Son ami avait déjà bien assez souffert.

Mais aujourd'hui…

Eh bien, aujourd'hui, quand il regardait Dallas, il voyait un homme couronné de succès, avec une belle épouse et un bébé en chemin. Quince mourait d'envie de savoir comment Dallas avait surmonté ses ténèbres.

— Comment va Jane ? demanda Quince. Je suis désolée qu'elle n'ait pas pu venir. Ça fait trop longtemps.

Le visage de Dallas s'illumina.

— Elle va très bien. Frustrée depuis que le docteur l'a mise au repos forcé, mais c'est une battante.

— Tu lui passeras le bonjour de ma part.

Dallas bougea les bras afin de poser son menton sur son poing.

— Ce sera fait, dit-il lentement. Alors, que s'est-il passé avec ta retraite ? Pendant un moment, tu as envisagé de tourner le dos à cette vie complètement folle. Stark t'a fait une offre que tu ne pouvais pas refuser ?

— Plus ou moins, avoua Quince. J'ai quitté le MI6. C'est plus facile de ne pas servir deux maîtres. J'ai surtout pris conscience que j'aime ce que je fais. Et puis, il faut que quelqu'un le fasse.

Il avait pensé à Shelley. À toutes les victimes qu'il avait aidées au fil des ans. Il savait qu'il ne voulait pas abandonner cette vie. Le métier était difficile, mais c'était également la lumière qui combattait les ténèbres en lui. Et quand les choses tournaient mal, c'était ce qui l'aidait à réprimer le monstre qui l'habitait.

— Content de l'entendre. Tu es trop doué dans ton domaine pour rester assis à faire des puzzles.

— Oui, eh bien, c'était mon projet de retraite.

Dallas inclina la tête.

— Ça y est, on a fini ?

— Fini ?

— Avec ces bavardages de politesse. J'aime bien prendre des nouvelles, mais je crois que tu avais autre chose en tête quand tu m'as demandé d'aller faire un tour avec toi.

— Oui, répondit Quince en se levant, fourrant les mains dans ses poches. Honnêtement, je m'interrogeais sur Jane.

Dallas fronça les sourcils.

— Jane ?

— Ça t'a aidé ? D'être avec elle, je veux dire. Ça t'a aidé pour chasser les souvenirs ou ça n'a fait qu'aggraver les choses ?

Pendant une minute, Dallas garda le silence. Puis il dit :

— Berline. Putain, mais qu'est-ce qu'ils t'ont fait à Berlin ?

Quince s'assit, la tête dans ses mains, et il leva les yeux vers son ami.

— Est-ce qu'elle t'a aidé ?

— Tu aurais dû m'en parler à l'époque. Bon sang, vieux. Pourquoi as-tu traversé ça tout seul ?

Quince ne répondit pas. Il ne pouvait absolument rien dire à ce stade. Au bout d'un moment, Dallas hocha la tête et se leva. Il fit quelques pas, puis il revint comme s'il devait bouger sous peine de devenir fou.

— Ça m'a aidé, dit-il enfin avant de secouer la tête. Évidemment, le principal obstacle a été de nous mettre en couple. Il y a quelques complications quand on est amoureux de sa sœur.

Il s'arrêta devant Quince et pencha la tête en le dévisageant.

— Mais c'était la clé. Nous nous aimons. Aimes-tu Eliza, toi ?

— Oui, dit Quince en prenant conscience à quel point c'était pathétique d'avouer cette vérité fondamentale à Dallas avant même d'en parler à la principale intéressée.

— Et elle ? Elle t'aime aussi ?

— Oui.

Il le savait. Il l'avait toujours su. À ses yeux, le fait qu'elle soit amoureuse de lui était un petit miracle.

— Eh bien, c'est la clé. Mais ce n'est pas une pilule magique. Tu dois lui parler. C'est important de communiquer. Ça fait peur, aussi.

Quince ricana.

— Tu l'as dit.

Dallas lui adressa son fameux sourire, celui qui avait figuré sur la couverture de dizaines de magazines au fil des ans.

— En parlant du loup, dit-il en regardant par-dessus l'épaule de Quince.

Ce dernier se retourna et la vit arriver dans leur direction. Il sentit une bouffée de plaisir le traverser. C'était l'amour, à n'en pas douter. Pour le meilleur ou pour le pire, Eliza avait ravi son cœur.

— Nikki a dit qu'elle vous avait vus partir, tous les deux.

— Tu as besoin de moi ? demanda-t-il en se levant.

— Toujours.

Puis elle se tourna vers Dallas.

— En fait, je voulais vous parler, à tous les deux.

— Très bien, dit Dallas en retrouvant son siège, tandis que Quince lui faisait signe de prendre place sur la chaise longue.

— Je, euh… La vérité, c'est que je n'ai pas été tout à fait honnête avec le prince.

Quince croisa le regard de Dallas. Il exprimait la même méfiance que lui.

— D'accord, dit-il lentement. Comment ça ?

— Quand il a posé des questions au sujet d'Emma pour

savoir si elle était capable de veiller sur Ariana, de protéger la princesse. Tout ce que je lui ai dit était vrai. Mais ce n'était pas la vérité dans son intégralité.

Elle fit une grimace.

— Je… eh bien, disons que ce n'était pas à moi de le dire, mais il y a peut-être un problème.

Son regard alterna entre les deux.

— Alors, je vais vous le dire.

Quince tendit la main et elle la prit, lui adressant un petit sourire confiant.

— Tu peux tout nous dire, fit-il. Nous garderons la confidence et nous verrons ce que nous pouvons faire.

Il leva les yeux vers Dallas, qui hocha la tête pour marquer son assentiment.

— Alors, que se passe-t-il ?

Elle prit une grande inspiration avant de se lancer :

— Nous nous sommes enfuies quand Emma avait quinze ans. Elle… elle a poussé notre père dans les escaliers. Honnêtement, nous pensions qu'il était mort, alors nous sommes parties. Nous avons vécu dans la rue pendant des années, à squatter des chambres dans des quartiers malfamés. Emma faisait tout son possible pour subvenir à nos besoins, mais ça ne suffisait toujours pas.

Ses épaules se soulevèrent et s'abaissèrent lorsqu'elle prit une inspiration en les regardant comme pour deviner s'ils étaient étonnés. L'expression de leurs visages dut la satisfaire, parce qu'elle reprit :

— Comme je l'ai dit, elle a fait tout son possible pour s'assurer que nous restions en sécurité. Quand elle avait dix-huit ans, eh bien, elle a tué quelqu'un. C'était justifié, je le jure. Il nous aurait tuées toutes les deux sans sourciller. Mais elle s'est fait pincer par les flics. Elle avait déjà un casier judiciaire en délinquance juvénile, alors je suppose qu'ils ont voulu faire un exemple.

Sa voix se brisa et une larme roula sur sa joue.

Elle serra la main de Quince si fort qu'il crut qu'elle allait lui broyer les doigts.

— Ils voulaient demander la peine de mort. Et puis, tout d'un coup, toutes les accusations ont été balayées. Son avocat m'a dit qu'il y avait eu un vice de procédure, et je l'ai cru. Je n'avais que onze ans et j'étais folle de joie que ma sœur revienne. Mais ce n'était pas un vice de procédure. Elle n'était pas obligée de me dire la vérité, d'ailleurs elle n'était pas censée le faire, mais nous n'avons aucun secret l'une pour l'autre. Aucun.

— Ils l'ont recrutée, dit Quince à peine plus fort qu'un murmure.

Elle hocha la tête.

— Pour des opérations clandestines. C'était gouverne-mental, mais top secret. Je crois que le groupe était financé par le conseil de sécurité nationale, mais je n'en suis pas certaine. Je sais seulement qu'ils l'ont formée et que la rémunération était bonne. Nous avions une maison. Une vraie vie. Et elle aimait ce qu'elle faisait. Ça lui correspon-dait à cent pour cent, vous voyez ?

— C'est comme ça qu'elle est devenue détective privée, avança Dallas. C'était sa couverture ?

— Exactement. Elle l'a fait pendant des années. Essen-tiellement des missions sur le territoire, mais quelques-unes à l'étranger aussi, même si elle les refusait tant que je n'étais pas en âge de me débrouiller toute seule.

— Tu as dit qu'elle l'avait fait pendant des années, dit Quince. Alors, elle a arrêté ?

— Il y a quelque temps. Elle réalise encore certaines

missions en indépendante, mais elle est officiellement détective privée maintenant.

— Pourquoi nous racontes-tu ça ? demanda Dallas.

— Parce que je ne comprends pas. Elle est toute seule. Elle a découvert un projet de vente aux enchères dont la marchandise était une princesse vendue dans le cadre de la traite des blanches. Les méchants ont failli la rattraper, et maintenant, elle est en fuite. Pourtant la seule personne avec qui elle reste en contact, c'est Marissa ?

— Pourquoi n'a-t-elle pas appelé l'un de ses anciens contacts ? fit Quince en suivant le cours de ses pensées.

— Exactement. Même en étant hors du circuit, elle aurait quand même pu contacter des gens susceptibles de l'aider en cas de besoin, non ?

Il hocha la tête.

— Sans aucun doute.

— C'est une bonne question, dit lentement Dallas en réfléchissant. Je ne trouve qu'une seule raison qui me paraisse satisfaisante.

— Quelqu'un dans la communauté des services secrets est du mauvais côté, conclut Quince.

— Tout juste.

Eliza était assise sur la chaise longue, manifestement soulagée de ne plus porter ce fardeau toute seule.

— Je ne voulais pas le dire au prince tant que je n'en étais pas certaine.

— Je suis d'accord, confirma Dallas.

Quince acquiesça.

— Je parlerai à Ryan pour voir si nous pouvons débusquer une piste, puis nous nous adresserons au prince si nous en apprenons plus.

Elle glissa vers lui et posa un baiser sur sa joue.

— Merci. Merci à tous les deux, ajouta-t-elle en regardant Dallas.

— Pas de baiser pour moi ?

— Attention, dit Quince, faisant éclater de rire Dallas et Eliza.

Il secoua la tête, perplexe.

— Puisque nous parlons des contacts d'Emma, je ne suis pas certain qu'elle ait fait le bon choix en joignant Marissa.

— Pourquoi ?

— Le timing, d'abord. Quelqu'un s'est rendu à la cabane avant nous, mais la seule qui avait reçu le message, c'était Marissa.

— C'est vrai, mais elle n'avait pas réussi à le traduire, dit Eliza. C'est moi qui l'ai fait.

— Tu t'en es étonnée, d'ailleurs, lui rappela Quince. Et si elle avait réussi ? Si elle avait compris l'emplacement indiqué bien avant notre arrivée ? Tu as dit qu'elle était en manque d'argent.

— Non, fit Eliza en secouant la tête. Impossible. Je connais cette fille depuis qu'elle est petite et Lorenzo est comme un père pour moi. Elle ne nous aurait jamais vendus pour la seule raison que son beau-père est radin sur l'argent de poche.

— On a déjà vu pire pour moins que ça, observa Dallas.

— Je la connais. Pas vous.

— El, réfléchis-y.

— C'est tout réfléchi, lâcha-t-elle sèchement. Tout le monde ne trahit pas ses proches, Quincy. Tout le monde n'est pas ton père.

Il tressaillit, mais campa néanmoins sur ses positions.

— Si ce n'est pas elle, alors comment ont-ils appris l'existence de la cabane ?

— Je n'en sais rien. D'une manière ou d'une autre.

Il soutint son regard et elle se sentit fondre.

— Ce n'est pas mon métier, à moi. Comment obtient-on des informations dans votre branche ?

— Un micro caché, dit Dallas.

Quincy hocha lentement la tête.

— Possible. Nous avons parlé. Nous avons chargé la voiture. Leur plage d'action était réduite, mais ça colle avec les faits.

— Tu vois ?

Il souriait presque. Elle avait l'air si sérieuse. Quincy sortit son téléphone et appela au bureau.

— Mario, dit-il quand le jeune analyste décrocha. J'aime-rais que tu envoies une équipe électronique à l'agence de détective privé d'Emma. Cherchez des micros cachés et rappelez-moi.

Il termina son appel et lui remit le téléphone.

— Préviens Lorenzo. Dis-lui que c'est une procédure de routine.

— Merci.

Ce qu'il entendit, ce fut : Je t'aime.

Et c'était délicieusement agréable.

CHAPITRE VINGT-ET-UN

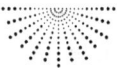

L e téléphone de Quincy sonne alors que nous entrons dans son appartement. Il répond avant la deuxième sonnerie, puis il m'adresse un signe de tête pour me faire comprendre qu'il s'agit du bureau.

— Merci, Mario. D'accord. Excellent. Tu gères ? Quoi ? Oh, dommage. En tout cas, merci pour l'info.

Je fronce les sourcils. Si Mario appelle, c'est forcément pour parler à Quincy de la recherche de micros chez Lorenzo. Et de mon côté de la conversation, ça s'annonce mal. Cela dit, je ne peux toujours pas croire que Marissa vende des informations sur Emma à des trafiquants sexuels. Cela va à l'encontre de tout ce que je connais sur elle et c'est exactement ce que je dis à Quincy dès qu'il raccroche.

— Quoi ?

Pendant un moment, il semble perplexe, puis il sourit, m'attire à lui et m'embrasse sur le front.

— Tu avais raison, mon amour. Le bureau grouillait de micros. Les techniciens les ont laissés sur place et en ont informé Lorenzo et Marissa. Évitons de faire savoir à nos adversaires que nous les avons grillés.

— Oh, d'accord. Tant mieux. Mais alors, qu'est-ce qui est dommage ?

— Les empreintes digitales du rouquin, dit-il. Il s'avère qu'il n'en avait aucune.

Il agite les doigts de sa main en précisant :

— Acide.

Je fais la grimace.

— Alors, c'est une impasse, ajoute-t-il, mais au moins nous savons qu'il n'y aura plus de fuites sur l'emplacement d'Emma à cause de ce qui se dit dans le bureau.

— De toute façon, ce n'est pas un problème, puisque nous ignorons où elle se trouve.

— Tu sais, commence-t-il.

Je suis toujours dans ses bras et il incline mon menton vers lui.

— Je suis fier de toi, mon amour. Tu as insisté parce que tu avais une conviction et que tu es loyale envers tes amis. J'aurais dû t'écouter.

— Merci, dis-je, réjouie malgré moi par son compliment. J'apprécie, mais tu faisais ton travail, ce qui exige une bonne part de suspicion. Et puis, tu m'as écoutée. C'est comme ça qu'ils ont trouvé les micros.

— Tu as bien raison. Nous formons une super équipe.

Il m'entraîne vers un tabouret de bar, puis il contourne l'îlot pour entrer dans sa cuisine.

— Du vin ?

— Oui, s'il te plaît.

J'ai envie de fêter ça.

Il nous sert deux verres, puis il me donne le mien en se penchant sur le plan de travail devant moi.

— Je ne t'ai pas écoutée uniquement quand tu me parlais de tes soupçons, me dit-il. Je t'ai écoutée hier soir aussi.

L'espoir m'enserre le cœur et j'ai peur d'y laisser libre cours.

— Hier soir ?

— Quand tu m'as demandé si nous pouvions essayer. Si nous pouvions essayer d'affronter ensemble mes colères ou mes terreurs nocturnes, je ne sais pas comment on appelle ça. Si nous pouvions tenter une relation.

Je déglutis, mes doigts tellement crispés autour de mon verre de vin que je suis presque étonnée de ne pas avoir brisé le pied.

— Tu as dit que tu ne savais pas.

Ma voix n'est plus qu'un murmure et je crains de m'autoriser à espérer.

— Si, je sais. Nous pouvons essayer.

Il sort de la cuisine et contourne le bar. Il s'arrête devant moi, puis il fait pivoter mon tabouret vers lui.

— Nous allons réussir. Ensemble.

J'entends mon pouls rugir dans mes oreilles.

— Comment ?

Le coin de ses lèvres frémit.

— Oh, tu veux dire concrètement ? Je crois qu'il faut envisager une aide psychologique. Et beaucoup de communication

Il effleure ma joue et je me rends compte qu'il y essuie une larme.

— Petit à petit, d'accord ?

J'acquiesce, trop heureuse pour former des paroles cohérentes.

— J'ai envie de surmonter tout ça, dit-il. J'ai envie de surmonter cette rage et ces ténèbres pour pouvoir être avec toi. Véritablement. Je t'aime, Eliza. Je t'aime depuis si longtemps.

— Quincy, oh mon Dieu.

Ma voix est chargée de larmes.

— Comme ça me plaît d'entendre ça.

— Rien que de l'entendre ?

Son intonation se fait espiègle alors qu'il glisse les mains autour de ma taille.

— Je peux te le montrer aussi.

— Vraiment ?

Je referme les bras autour de son cou et mes jambes autour de sa taille alors qu'il me soulève, les mains sous mes fesses, et m'emmène dans la chambre. J'éclate de rire en me trémoussant lorsqu'il me jette sur le lit, puis il me rejoint, m'emprisonnant sous son corps avant d'assaillir ma bouche.

— Eliza, chuchote-t-il en me caressant.

Nous nous déhanchons, tirant et repoussant nos vêtements jusqu'à nous retrouver nus l'un et l'autre. Nos lèvres et nos mains ne cessent de se toucher avec une passion sauvage qui me rend ivre de bonheur, et je l'attire tout contre moi.

— Tu es si merveilleux, lui dis-je. Oh, mon Dieu, c'est tellement merveilleux.

Ses mains vagabondent sur mon corps. Elles glissent sur mes seins, s'aventurent entre mes jambes. Je me cambre à son contact et je lâche un cri lorsque sa bouche se referme sur mon sein et que ses dents effleurent mon téton alors que ses doigts s'enfoncent en moi.

J'ai envie de capituler tout entière, je rêve de me sentir complètement submergée, incapable d'autre chose que de succomber à l'assaut des sens. Mais je me mords la lèvre sans rien dire. Comment le pourrais-je alors que tout est si bon, si parfait, au risque de gâcher ce moment ? Je ne veux pas risquer de réveiller les ténèbres en lui.

De toute façon, quelle importance ? Parce que je succombe bel et bien. À ses caresses. À ses baisers. À notre passion partagée. Petit à petit, c'est ça ? Nous finirons par y arriver, par retrouver ce que nous avions. En attendant, je me laisse aller en me disant que l'heure est venue pour moi de prendre ce que je désire.

— Roule sur le dos, murmuré-je en le repoussant en guise d'illustration.

Il hausse les sourcils, amusé, puis avec chaleur lorsqu'il se retrouve sur le dos et que je le chevauche. Mes baisers descendent le long de son torse, puis de plus en plus bas jusqu'à ce que je le prenne dans ma bouche, me délectant du pouvoir que j'exerce. Il n'y a pas que son goût que je désire. Je désire le sentir en moi, cette connexion, cette chaleur. Je me penche en avant et je me perds dans un baiser langoureux avant de lui enfiler un préservatif, puis j'avance les hanches pour le chevaucher. Ainsi remplie par cet homme que j'aime, j'éprouve un plaisir presque insoutenable.

— Eliza.

Mon prénom est comme une prière dans sa bouche. Je tremble et je me cambre tandis que ses mains empoignent mes hanches, puis se resserrent autour de ma taille. Je vais et viens contre lui. La sensation est délicieuse, encore meilleure lorsqu'il passe une main entre nos corps et utilise son doigt pour attiser mon clitoris. Je me mords la lèvre inférieure, si proche d'exploser. Je sais qu'il y arrive, lui aussi. C'est ce dont j'ai envie, ce dernier coup de reins, cette explosion éclatante, même si je ne veux pas que ce corps-à-corps se termine.

— Eliza, mon amour. Eliza, *putain*, c'est le bureau.

C'est à ce moment que la sonnerie de son téléphone me parvient. Une tonalité unique qu'il a associée à l'Agence.

— Les enfoirés, grommelé-je en descendant de son corps.

Je me blottis contre lui tandis qu'il répond :

— D'accord, fait-il en se redressant, adossé contre la tête de lit. Et nous le croyons ? Le Corbeau ? Tu es sérieux ? Très bien. Envoie-les.

Il termine la communication et pose le téléphone sur la table de chevet.

— Désolé.

— Non, ce n'est rien. Décevant, bien sûr, mais… C'était Ryan ? Qu'a-t-il dit ?

— Corbu jure qu'il n'a rien à voir avec l'enlèvement de la princesse. Il prétend qu'il ne serait pas si bête, mais il est certain de savoir lequel de ses lieutenants en serait capable. Apparemment, ce type est imprudent et il met l'entreprise de Corbu en danger. Il aimerait s'en débarrasser. Il accepte de partager des informations en échange de notre clémence.

— Des informations ?

— Son nom de code. Sa photo.

— Le Corbeau.

Il acquiesce.

— Et la photo ? ajouté-je.

— Tiens, la voilà, dit-il au moment où son téléphone émet un tintement.

Je me penche sur lui pour m'en emparer et j'éclate de rire lorsqu'il m'assène une petite gifle sur les fesses.

— Sois sage, lui dis-je.

— Tu es sûre que c'est ce que tu veux ?

Je fronce les sourcils, mais intérieurement, je suis aux anges. C'est à la fois tendre, facile et enjoué. Je commence à croire que nous parviendrons peut-être à venir à bout de cette maudite bête qui a élu résidence dans le cœur de l'homme que j'aime.

Son téléphone est verrouillé, naturellement. Je le lui passe avant de me serrer contre lui pour voir l'image. Elle est un peu floue, mais l'homme sur la photo est aisément identifiable. Il se tient dans un encadrement de porte, le visage presque entièrement tourné vers l'appareil. Sa mâchoire est carrée, ses yeux enfoncés et ses sourcils noirs sont épais. Il a l'air italien. Pour être honnête, je le trouve très beau, ce qui me paraît injuste quand on pense à quel point cet homme est malveillant.

— Tout droit sorti d'un casting de méchant sexy, dis-je en m'attendant à entendre le rire de Quincy.

Mais quand je le regarde, il est pâle comme un linge.

— Quincy ? Quince, que se passe-t-il ?

Il ne répond pas. Au lieu de ça, il lance le téléphone de l'autre côté de la chambre, où l'appareil se brise contre le mur.

Je descends du lit, emportant le drap avec moi sans même y penser. J'éprouve le besoin de me couvrir.

— Quoi ? lui dis-je. Parle-moi.

Je le regarde, redoutant cette fureur qui s'est emparée de lui à la plage. Mais il n'y a aucune colère en lui. Tout ce que je vois, c'est une détermination froide.

Les yeux qu'il lève vers moi sont inexpressifs, dénués d'émotion. On dirait qu'il s'est replié sur lui-même et j'ignore ce qui se passe.

— Qui est sur cette photo ? je demande d'une voix posée, douce et épouvantée.

— Un fantôme, dit-il. Un fantôme de Berlin. Le fantôme d'un homme que j'ai tué.

CHAPITRE VINGT-DEUX

L a rage, la peur, la douleur et les ténèbres. Tout se mêlait en lui dans un feu incandescent qui le consumait, le dévorait de l'intérieur

En cet instant, il souhaitait que le monstre prenne vie, qu'il l'engloutisse, qu'il flaire la piste du Corbeau afin que Quince puisse le saisir à la gorge et la lui arracher en deux.

Mais le monstre ne vint pas.

À demi aveuglé, il sortit du lit et enfila ses vêtements. Il ignorait où il allait, mais il savait ce qu'il allait faire.

Il allait trouver ce moins que rien et lui trancher le cou.

— *Quince. Quincy. Bon Dieu, Quincy, regarde-moi.*

Il la regarda. À travers le brouillard rouge de ses souvenirs, il la regarda. Et il secoua la tête.

— Non.

— Pas question.

Elle se tenait bien droit comme un soldat, son corps nu enveloppé dans un drap. Elle était chaude, belle et parfaite, et il se dit qu'il n'aurait jamais dû l'entraîner avec lui dans sa chute. Il n'aurait pas dû la laisser approcher. Parce qu'à présent, ils étaient condamnés à souffrir de nouveau, tous les deux.

Souffrir.

Le Corbeau allait souffrir, lui aussi. Quincy le tuerait, plutôt deux fois qu'une. Mais il le ferait d'abord souffrir. Le monstre qui l'habitait ? Pour punir le Corbeau, Quincy se ferait un plaisir de libérer la bête.

Pourtant, rien ne se produisit. Il était trop assommé et la bête restait coincée derrière une barrière de stupeur.

— *Quincy.*

Il se contenta de secouer la tête.

— J'ai été un bel idiot, pas vrai ? Croire que tout était fini, que je pouvais surmonter ça et que nous pourrions batifoler dans le monde, tous les deux, à la recherche d'une fin heureuse. N'importe quoi !

— De quoi parles-tu ?

— J'ai dit que nous pourrions essayer ? Comment ? C'est ça, ma vie. Mon héritage. Je refuse de t'entraîner dans ma salle de torture. Je ne suis pas aussi égoïste.

Ce qu'il disait n'avait aucun sens et il le savait, mais bon sang, il l'adorait. Ne voyait-elle pas qu'il était maudit ? Tourmenté dans l'enfance. Torturé à l'âge adulte. Et maintenant, voilà que ce fantôme des douleurs passées revenait le hanter. Il ne serait jamais libre de ce monstre, et elle méritait bien mieux que ce qu'il était capable de lui offrir. Tant que le Corbeau ne serait pas mort, il n'aurait rien à donner. Il devait s'en tenir à l'essentiel, se fier uniquement à sa formation.

Il devait devenir un chasseur.

Il devait achever ce qu'il croyait avoir déjà accompli. Parce que tant que le Corbeau serait encore en vie, Quincy demeurerait mort à l'intérieur.

Il se tourna vers elle et la regarda, conscient qu'il lui devait des excuses, des explications. Sans doute le giflerait-elle pour ça.

— *Arrête.* S'il te plaît, arrête.

Elle avait parlé avec colère, véhémence. Mais elle ne pleurait pas. Elle le regardait dans les yeux, le visage fermé et farouche.

— Je sais que tu paniques. Tu es en état de choc. Mais tu dois te concentrer, Quincy. Parce que je ne suis pas le problème. D'ailleurs, je suis plutôt la solution à ton problème.

Il se renfrogna, hébété.

— De quoi parles-tu ?

— Si ce type est encore en vie, si c'est lui qui a enlevé la princesse, alors il cherche Emma et Ariana en ce moment. Comme nous. Tu veux détruire cet homme, alors nous devons lui tendre un piège.

La tempête qui faisait rage en lui s'apaisa un peu et il la regarda, toujours immobile.

— Continue.

— Nous devons les retrouver. Nous retrouvons Emma et la princesse en premier, puis nous lui faisons savoir que nous les avons. Un piège.

— Il ne se fera jamais avoir. Il sait que nous ne les avons pas et…

— Non, l'interrompit-elle en secouant la tête. Non, tu ne m'écoutes pas. Nous les avons. Pour de vrai.

Il se mit à faire les cent pas, retrouvant ses esprits au fur et à mesure qu'il réfléchissait au problème.

— Eliza, tu manques de recul. Nous ne les avons pas, et nous ignorons comment les retrouver.

— Non, répondit-elle avec un sourire suffisant. Moi, je sais.

Il en resta bouche bée, certain d'avoir mal compris.

— De quoi parles-tu, mon amour ? Ça fait des jours que nous sommes à leur recherche. Maintenant, tu sais où elles sont ?

— Non, mais je sais comment le découvrir. C'est tellement évident que je n'en reviens pas de ne pas y avoir pensé plus tôt.

De son point de vue, cela n'avait rien d'évident, et il lui en fit la remarque.

— C'est dans le premier message qu'elle nous a envoyé. Ou plutôt, qu'elle a envoyé à Marissa. Tu t'en souviens ? *Dis à mon amie qui parle aux animaux de ne pas commencer rapido, mais d'aller aux pierres rondes de l'espace.* Je suis partie du principe que *rapido* voulait simplement dire que nous ne devions pas nous dépêcher, ne pas rouler trop vite.

— Continue.

— Je me trompais. *Rapido Mots.*

Il se contenta de secouer la tête.

— C'est un jeu sur téléphone. Une appli multijoueur. Un peu comme le Scrabble, mais on gagne des points en plus selon la rapidité de réaction. Tu vois, des mots *rapido*.

— Je me doute que tu as une idée en tête, mais je ne comprends toujours pas.

Cependant, elle avait piqué son intérêt au vif. Il était plus calme, et même s'il n'avait toujours aucune idée de là où elle voulait en venir, il devinait un début de réponse. Et surtout, sa promesse envers elle commençait à lui paraître moins insensée. *Nous pouvons essayer.* Peut-être, après tout.

Peut-être même allaient-ils réussir.

Elle lui sourit et il sentit cette graine d'optimisme fleurir un peu plus.

— Viens ici, dit-elle en sortant son téléphone. Je vais te montrer.

Il la vit ouvrir l'application, puis se déconnecter.

— Je ne connais pas l'identifiant de Marissa, et au cas où il aurait le téléphone d'Emma, je ne veux pas utiliser mon compte habituel. Je vais me créer un nouveau nom et lui envoyer une demande d'amis. J'espère qu'elle comprendra que c'est moi.

— Que vas-tu mettre ?

— Mister Wellington, répondit-elle en souriant.

Il lui fallut une seconde, mais il se rappela que c'était l'ours en peluche qu'elle avait dans son enfance. Elle créa le profil, trouva l'identifiant d'Emma et envoya la demande. Ils attendirent, mais rien ne se produisit.

— Si elle n'est pas en ligne, ça risque de durer longtemps, dit-elle, les sourcils froncés. Mais il n'est pas très tard. Je ne pense pas qu'elle dorme. Elle ne…

Ding !

Elle croisa son regard et il sentit son cœur cogner dans sa poitrine. L'écran afficha une image de mains qui se serrent avec les mots : « Amis pour la vie ».

— Maintenant, je peux lui envoyer un message.

— Et il n'en saura rien ?

— Il faudrait qu'il se connecte sous son pseudo, qu'il ait l'appli ouverte et qu'il consulte les notifications. Mais je préfère rester vague.

Elle écrivit : *Nous sommes un club de Rapido Mots. Plus de chances de gagner quand on joue en équipe. Tu veux te joindre à nous ? Il me faut juste savoir où tu habites. C'est plus amusant de jouer en vrai.*

Elle lui montra l'écran.

— Qu'en penses-tu ?

— Essaie.

Il la vit pincer les lèvres, puis appuyer sur le bouton pour envoyer le message. Ils attendirent, attendirent.

Et attendirent encore.

— Elle croit que c'est un piège, dit-il.

— Peut-être. Je dois lui envoyer quelque chose pour…

Ding !

Ensemble, ils regardèrent le message : *Plus tard peut-être, là je vais squatter chez des potes et boire un verre.*

La frustration prit le dessus et il s'exclama :

— Quoi ? Elle nous envoie nous faire foutre ?

C'est alors qu'il vit le sourire d'Eliza.

— Viens, dit-elle. Je sais exactement où elle est.

———

Il s'avéra qu'*exactement* n'était pas exactement vrai.

— Elle ne connaît pas l'adresse, dit-il à Ryan alors qu'ils quittaient Los Angeles en direction de Redlands, une petite ville à environ une heure de la ville, au pied des montagnes de San Bernardino. Mais elle est sûre d'elle.

Elle était assise du côté passager et il lui sourit avant de lui serrer la main.

— Je n'avais que huit ans, expliqua-t-elle. Nous avons squatté là-bas pendant deux semaines environ après notre fugue. Mais c'était une exploitation viticole abandonnée. Il n'y en a pas beaucoup à Redlands. Ce n'est pas une région spécialisée dans le vin.

— Alors, Emma et la princesse sont cachées dans cette ancienne cave viticole, résuma Ryan. Nous allons la retrouver, les faire sortir de là et les ramener en sécurité au QG, puis nous tendrons un piège au Corbeau.

— Parfait, dit Quincy.

— Nous faisons des recherches en ce moment pour essayer de localiser toutes les anciennes exploitations viticoles. Chaque équipe se rendra sur un lieu différent. Denise et Liam, le prince Michel et son équipe. Je vous rejoindrai sur place. Je demande des renforts à l'équipe de sécurité de Stark International. Restez disponibles. Et si vous trouvez un signe du Corbeau ou quoi que ce soit de suspect, prévenez-moi.

— Bien reçu.

Il raccrocha et se tourna vers Eliza.

— Du nouveau ?

Elle était penchée sur son téléphone, où elle visitait un site web touristique.

— Il y a une cave abandonnée plutôt célèbre, mais Emma n'y serait pas allée. Elle préfère faire profil bas. Ce n'est peut-être même pas sur internet, ou alors très difficile à trouver.

— Et tu n'as aucun indice.

— Même si j'en avais, la ville a changé. Plus de maisons, moins d'orangeraies. Rien ne reste jamais à l'identique à l'exception de… *oh.* Il y avait un cimetière. J'y jouais. Les cimetières, ça ne change pas. Quand on entrait par la grille principale, on se trouvait face aux montagnes. Ça ne nous aide pas beaucoup, mais…

— … tout détail est bon à prendre. Regarde ce que tu trouves.

Elle continua à chercher sur son téléphone avant de pousser un cri victorieux.

— Prends la prochaine sortie, comme si tu allais au lac Arrowhead. Puis tu tourneras à gauche après quelques rues.

Pendant qu'il suivait ses instructions, elle appela Ryan pour lui donner l'emplacement de l'exploitation viticole où ils se rendaient afin d'éviter d'y retrouver une autre équipe.

Après avoir erré pendant une dizaine de minutes dans des rues résidentielles et sur plusieurs chemins de terre, ils trouvèrent enfin le cimetière en question. La cave avait été rénovée et transformée en plusieurs maisons en enfilade. Mais l'ancien bureau de vente était toujours là, en ruines et délabré, sur un vaste terrain vague.

La propriété était grillagée, mais la chaîne du portail était sectionnée. Sans doute par Emma. Ils poussèrent la grille et remontèrent l'allée en roulant au pas.

— Ça te dit quelque chose ? demanda-t-il à Eliza qui regardait par la vitre comme si elle était perdue dans le temps.

— Oui.

Il percevait de l'admiration dans sa voix.

— Tout me revient. Il y a d'immenses caves sous la maison. Comme un terrier de lapins. J'aimais explorer, mais Emma s'inquiétait quand elle ne me trouvait nulle part. Un jour, je suis restée enfermée dans l'une des caves. Il y avait des portes en fer, je suppose que les propriétaires y entreposaient les vins de qualité supérieure. Je les ai tirées et elles se sont verrouillées automatiquement. Emma n'a jamais trouvé de clé.

— Comment es-tu sortie ?

— En fait, on pouvait ressortir, mais pas entrer. Il y avait un verrou caché, pratiqué dans la pierre. Je l'ai trouvé par hasard. C'est la seule fois où Emma m'a donné la fessée. Elle était très fâchée.

— Tu m'étonnes.

Après quelques minutes, ils trouvèrent la terrasse en pierre marquant l'entrée des anciennes caves.

— Il y avait un bâtiment ici, dit-elle en tâtonnant le sol avec le pied. On dirait qu'il a brûlé.

— Voici l'entrée.

Il avait découvert une volée de marches qui semblait mener sous terre. C'était une illusion d'optique, car une fois qu'ils amorcèrent leur descente, l'escalier se changea en tunnel de béton qui donnait sur une série de salles tout en pierre et en ciment. Un terrier de lapin, comme elle l'avait décrit.

— Elle doit être ici, dit Eliza en pinçant les lèvres. On se sépare ?

— Hors de question.

Il était déjà inquiet de l'avoir entraînée sur le champ de bataille, mais au vu des circonstances, il n'avait pas vraiment le choix. S'il lui arrivait quelque chose…

Elle marqua une pause et lui saisit le bras.

— Tu as entendu ?

Il pencha la tête.

— Quoi ?

— Derrière nous. J'ai cru entendre…

Mais il n'entendit pas ce qu'elle lui signalait, car au même moment, une voix de femme, faible et éraillée, s'exclama :

— Eliza ?

— Emma !

Elle se précipita, Quincy sur les talons, en direction de l'une des caves. Quelques pas derrière elle, il la vit disparaître à sa vue et il sentit son cœur rater un battement.

Il la rattrapa et se détendit enfin. Elle était en sécurité

dans la cave, ses bras autour d'une femme qui ressemblait à sa copie en version légèrement plus âgée, les cheveux roux alors que ceux d'Eliza étaient d'une teinte noisette clair.

Elles s'enlaçaient à côté d'une adolescente blonde et frêle, assise sur un tonneau, les yeux écarquillés et un petit sourire sur son joli visage. D'autres fûts étaient épars dans la salle et il y avait un tas de bouteilles de vin vides dans un coin.

Au bout d'un moment, Eliza se tourna vers lui, le visage baigné de larmes.

— Nous les avons retrouvées.

— Oui, dit-il avec un rire spontané. Elles sont là.

— Je m'appelle Emma, dit la rousse en tendant la main.

— Je l'avais déduit. Moi, c'est Quince.

Elle avait une poignée de main ferme et un sourire radieux.

— Oui, moi aussi, je l'avais déduit.

Ses vêtements étaient poussiéreux, sales de plusieurs jours, et elle avait les traits tirés par la fatigue. Malgré cela, elle était jolie. Et son sourire éclatant le tranquillisa.

Elle rejoignit la fille et lui prit la main.

— Voici la princesse Ariana.

Quince esquissa une révérence.

— C'est un plaisir de vous rencontrer, votre majesté.

La fille afficha un sourire rayonnant avant de se tourner vers Eliza, qui s'inclina à son tour avant de commenter :

— Vous êtes une jeune femme difficile à trouver.

— Votre sœur s'est bien occupée de moi.

Elle parlait avec un fort accent et un raffinement maîtrisé.

— Mais j'aimerais voir mon père maintenant, ajouta-t-elle.

— Savez-vous qui vous a enlevée ?

Elle allait répondre, mais elle se redressa vivement, les yeux grands ouverts.

Quincy se tourna alors pour voir le prince Michel faire irruption dans la salle.

— Ariana ! Dieu merci, tu n'as rien. Ma chère petite, nous nous sommes fait un sang d'encre, ton père et moi.

Il fit un pas dans la salle, mais au même instant, la fille ouvrit la bouche et hurla.

Quince n'aurait pas su dire si elle avait peur de son oncle ou de l'homme qui avait surgi derrière lui.

L'homme trop familier qui venait de braquer son Glock sur la nuque du prince d'Eustancia avant d'appuyer sur la détente.

CHAPITRE VINGT-TROIS

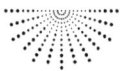

J'entends quelqu'un crier et je prends conscience qu'il s'agit de moi.

Le monde alentour explose dans un chaos que je ne comprends pas. Pourtant, c'est très clair. On dirait l'un de ces moments, dans les films, où la scène passe au ralenti, nous permettant de remarquer les moindres détails. C'est également ainsi que les survivants des accidents de la route relatent les événements. Tout devient d'une clarté limpide, et pourtant on ne peut absolument rien y faire.

En l'espèce, c'est exactement comme un accident de voiture. Alors que tout se déroule sous mes yeux, chaque détail prend tout son sens. Un sens abominable que, peut-être, nous aurions dû pressentir.

L'homme qui pointe à présent son pistolet sur Quincy n'est autre que le Corbeau, aisément identifiable, car sa photo est encore fraîche dans mon esprit.

Et le Corbeau est l'un des hommes qui ont torturé Quincy. Un homme que Quincy pensait avoir tué, mais qui a étrangement survécu.

— Je te conseille de jeter ton arme, Radcliffe. Sinon, je colle une balle dans la tête de ta jolie petite amie.

Ma bouche se dessèche, car je suis convaincue qu'il le pense. J'aimerais avoir le courage de dire à Quincy de ne pas obéir, mais je garde le silence. Je ne veux pas mourir. Pas maintenant, pas comme ça.

Quincy porte un t-shirt blanc uni, et il est évident qu'il n'a pas de harnais d'épaule en dessous. En revanche, il a une petite arme de poing dans un étui qu'il porte dans la ceinture de son jean. Lentement, il le sort et s'accroupit pour le déposer par terre.

— Passe-le-moi avec ton pied.

Quincy donne un coup de pied et l'arme glisse sur le sol, passant près du Corbeau sans s'arrêter pour aller rejoindre le mur du fond.

— J'ai tiré trop fort, dit Quincy. Désolé.

Le Corbeau fait un pas menaçant vers lui et Quincy baisse les yeux sur le cadavre du prince.

— Pourquoi ?

L'homme hausse les épaules.

— Il commençait à perdre son sang-froid.

Ses paroles font lentement leur chemin dans ma tête, comme engluées dans de la mélasse.

— C'était son idée pour punir son bâtard de frère, mais il devenait trop négligent. Il aurait fini par se trahir, je lui ai rendu service.

Il regarde Ariana tout en parlant. Je crois être la seule à voir l'instant où Quincy bondit. J'ai envie de lui crier d'arrêter, parce que le Corbeau est toujours armé, mais ces mots restent coincés dans ma gorge. J'ai trop peur que l'homme réagisse à mon avertissement et tire en réaction.

Quincy parvient à le faire basculer et l'arme s'envole.

Immédiatement, Emma passe à l'action. Elle attrape le poignet d'Ariana et la fait descendre de son tonneau, puis elle s'élance vers la porte. Le Corbeau échappe à Quincy et se rue vers son pistolet, qui vient d'atterrir à mes pieds. Je lui décoche un violent coup de pied, le projetant sur le sol.

Pendant un moment, je touche la victoire du doigt, mais ma joie est de courte durée, car le Corbeau se précipite. Au moment où Emma atteint la porte, il s'empare de l'arme. Il tire, Emma s'effondre. Je hurle.

C'est sa cuisse et je vois la douleur sur son visage tandis qu'elle clopine en direction de la porte. Ariana la soutient et, péniblement, elles progressent vers la liberté.

Le Corbeau lève à nouveau son arme, mais Quincy lui assène un violent coup de pied. Le pistolet lui échappe des mains et glisse sur le sol jusque dans un tuyau d'évacuation. Sa chute semble durer une éternité avant qu'il ne touche enfin le fond.

Quincy attaque, mais le Corbeau le contre et, ensemble, ils roulent au sol, laissant à Emma et Ariana le temps de sortir de la salle.

— Partez ! lance Quincy. Fermez la porte !

Emma titube, d'une pâleur maladive, mais son regard croise le mien. Le Corbeau est sur Quincy et il se redresse sur ses genoux. Il est impossible que je sois plus rapide que lui pour atteindre la porte, alors je lui dis de fermer le battant et d'appeler à l'aide. Une fois de plus, elle trébuche et Ariana la rattrape avant de claquer la porte d'un coup de pied derrière elles.

Il n'y a aucun interstice sous la porte et je ne les vois plus. La seule chose que je puisse faire, c'est prier pour qu'Ariana emmène Emma à l'extérieur et qu'un médecin soit là pour la prendre en charge.

En attendant, je dois me battre.

Pendant un moment, tout semble se figer. Puis, brusquement, le monde reprend sa vitesse normale et je passe d'une observatrice distante à une actrice partie prenante. Et complètement terrifiée.

En fin de compte, il faut croire que ma terreur n'est pas tout à fait complète et qu'il reste encore un peu de place pour un surplus. Je m'en rends compte en croisant le regard de Quincy. Il commence à se lever et le Corbeau lui décoche un coup de pied d'une violence inouïe qui le percute en pleine tête. Il s'effondre à la renverse sur le sol. J'attends qu'il se relève, mais il ne bouge plus.

Ça y est. Il est inconscient, et honnêtement, je suis pétrifiée à l'idée qu'il soit mort. Cependant, je n'ai pas le temps de m'appesantir sur cette question, parce que le Corbeau s'avance vers moi. Lentement, menaçant. J'ai joué dans de nombreux films d'action et ce n'est pas censé se terminer comme ça. Les espions entraînés qui appartiennent au camp des gentils ne se font pas supprimer par un seul coup de pied. Les méchants ne gagnent pas.

Apparemment, la vie n'imite pas l'art, et comme le Corbeau a réussi à assommer Quincy, j'en viens à me demander si j'ai une chance d'en réchapper.

Il ne me reste qu'une seule option, ficher le camp d'ici. Pour atteindre le verrou caché, je dois traverser la cave sur toute sa largeur sans que le Corbeau ne m'attrape. Même si j'y parviens, ce n'est pas idéal, car alors il s'échappera avec moi, ou je me retrouverai enfermée ici avec Quincy. Quoi qu'il en soit, si je suis libre, je pourrai éventuellement être utile. À l'intérieur, je resterai une victime que Quincy essaiera de protéger. Si tant est qu'il se réveille.

Pitié, pitié, réveille-toi.

Je jette un regard circulaire en réfléchissant à la meilleure trajectoire. Je décide de détaler sur le côté et de saisir une bouteille de vin que j'utiliserai comme une arme, avant de me précipiter vers le verrou caché. Bien sûr, il saura où il se trouve, mais je ne vois pas d'autre moyen. Je dois absolument m'enfuir. Je dois m'assurer qu'Emma va bien. Je dois aller chercher des secours pour Quincy. Et si je reste ici, je sais très bien que je finirai morte, ou pire.

Avant de changer d'avis, je m'élance vers le tas de bouteilles vides. J'en brise une, conservant le tesson dentelé. Je me demande bien pourquoi j'ai cru que cela pourrait le ralentir. Il se rue sur moi et je lance mon morceau de bouteille, le percutant sans toutefois entraver sa progression.

J'en cherche d'autres et, avec l'énergie du désespoir, je lui lance tous les projectiles qui me tombent sous la main. Il les esquive et les bouteilles se brisent sur le sol. Il ralentit à peine. Quand je change de tactique pour courir vers la porte, il bondit et m'attrape par la taille. Ensemble, nous roulons sur le sol.

Je tends les mains par réflexe pour amortir ma chute et un cri de douleur m'échappe quand j'atterris sur des dizaines d'éclats de verre qui m'entaillent profondément les paumes.

— Salope !

Avant que je puisse réagir, il a passé son bras autour de mon cou et je me débats pour respirer alors qu'il m'entraîne de l'autre côté de la salle. J'agite les pieds, mais chaque coup est plus faible que le précédent, et bientôt le monde devient de plus en plus gris jusqu'à ce qu'un rideau noir tombe devant mes yeux. Avant de sombrer, je songe que je n'ai même pas pu dire au revoir à Emma ni à Quince.

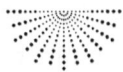

CHAPITRE VINGT-QUATRE

Quince oscillait à la lisière de la conscience alors que le monde se mouvait lentement. Son corps perclus de douleurs protestait vivement. Son esprit était embrumé, mais il prit conscience qu'on le traînait sur le sol. Des éclats de verre lui entamaient la peau. Il avait les poignets attachés dans le dos et il comprit en essayant de se libérer qu'il s'agissait de câbles en plastique rigide. Il avait beau se débattre, c'était peine perdue. Les attaches étaient solides.

Le Corbeau haletait en le traînant, voûté au-dessus de lui pour le tenir sous les bras, laissant les mains de Quincy pendre mollement de part et d'autre de son corps. Peut-être pas si mollement, tout compte fait.

Il s'empara d'un tesson de bouteille que ses doigts effleurèrent sur le sol, prenant soin de ne pas trahir sa réaction.

Il espérait que ce serait suffisant.

Il espérait que le Corbeau ne le remarquerait pas.

Quand ils atteignirent l'autre côté de la cave, le Corbeau le laissa tomber, puis il se leva et s'étira. Quince poussa un gémissement délibérément sonore et il glissa l'éclat de verre dans la fente à l'endroit où le sol rencontrait le mur.

Devant lui, le Corbeau s'accroupit.

— Tu aurais dû me tuer la première fois. Parce que maintenant, je ne vais pas m'en prendre qu'à toi, mais aussi à ta copine. Elle est jolie. Je ne pense pas qu'elle sera aussi mignonne une fois morte.

— Si tu oses avoir la moindre pensée sur elle, je te tue, promit Quince.

Le Corbeau porta les doigts à sa bouche.

— Oh ! Trop tard ! Je viens d'y penser. Je pense à ce que je vais faire, comment je vais la faire souffrir. Je la baiserai aussi, sans doute. Parce que je peux le faire. Mais ne t'inquiète pas, je te laisserai regarder.

Quince prit son élan et lui cracha au visage.

Le Corbeau s'essuya la joue d'un geste désinvolte.

— Ce n'est pas très sympa. Je m'en souviendrai quand ton tour viendra. Je ne te tuerai pas rapidement. Loin de là.

— Ils nous retrouveront ici, fit alors la voix d'Eliza, pâteuse, mais bien réveillée. Vous ne vous en tirerez pas comme ça.

— Ne sois pas ridicule. Je fais partie de l'équipe, tu as oublié ? Ce vignoble ne figure pas sur les cartes. Il va leur falloir un moment pour le trouver. Ta sœur aura le temps de se vider de son sang. Vous allez mourir, tous les deux. Et moi, je serai la dernière victime de Son Altesse. Dommage qu'il ait craqué comme ça. Jaloux de son frère, il a décidé de vendre sa nièce. Ensuite, il a fallu qu'il nous supprime tous pour couvrir ses crimes. J'ai survécu de justesse.

Il posa une main en cornet sur son oreille.

— Quoi ? Vous dites qu'Ariana connaît la vérité ? Évidemment. Elle m'a vu tuer son oncle, l'homme qui a organisé sa vente. Des tas de témoins sont là pour le prouver. Puis elle m'a vu me défendre. Bien sûr, elle avait peur, la pauvre enfant. Mais je n'allais pas lui faire de mal. J'essayais de la sauver.

— Conneries ! lança Eliza.

Quince éprouva une bouffée de fierté. C'était une battante, sans le moindre doute.

— Ce n'est pas très sympa.

Il se leva et s'approcha d'elle, ramassant un morceau de verre en chemin.

— Je crois que tu as besoin d'une bonne leçon de savoir-vivre.

Quince vit la peur dans ses yeux et il essaya de se redresser, mais ses jambes aussi étaient attachées. Il était forcé de regarder, impuissant, tandis que le Corbeau lui tailladait le t-shirt avant de tracer lentement de petites entailles superficielles sur son ventre.

Il l'entendit gémir de douleur et ce bruit faillit bien le tuer. Néanmoins, il garda le silence. Eliza ferma les yeux au moment où il refermait les doigts sur son tesson de bouteille. Il le retourna dans sa main et entreprit de scier les liens en plastique autour de ses poignets.

Impossible d'accomplir cet exploit sans blesser sa peau et il se mordit la joue pour se retenir d'exprimer la douleur lancinante. Il travaillait le plus vite possible tout en restant soigneux. C'était une chose de saigner, mais s'il s'entaillait trop profondément par mégarde, il ne serait plus d'aucune utilité pour personne, et encore moins pour Eliza.

Sans relâche, il sciait l'attache en plastique. Et sans relâche, le Corbeau torturait Eliza.

J'y suis presque, mon amour. Il avait envie de lui crier ces mots, de lui dire qu'il ne l'abandonnerait plus jamais, qu'il avait eu tort de croire qu'il devait d'abord régler son problème, mener son combat, livrer bataille contre la souffrance qu'il avait endurée et les ténèbres qui l'habitaient.

Au contraire, c'était elle qui lui donnait la force de résister. À présent, dans l'horreur de cette prison. Et tous les jours, quand les souvenirs revenaient.

Son seul regret, c'était de le comprendre seulement maintenant, alors qu'il risquait de ne jamais pouvoir le lui dire, le lui montrer.

Non.

Il se libérerait. Il tuerait le Corbeau. Et ils quitteraient cette cave ensemble.

Il ne devait pas baisser les bras.

— Comme c'est joli, dit le Corbeau en reculant afin de montrer à Quincy les lignes rouges qui striaient son ventre.

Elle le regardait et il pouvait lire la douleur dans ses yeux. Mais également la force. *C'est bien, ma belle,* songea-t-il. *Résiste encore un peu.*

— Je la baise maintenant ? Ou je grave mon nom sur son visage ? Décision difficile, mais je crois que je vais la baiser. Et je crois que tu dois regarder.

Contre le mur, Eliza se débattait. Quince aussi, dans une réaction instinctive. Mais alors qu'il serrait les poings en donnant un coup sec, les liens qu'il avait entamés se brisèrent sous sa force.

Il s'autorisa une seconde de victoire avant de revenir à la réalité. Parce que ses jambes étaient toujours attachées et qu'il ne pouvait pas se défaire de ses liens sans se trahir. Voilà qui lui donnait un net désavantage.

À moins que…

Il commença à se déplacer le long du mur en essayant de se rappeler où le pistolet avait atterri. De l'autre côté de la salle, Eliza gardait les paupières bien fermées. Le Corbeau rapprochait un éclat de verre de son sexe. *Seigneur, allait-il la mutiler ?*

— Je vais te tuer, putain ! gronda-t-il pour attirer son attention.

Ce fut efficace. L'ordure se retourna, les sourcils froncés, puis il ouvrit des yeux étonnés. Quince avait toujours les mains derrière le dos, mais il s'était éloigné le long du mur. Le Corbeau devait se douter de sa destination.

— Tu n'es pas très malin ! Si tu récupères une arme, les mains dans le dos, tu risques seulement de te tirer dans le cul. Ne t'inquiète pas. Je vais t'épargner cette tentation.

Dieu merci, il s'écarta d'Eliza pour s'avancer vers Quince.

— Vilain garçon.

Quincy attendit. Il était faible, endolori et fourbu, ce qui signifiait qu'il risquait de mal viser. Il devait être d'une précision mortelle, et pour ça, il devait encore attendre.

Un pas vers lui, puis un autre. Le Corbeau affichait un rictus malveillant, lui promettant sans un mot des douleurs innommables.

— Je vais éloigner ce pistolet. Il ne faudrait pas que tu joues avec de vilains jouets, n'est-ce pas ?

Il se pencha en s'approchant. Au même instant, Quince tendit le bras et ses doigts se refermèrent sur la crosse de son petit Ruger. Il pivota, visa et lui tira trois balles dans le torse.

Si la situation n'était pas aussi atroce, l'expression sur le visage du Corbeau au moment de sa chute aurait été comique. Le sang giclait de sa poitrine en rythme avec les derniers battements de son cœur. Puis il s'immobilisa et une flaque s'étala sous son corps.

Cette pourriture était morte.

Aussi vite que possible, Quince utilisa son tesson de bouteille pour trancher les liens autour de ses chevilles tout en appelant Eliza pour lui dire qu'il allait la rejoindre.

Il sortit son téléphone et constata qu'il n'y avait aucun signal, ce qui signifiait que l'équipe était incapable de retrouver leur trace. Avec un peu de chance, Emma s'en sortirait indemne. Il espérait qu'elle était sortie de la cave et que Ryan et les autres étaient arrivés avec une équipe médicale au complet.

Mais il ne pouvait pas s'en inquiéter maintenant. Tout ce qu'il voulait, c'était libérer Eliza. En titubant, il rejoignit l'endroit où le Corbeau l'avait attachée à une étagère intégrée au mur, puis avec une infinie délicatesse, il sectionna ses liens pour la libérer. Ses plaies n'étaient pas profondes et il se réjouit de cette infime bénédiction tout en retirant sa chemise pour l'en couvrir.

— Je t'aime, dit-elle d'une voix que l'épuisement avait rendue faible.

Ses mots lui gonflèrent le cœur.

— Je suis tellement fatiguée, ajouta-t-elle.

— C'est le choc. Ça va aller. Je suis là. Eliza, mon amour, je te promets que je ne te quitterai plus jamais.

ÉPILOGUE

Quince se réveilla en entendant des rires d'enfants. Il sentit une femme nue dans ses bras. Lentement, il passa la main sur sa hanche et sur sa taille en prenant soin d'éviter son ventre blessé.

Eliza soupira et remua contre lui.

— C'est agréable de se réveiller comme ça, murmura-t-elle. Ce sera encore mieux quand je pourrai bouger sans douleur.

— Tu y arriveras. Tous les deux, nous y arriverons.

Il se redressa avec l'intention d'aller s'installer au bord de la piscine avec une tasse de café. Stark et Nikki avaient insisté pour qu'Emma, Ariana, Eliza et Quince restent sur leur propriété pour la nuit, ainsi que le docteur qu'ils avaient fait venir pour les soigner. Emma et Ariana séjournaient dans la maison, tandis que Quince et Eliza étaient logés dans la maison des invités.

À présent, ils s'étaient tous deux habillés et se dirigeaient vers la piscine où Ariana était dans l'eau avec les filles Stark, Lara et Anne. Emma était près du bassin, les cuisses bandées. Le médecin lui avait promis qu'elle guérirait sans séquelles.

Ryan avait prévu une réunion dans la matinée et Denny était déjà là. Liam était sans doute à l'intérieur, car il était toujours ponctuel.

— Je vais chercher du café, annonça Eliza. Tu en veux un ?

— Je m'en charge, répondit-il.

— Non, je peux y arriver. C'est le moins que je puisse faire pour mon héros.

Elle se pencha et lui offrit un long baiser sensuel avant de s'écarter en souriant.

— Quand je serai guérie, je ferai bien plus que ça.

Il éclata de rire.

— Très bien. Pour le moment, du café et des baisers.

Tandis qu'elle disparaissait à l'intérieur, il alla s'asseoir auprès de Denny qui lui adressa un grand sourire.

— Je suis si heureuse de vous voir ensemble, tous les deux. Vous étiez faits l'un pour l'autre, tu sais.

— Oui, répondit-il. Et je suis bien décidé à ne pas tout gâcher. Nous allons même suivre une thérapie. Notre première séance est prévue pour jeudi prochain.

— C'est bien. Je suis contente pour vous.

Il la croyait, mais il ne pouvait ignorer la mélancolie dans sa voix. Il posa une main sur la sienne.

— Tu vas bien ?

Elle cligna rapidement des yeux avant d'acquiescer.

— Un peu de vague à l'âme, c'est tout. Je t'aime et tu fais partie de mes meilleurs amis, alors ne le prends pas mal, mais Mason me manque tellement. Je suis si jalouse de vous que j'ai du mal à garder les idées claires.

— Je suis désolé, Denny. J'aimerais pouvoir te le ramener.

— Je sais.

Elle se retourna et tendit le doigt vers la porte où Eliza émergeait avec un plateau.

— Apparemment, elle apporte le café pour tout le monde. Tu devrais lui donner un coup de main.

Il comprit le sous-entendu et il la laissa tranquille, comme elle semblait le lui demander.

— Est-ce que Denny va bien ? demanda Eliza alors qu'il lui prenait le plateau des mains.

— Elle se sent seule.

Quincy remarqua la compassion sur son visage, mais elle lui sourit.

— C'est une leçon. Il ne faut jamais rien prendre pour acquis.

— Jamais, acquiesça-t-il. C'est promis.

Elle le suivit jusqu'à la table à côté d'Emma, où il déposa le plateau. Puis ils prirent place sur les deux sièges vides auprès d'elle, à l'ombre du parasol.

— Quand pars-tu ? demanda-t-il.

Malgré sa blessure, Emma avait insisté pour raccompagner Ariana dans son pays, envoyée en mission temporaire par l'Agence.

— Dans quelques heures. C'est agréable de se détendre un peu après la journée d'hier.

— C'est vrai. Cela dit, si tu éprouves le besoin d'avoir plus d'action dans ta vie…

Il laissa sa phrase en suspens, sachant que Ryan avait déjà parlé à Emma d'un éventuel recrutement.

Elle éclata de rire.

— Vous alors, vous ne lâchez rien.

— Disons que nous savons reconnaître le talent quand nous le voyons. Tu ferais une excellente recrue.

— Je n'ai pas l'habitude de jouer en équipe, dit-elle en décochant un regard à sa sœur. Mais si je voulais m'y mettre, votre agence a l'air formidable.

Derrière eux, il entendit le téléphone de Denny sonner. Elle se leva et accourut de l'autre côté de la terrasse pour répondre.

Quelques instants plus tard, elle revint, la mine hagarde.

Eliza s'empressa de la rejoindre.

— Denny ? Que se passe-t-il ?

— C'était le colonel Seagrave, dit-elle d'une voix blanche, atone. Le patron de Mason.

Elle leva le visage et regarda le groupe sans véritablement le voir.

— Mason est de retour, annonça-t-elle. Mais il n'a pas la moindre idée de qui il est.

FIN

Envie de connaître l'histoire de Denny et Mason ? N'oubliez pas de pré-commander En mémoire de nous !

EN MÉMOIRE DE NOUS

UN EXTRAIT

Prologue

C'est traître, la confiance. La confiance dans les gens. Dans l'univers.

La confiance qu'au bout du compte, les forces du bien viendront à bout des forces du mal.

J'ai réussi à garder cette confiance toute ma vie, même quand l'existence me balayait comme un radeau dans une mer en furie. Les deuils, la douleur, les chagrins... À travers toutes ces épreuves, j'ai réussi tant bien que mal à m'accrocher fermement à mon optimisme imperturbable.

Cependant, c'était avant.

Maintenant... Eh bien, maintenant c'est plus difficile.

Maintenant, je ne baisse plus les yeux face aux deuils et à la solitude, c'est moi qui les fais plier. Maintenant, je regarde ces deux dernières années et je me demande comment j'ai fait pour survivre sans lui.

Maintenant, j'ai peur qu'il ne revienne jamais à la maison. L'homme que j'aime. Le mari dont j'ai besoin.

Je sais que je dois rester positive. Je comprends que je devrais continuer d'espérer.

« Garde confiance », me dit-on, et j'essaie. J'essaie vraiment.

Pour dire la vérité, ma confiance dans l'univers a disparu avec mon mari.

Je suis terrifiée à l'idée de l'avoir perdu à jamais.

CHAPITRE 1

Les ténèbres.

Pendant une éternité, il n'y avait rien d'autre. Seulement des ténèbres. Un vide. Un grand trou où rien n'existait. Pas même lui. Et d'ailleurs, qui était-ce donc ?

Il y avait une forme de réconfort dans le noir. Comme s'il était enveloppé, au chaud dans un utérus. En sécurité maintenant. Pas comme avant.

Avant ?

Des bribes d'émotions, les précurseurs de la pensée, tourbillonnaient en lui. Il y avait eu de la douleur, dans cet avant. Tant de douleur. Comme du feu dans ses entrailles. Comme du verre dans ses yeux.

Combien de temps avait-il souffert, son esprit hurlant, le corps si fatigué que la mort aurait été un soulagement bienvenu ?

Il n'en savait rien. D'ailleurs, peut-être que la mort était venue pour le délivrer. Ou peut-être que rien de tout cela n'était encore arrivé.

Il ne savait pas. Il était seulement *là*, rattaché ni au temps ni à l'espace, plus relié à rien. Il était libre. Il n'avait ni chaud ni froid. Il n'était ni heureux ni triste. Il était bien, tout simplement, à l'idée d'exister. Il lui semblait presque qu'il

pourrait rester ainsi, en sécurité, au chaud et satisfait…
Pour toute l'éternité.

Sauf…

Sauf qu'il y avait quelque chose derrière l'acceptation sereine de sa nouvelle réalité.

Quelque chose d'important. Quelque chose d'urgent.

Un secret ? Quelque chose à faire ?

C'était là, aux abords de sa mémoire, mais chaque fois qu'il allait s'en saisir, ça lui glissait entre les doigts. Il ne devait pas, ne *pouvait* pas, abandonner. Or comment pouvait-il suivre ? Comment pouvait-il quitter cet endroit chaud et sécuritaire ?

Il avait envie d'y rester pour toujours. En sécurité, à son aise et parfaitement libre.

En même temps, il ne le souhaitait pas. Il en voulait plus. Il voulait…

Il ne savait pas quoi.

Il savait seulement que quelque chose le tourmentait. Quelque chose qui lui manquait. Quelque chose qu'il désirait.

Elle.

Une prise de conscience brutale l'ébranla en même temps que les tressaillements qu'il reconnut comme de la peur. Un certain deuil, aussi. Et des regrets.

Des yeux verts espiègles lui vinrent à l'esprit. Un rire chaleureux le taquina alors que des mèches de cheveux dorés caressaient sa peau.

Elle était à lui, et il la désirait si intensément que cela frôlait la douleur. Il était éprouvé par cette urgence qui le tiraillait. Le danger. La terreur. Ces noirs secrets qu'il avait besoin de…

Non !

Oh, mon Dieu, oh, mon Dieu, je vous en prie, non.

Son corps, son *être*, tituba en essayant de l'atteindre. En essayant de combattre l'horreur imminente, qui arrivait de plus en plus vite. Toutefois, il ne pouvait pas la voir. Il ne pouvait pas la combattre. Tout ce qu'il pouvait faire, c'était plonger dans ce tourbillon de voix et d'images déconnectées et incompréhensibles autour de lui, épaisses, rapides, chaudes.

C'est où ?

Tu peux bien nous le dire ?

Pas d'attache. Rien du tout.

Pourtant, il y avait quelque chose. Il y avait *elle*. Sa vie. Sa femme.

Il devait retourner auprès d'elle.

Retourner ? Tu n'as nulle part où retourner. Elle est morte. Je l'ai baisée et je l'ai tuée.

Son corps éclata sous la force de ses cris, mais les paroles n'arrêtaient pas, atroces et implacables.

Tu sais pourquoi elle est morte ? Parce que tu es allé lui parler. Tu as raconté nos secrets à cette foutue salope.

Bip-Bip !

Il fallait te punir. Te montrer que nous pouvons toujours te trouver.

L'esprit en surchauffe, il essayait de se souvenir. De la voir. De la sentir.

De la sauver.

Souviens-toi, bon Dieu. Souviens-toi de Bip-Bip. On ne peut pas tuer Bip-Bip.

Mais il ne pouvait pas bouger. Ni penser. Il devait se contenter d'exister dans ces limbes froids et sombres alors que d'autres voix l'assaillaient.

C'est ta faute.

Ton ami ? Je n'ai jamais été ton ami.

Ce n'est pas un tunnel. Rien qu'un trou noir peint sur un rocher.

32 355 5-0 717

Ça ne t'aidera plus. Plus maintenant. Rusé, le fils de pute.

Tu crois que c'est le seul ? C'est très naïf quand on connaît ta réputation.

Il faut croire que tu n'es pas fait de briques et de pierre après tout, pas vrai, enfoiré ?

Bip-Bip.

Rusé ? Peut-être avant, mais plus maintenant.

Sans relâche, les voix impassibles et dénuées d'émotions s'abattaient sur lui alors qu'il cherchait à se retrouver. À comprendre. Mais il n'y avait rien. Seulement les mots et les images incohérentes de chiffres flottant sur le fond noir, comme autant de tonalités de bip dans sa tête.

32 355 5-0 717

Bip-Bip !

Plus que tout, il y avait la peur. Une terreur froide et brutale qui le transperçait comme de la glace, lui gelant le sang et lui donnant la chair de poule.

Était-ce son sang ? Sa peau ?

Lentement, il reprit conscience. Il revenait. Il quittait l'endroit où il s'était replié. Il retournait à la douleur. À l'enfer.

Mais surtout, il revenait à elle…

———

La première chose qu'il remarqua lorsqu'il s'éveilla, ce fut le froid. Un courant d'air froid qui provenait de la climatisation rivée au mur. Une vieille unité, avec des câbles en plastique blanc qui flottaient dans l'air glacé.

Il se redressa et se rendit compte qu'il était nu. Aussitôt, il remonta le drap gris élimé sur ses hanches. Il n'y avait pas de couvertures et le drap fin ne suffisait pas à le protéger du froid. Ses paumes lui firent mal quand il serra le drap, et lorsqu'il les regarda, il constata qu'elles étaient toutes les deux écorchées, comme s'il était tombé sur une surface rugueuse, de l'asphalte ou du gravier.

Il avait peut-être eu un accident ? Projeté d'une voiture ? D'une moto ?

Il n'en savait rien.

Il plissa les yeux pour combattre un mal de crâne, laissant son regard vagabonder dans la pièce, à la recherche de... quoi ?

Quelque chose, n'importe quoi, qui puisse lui indiquer où il était et ce qu'il lui était arrivé.

Et par-dessus tout, qui *il* était, lui.

Parce que là, tout de suite, il n'en avait pas la moindre idée.

Une vague de panique s'empara de lui et il la réfréna, redoutant de perdre ses moyens. Il devait absolument l'éviter, car le contrôle, la raison et l'observation étaient tout ce qu'il avait pour avancer.

Premièrement, l'observation.

Il projeta son regard autour de la pièce. Un jean usé jusqu'à la corde était jeté sur le dossier d'un fauteuil de bureau. Il se leva avec l'intention de marcher dans sa direction, mais il dut se raccrocher à la table de nuit lorsque sa tête se mit à tournoyer.

Bon sang, mais qu'est-ce qui n'allait pas chez lui ? Est-ce qu'il s'était saoulé ? Avait-il été victime d'un accident de voiture alors qu'il conduisait en état d'ébriété ?

Il ne s'en souvenait pas, mais il ne le pensait pas. Il ne pensait pas être du genre à boire avec excès.

Était-ce le cas ?

Que se passait-il ?

Il inspira et s'intima de rester calme. Il n'arriverait à rien avec de telles bêtises. À sa grande surprise, ce fut efficace. Comme si quelque chose en lui était programmé pour se concentrer. Comme si ce n'était qu'un problème de plus auquel s'atteler avec détermination.

Bien sûr qu'il pouvait y arriver.

Il fit un pas de plus, soulagé de constater que la chambre tournait un peu moins cette fois. Il ne s'était pas évanoui parce qu'il avait trop bu. Il en était certain. Compte tenu de ses vertiges et de ses nausées, il aurait été tenté de supposer, mais les preuves disaient autre chose. Il n'y avait pas ces relents caractéristiques dans son haleine. Pas de sensation pâteuse sur la langue. Il n'avait pas vomi, c'était une certitude. D'ailleurs, il n'en avait pas envie. Il n'avait pas envie d'uriner non plus.

Devant l'absence de preuves pour confirmer qu'il sortait de la pire cuite de sa vie, il passa méthodiquement à l'option suivante. Après avoir passé les doigts dans ses cheveux courts et sur son crâne, il ne trouva aucune bosse ni égratignure.

Il n'avait donc pas de blessures à la tête. *Étape deux.*

Il pensa à ses mains rouges, à ses paumes à vif. Quelque chose de plus sinistre, alors ?

Il frissonna un peu, certain d'avoir vu juste. Il ne savait pas pourquoi il en était aussi persuadé, mais pour l'heure, il n'avait pas beaucoup d'informations auxquelles se raccrocher. Si son intuition frappait à la porte, alors il irait lui ouvrir bien volontiers.

Il continua sa progression vers le fauteuil, mais ne s'y arrêta pas, se contentant de passer les doigts sur le jean abîmé. Il jeta un œil à la poussière qui s'attachait au bout de ses doigts, mais puisqu'il n'avait aucune explication, il repoussa la question. Son esprit commençait à s'éclaircir et il devait se concentrer sur ce qu'il savait. Des faits concrets basés sur son environnement, sans mentionner les souvenirs que ces faits pourraient susciter en lui.

Il commença par lui-même.

La porte de la salle de bain était entrouverte et il la franchit pour pénétrer dans une salle petite, mais étonnamment propre, avec un lavabo de porcelaine perché sur quatre pieds fins chromés, une baignoire en fibre de verre avec un rideau de douche en plastique clair et des toilettes dont la cuvette, au niveau de l'eau, était auréolée d'un cercle de calcaire brunâtre.

Un miroir était suspendu au-dessus du lavabo, du verre terni de mauvaise qualité, fendillé dans un coin. Mais le miroir était grand, rivé au mur avec une légère inclinaison, de telle sorte qu'il apercevait tout le haut de son corps, de sa tête jusqu'à ses hanches. S'il reculait, il se verrait presque intégralement.

Il regarda dans la glace, ses yeux marron absorbant les informations que son image reflétait. Son sourcil gauche était entaillé par une cicatrice, certainement un coup de couteau, mais une rapide vérification confirma que sa vision était bonne aux deux yeux. Il devrait attendre pour se demander qui avait porté une lame à son visage.

Il se concentra ensuite sur son corps en entier. Son torse et ses abdominaux étaient durs comme le roc, lacérés par des cicatrices dont la plupart étaient blanches, mais quelques-unes encore vaguement roses. Aucune n'était sensible et il présumait que même la plus récente datait d'au moins plusieurs mois.

On ne pouvait pas en dire de même de son cou, où il distinguait cinq cicatrices circulaires fraîches, formant une ligne inégale qui partait de sa mâchoire jusqu'à sa clavicule. Des brûlures de cigares, peut-être ?

Il écarta cette possibilité pour l'examiner plus tard. Il était temps d'inspecter, pas de tergiverser sur les raisons pour lesquelles quelqu'un voudrait poser un cigare allumé contre sa peau.

Toutefois, il devait bien reconnaître que ces blessures ne faisaient pas mal, même si deux d'entre elles semblaient au bord de l'infection. Ce qui signifiait qu'il devait être en état de choc ou que quelqu'un lui avait administré des sédatifs et que leurs effets perduraient.

Il n'en savait rien, mais il penchait pour la seconde option. Surtout en prenant en considération la qualité étrange et frénétique de ses rêves qu'il n'arrivait pas bien à saisir.

Encore une fois, il remit la question à plus tard et reprit son examen.

Il se donnait environ trente-sept ans, et puisqu'il avait le type de physique que l'on obtient en s'entraînant régulièrement, cela lui donnait de bonnes informations sur son identité. De son point de vue, en face du miroir, il remarquait un tatouage tribal qui formait une bande autour de son bras gauche. Il y avait autre chose sur le droit, aussi, bien que l'angle ne lui permette pas de distinguer le dessin. Il ne prit pas la peine de se tourner pour avoir une meilleure vue. Chaque chose en son temps, il devait se montrer méthodique. N'importe quel détail pouvait représenter un indice qui l'aiderait à comprendre qui il était. Chaque blessure, chaque hématome, pouvait déclencher en lui un flot de souvenirs.

Ses cheveux foncés étaient courts, mais suffisamment longs pour que les mèches soient emmêlées par le sommeil. Sa barbe mal entretenue suggérait qu'il n'avait pas touché de rasoir depuis des lustres, ce qui coïncidait avec son sentiment d'être resté inconscient plusieurs jours.

Il reporta son attention sur ses mains. En dépit de ses éraflures, elles étaient fortes et ses doigts calleux. Il ne portait pas d'alliance et pas de ligne de bronzage indiquant qu'il en avait déjà porté une. Cette pensée l'interloqua, alors que deux yeux verts brillants et des cheveux d'or traversaient son esprit. *Son rêve.*

Était-elle réelle ? Une petite amie ? Une sœur ?

Était-elle en danger ?

Dans son rêve, quelqu'un lui parlait, proférant de vilaines paroles au sujet d'une femme. Mais qui ?

Il avait beau essayer, il n'arrivait pas à se remémorer son rêve. C'était terriblement frustrant, mais il pourrait toujours y revenir plus tard. Il avait déjà bien assez de préoccupations pour le moment.

Avec une inspiration, il continua son examen détaillé. Ses dents étaient blanches et presque droites. Sa famille devait avoir de quoi lui payer un appareil dentaire quand il était enfant. En revanche, son nez était de travers et il supposait qu'il se l'était cassé plus d'une fois. Peut-être au sport ou lors de bagarres.

Compte tenu des cicatrices qui barraient son torse, ses abdominaux et son sourcil, il parierait sur les bagarres.

Il se tourna sur le côté, et une fois que son tatouage fut

dans son champ de vision, les cicatrices entrecroisées sur le reste de son corps prirent tout leur sens. C'était un crâne avec un béret vert sur ce qui semblait être un blason. Les mots *de oppresso liber* remplissaient un espace en dessous. Il les reconnut, même s'il ne se rappelait pas les circonstances.

La devise des forces spéciales.

Alors, il était soldat. Ou il l'avait été. Bien qu'il ne se souvienne pas d'une seule minute de combat, savoir qu'il faisait partie de cette confrérie le réconforta. Cela prouvait ce qu'il ressentait aussi dans ses tripes : il saurait se débrouiller, peu importe ce que le monde prévoyait pour lui.

Et sur la base de ce qu'il voyait dans le miroir, il semblait que le monde abusait régulièrement de lui.

Merde. Dans quoi s'était-il embarqué ? Qui était-il ?

Une vague de panique monta en lui et, pendant un instant, il se laissa submerger. Il s'autorisa à se complaire dans sa peur et à se morfondre, perdu dans le trou noir de son esprit.

Puis il arrêta net. Il avait des choses plus pressantes à faire que de geindre vainement. Il n'avait aucun souvenir ? D'accord. C'était un point de départ.

Alors, la première question : que lui disait son absence de souvenirs ?

Qu'il lui était arrivé quelque chose.

Très bien, mais quoi ?

Sa meilleure supposition : un traumatisme. Physique ou émotionnel.

Quoi qu'il en soit, pour le moment, la question restait théorique. Dans les deux cas, il devait affronter la même page blanche.

La situation sentait mauvais, mais Dieu savait qu'elle

pourrait être bien pire encore. Il avait vu un film, une fois, où le type n'avait même plus de mémoire à court terme. Il devait se tatouer pour se rappeler les faits. Un très bon film, intitulé *Memento*.

Et merde, il se rappelait ce genre de choses ! Il avait des souvenirs, après tout. Il se rappelait le nom des planètes et des mois de l'année. Il savait lire. Il se rappelait aussi que Luke Skywalker était le fils de Dark Vador.

Il n'avait aucune idée du nom des éléments sur le tableau périodique, mais au moins il se rappelait qu'il y avait un tableau périodique. Il avait le sentiment de ne jamais les avoir connus, de toute façon.

Ainsi, son esprit fonctionnait. Jusqu'à un certain point.

Son nom, son âge, son passé ? Pour ce qui était de *ces* informations, il était complètement perdu. Ça reviendrait, naturellement.

Si ce n'était pas le cas… eh bien, ce ne serait pas la première fois qu'il gérerait une situation difficile. Il ne s'en rappelait aucune, mais il en avait la certitude dans ses tripes et des preuves sur le corps. Il ne savait peut-être pas qui il était, mais il savait très bien *ce* qu'il était. Il n'était pas le genre d'homme qui se roulait en boule et pleurnichait.

Des coups retentirent sur la porte et il se retourna, sa main droite se posant instinctivement sur son côté gauche comme s'il cherchait à dégainer son arme de poing.

Pendant un instant, il se figea dans cette position. Puis il remit sa main à sa place et répéta le mouvement, un sourire aux lèvres.

La mémoire musculaire. Vive la mémoire musculaire.

Une clé cliqueta dans la serrure et il courut dans la chambre, se jetant pratiquement contre la porte avant que la personne qui insérait la clé ne puisse entrer.

— Qui est-ce ?

Sa voix était rauque, comme s'il n'avait pas parlé depuis des mois. Il toussa et essaya à nouveau :

— Qui est là ?

— Ménage. Je nettoie la chambre, non ?

Il se déplaça, puis jeta un œil dans le judas et aperçut un brin de femme près d'un chariot de ménage. Derrière elle, une Toyota cabossée était garée devant la porte. La sienne ?

Il n'en savait rien.

Tout ce qu'il savait, c'était qu'il ne la laisserait pas entrer.

— Ça ira, dit-il. J'ai tout ce dont j'ai besoin.

Ce n'était pas exactement la vérité, mais pas vraiment un mensonge non plus. Il avait de l'air dans ses poumons et son cœur battait, après tout.

— Très bien, monsieur, répondit-elle avant de pousser son chariot vers la chambre voisine.

Il resta à regarder par le judas, son attention désormais concentrée sur la plaque d'immatriculation de la Toyota. *Californie.*

En fronçant les sourcils, il retourna vers le bureau, puis il attrapa son jean et le secoua, envoyant la poussière dans les airs. Un boxer bleu marine glissa sur le sol. Il le récupéra, le renifla et l'agita un peu avant de l'enfiler, puis le pantalon.

En plus d'être élimé, le jean n'était pas beau à voir. Déchiré au niveau des genoux, et pas d'une manière qui soit à la mode. Plutôt comme s'il avait fait une mauvaise chute.

Il regarda ses paumes, puis ses genoux, et ce faisant il se souvint. Pas de tout. Pas de sa vie. Pas même de son nom.

C'était toutefois un début.

Des ténèbres. Et un mouvement.

Il était aveuglé, dans un véhicule en déplacement, probable-ment un semi-remorque, les chevilles liées ensemble et les mains attachées derrière son dos. Il écoutait, essayant de trouver autant d'informations que possible, mais il n'y avait rien. Seulement de la chaleur et du mouvement. C'était tout ce qu'il savait. Absolument tout. Comme s'il était né à ce moment-là, déjà adulte et dans ce camion. Il y avait des choses dont il se souvenait, bien sûr. Mais pas de lui. Quelle que soit son identité, il venait juste d'apparaître au monde. Une page blanche. Un vase vide.

Mais il était conscient, maintenant.

Le camion avait heurté quelque chose et avait été secoué, puis il avait dérapé dans un crissement de pneus jusqu'à s'arrêter.

Une porte s'ouvrit dans un grondement et de la lumière s'infiltra sous les rebords de son bandeau. Des mains fortes l'empoignèrent, le remettant sur ses pieds et le poussant en avant. Il était debout. Sans doute avait-il vu juste à propos du semi-remorque. Puis il entendit le son d'une lame qui sectionnait ses liens. Ses chevilles furent libérées en premier, puis ses poignets. Avant qu'il puisse réagir, le moteur du camion redémarra.

En même temps, quelqu'un le poussa par-derrière et il tomba sur le bitume chaud et rugueux, ses mains en avant pour amortir sa chute.

Il se tourna en retirant son bandeau et plissa les yeux sous le soleil, pendant qu'un homme en jean et t-shirt noir refermait la porte de l'intérieur. Puis le véhicule repartit sur l'autoroute déserte, en direction de l'horizon.

Dans la chambre de motel, ses souvenirs lui revenaient en mémoire. Rien avant le camion, mais maintenant il se rappelait la sensation de la route sous ses mains, le soleil qui brûlait pendant qu'il marchait sur des kilomètres, et le soulagement quand il avait trouvé cet établissement merdique envoyé par Dieu.

Il était entré en titubant dans le hall de réception, il avait trouvé cent cinquante dollars dans sa poche et il avait acheté six bouteilles d'eau, cinq conserves de mélange de noix et trois barres chocolatées. Puis il avait pris une chambre pour deux nuits.

Ce qui lui laissait environ trente dollars, comme il s'en souvenait à présent en enfilant son jean.

Il n'avait aucun papier, mais cela n'avait pas semblé déranger la femme de l'accueil. Il avait donné le nom de Jack Sawyer. Il ne se souvenait pas de son identité ni de sa vie avant son trajet en camion, mais il se souvenait de cette série télévisée, *Lost*, et il avait emprunté les noms de ces deux personnages pour constituer le sien.

Voilà où il en était, Jack Sawyer, dans une pauvre chambre de motel, sans aucun souvenir. Tout son monde se trouvait dans cette piaule miteuse et ses vêtements sales. Quelle idée réjouissante !

Il secoua la tête, apaisant la peur et la frustration qui revenaient à la charge. Certes, ce n'était pas idéal, mais au moins il était en vie. Et il comptait le rester.

Résolu, il revêtit son t-shirt. À l'origine, le haut était blanc, mais maintenant d'un gris crasseux avec des traces de sueur sous les bras et à l'arrière du col.

Une paire de mocassins en cuir marron pointaient sous le bureau et il les chaussa, incapable de trouver ses chaussettes. En même temps, il se tâtait le corps, inspectant chacune de ses poches de jean et même les coutures, au cas où il y aurait quelque chose de cousu à l'intérieur. Il ne trouva rien d'autre que les trente-trois dollars de la monnaie qu'il avait reçue quand il avait pris la chambre et la clé avec le numéro 107 gravé dessus.

Comme il n'y avait aucun indice sur lui, il chercha sur le bureau et dans les tiroirs, mais ils étaient vides à l'exception d'une bible, d'un livre des Mormons, d'un stylo noir et d'un menu pour se faire livrer des pizzas à Victoriaville, en Californie.

Son estomac gargouilla. Il allait tendre la main vers son téléphone pour commander quelque chose, mais il se ravisa. Les trente dollars ne dureraient pas longtemps. Mieux valait se contenter de ce qu'il y avait dans la chambre.

Il sortit quelques noix d'une conserve tout en faisant les cent pas, analysant sa prochaine étape. Son rêve fiévreux s'attardait toujours, mais les mots n'avaient plus cette même clarté qu'ils avaient pendant son sommeil. Ils s'estompaient. Dans son rêve, il se sentait piégé, mais pas confus. Maintenant, le mot étrange, les menaces et les références à des dessins animés n'avaient aucun sens, les nombres encore moins.

Puisqu'il n'avait rien d'autre où écrire, il sortit le menu et griffonna ce dont il se souvenait : *32 355 5-o 717*

Sans doute le « o » correspondait-il à un zéro, alors il raya ce qu'il avait écrit pour recommencer : *32 355 50 717*

Cela n'avait toujours aucun sens. Il se renfrogna devant les nombres qui refusaient de lui donner la moindre information.

Bon, d'accord. Les chiffres ne signifiaient rien pour lui ? Alors, il commencerait ailleurs. Il savait qu'il lui était arrivé quelque chose, et après cet épisode mystérieux, on lui avait bandé les yeux, on l'avait attaché et on l'avait poussé hors d'un camion, l'abandonnant à la chaleur du désert.

Ce n'était pas un scénario qu'il avait envie de reproduire, et puisqu'il ignorait si ses ravisseurs l'avaient vraiment abandonné, il avait l'intention d'être prêt s'ils revenaient.

En d'autres termes, il avait besoin d'une arme.

Il pouvait toujours casser un tiroir et utiliser un éclat de bois, mais il avait le sentiment que la gentille dame de l'accueil ne verrait pas cette initiative d'un bon œil. Il retourna plutôt dans la salle de bain, puis il sortit la clé de sa poche. Détachant le rebord du miroir de son cadre, dans un coin inférieur, il fit levier pour l'extraire doucement. Comme il l'espérait, la fissure était à la fois longue et profonde, et en tirant, il parvint à dégager un morceau de verre en forme de stalactite de plus de dix centimètres.

C'était exactement ce dont il avait besoin. Parce qu'il ne savait pas à quoi s'attendre lorsqu'il sortirait.

Il enveloppa l'un des côtés tranchants dans du papier toilette, formant ainsi une poignée de fortune, puis il glissa le tout au fond de la poche de son jean avant de se diriger vers la porte. Il l'ouvrit lentement. À l'extérieur, il fut écrasé par un mur de chaleur.

Le trottoir était libre des deux côtés, et seulement quelques voitures parsemaient le parking. Des ondes de chaleur se dégageaient de l'asphalte. Le monde était une fournaise, mais tout bien considéré, cela semblait plutôt approprié, parce qu'à en juger par la situation, il était cuit !

Un panneau, qui ne semblait pas avoir été changé depuis les années cinquante, trônait en haut d'un poteau en acier, présentant le petit motel délabré sous le nom de *Beau Séjour*. Plutôt trompeur, comme nom, et il avait bien l'intention d'écourter son séjour au plus vite.

Il s'éloigna le long du trottoir en direction de l'enseigne, passant devant les portes couleur pastel sur son chemin. La verte, chambre 106. La bleue, chambre 105. La jaune, chambre 104.

Ce trajet lui était déjà familier et il y trouvait un certain réconfort.

En même temps, sa mémoire se résumait à une demi-douzaine de portes aux couleurs des œufs de Pâques. Ce n'était guère réjouissant.

Il retrouva la même femme à l'accueil. Elle avait une soixantaine d'années et la coupe de cheveux de Lucille Ball. Tiens, il se souvenait de la série *I Love Lucy* !

Elle sourit derrière son bureau.

— Dites-moi, vous avez l'air d'aller beaucoup mieux aujourd'hui. Vous avez pu dormir, je suppose.

— Oui, répondit-il avant de s'éclaircir la gorge et de regarder autour de lui. Auriez-vous les horaires des bus ?

Elle secoua la tête.

— Non, désolée. Où souhaitez-vous aller ?

— En promenade, dit-il comme s'il était Jack Reacher et qu'il était parfaitement normal d'errer sans but à travers le pays.

— Laissez-moi voir si je peux vous trouver les horaires en ligne.

Elle se rapprocha d'un ordinateur qui semblait plus vieux que lui, mais elle s'arrêta à mi-chemin pour répondre au téléphone tout en fouillant dans un tiroir.

Il pencha la tête et sa main glissa dans sa poche, tous les sens en alerte.

Le téléphone.

Aussitôt, il se détendit.

Bien sûr. Il aurait dû s'en rendre compte immédiatement. Les chiffres. C'était un numéro de téléphone. 323-555-0717.

— Oh, super, je l'ai trouvée, dit-elle en raccrochant.

Elle sortit d'un tiroir une brochure chiffonnée.

— Alors, la station d'autocars Greyhound n'est pas très loin. C'est ce que vous cherchiez ? Ou souhaitiez-vous les bus municipaux ?

— Greyhound, dit-il en songeant à l'indicatif 323. J'aurais besoin de passer un appel téléphonique. Ensuite, je pense que j'irai à Los Angeles.

— Vous avez des amis là-bas ?

— C'est ce que je vais découvrir.

Charismatiques. Dangereux.
Terriblement Sexy.
Découvrez les hommes de Stark Sécurité.
En mille éclats
Dans ton ombre (prequelle)
En mémoire de nous
En demi-teinte
En haute voltige
En ton nom
En plein cœur

MON ANGE DÉCHU - UN EXTRAIT

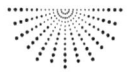

Envie d'en découvrir plus ? Voici un extrait du premier tome de la
série de l'Ange déchu
MON ANGE DÉCHU
MON DOUX PÉCHÉ
MA CRUELLE RÉDEMPTION

———

Charismatique. Sûr de lui.
Puissant. Autoritaire.

Investisseur brillant qui change en or tout ce qu'il touche, Devlin Saint est parti d'un modeste héritage pour décrocher des milliards. À présent, il est à la tête de l'un des organismes de bienfaisance les plus en vue sur la scène internationale. C'est un homme déterminé à aider les plus démunis, à combattre l'injustice et à rendre le monde meilleur. C'est du moins une partie de la vérité.

· · ·

Mais ce n'est pas toute la vérité.

Parce que Devlin Saint cache un secret redoutable. Et il est prêt à tout pour le protéger. Quand Ellie Holmes, journaliste d'investigation, s'intéresse à un meurtre non résolu, elle se retrouve empêtrée dans un nœud d'intrigues et de passion, tandis que Devlin se rapproche dangereusement. Mais alors qu'entre eux, l'intensité et la sensualité montent en flèche, les soupçons d'Ellie suivent la même courbe. Jusqu'à ce qu'elle en vienne à douter de l'authenticité de leur relation torride, craignant qu'il ne s'agisse que d'une façade derrière laquelle il cache des secrets sombres et tortueux.

CHAPITRE 1

Le vent me cingle le visage et le soleil de l'après-midi m'éblouit alors que je descends le long tronçon de Sunset Canyon Road, à plus de cent soixante à l'heure.

Mon cœur bat la chamade et mes paumes sont moites, mais ce n'est pas à cause de la vitesse. Au contraire, c'est exactement ce dont j'ai besoin. L'adrénaline. Le frisson. Je suis une vraie droguée, et ces sensations m'affectent comme une surconsommation de sucre chez un enfant en bas âge.

Honnêtement, je dois mobiliser toute ma volonté pour ne pas mettre ma Shelby Cobra 1965 à l'épreuve et faire monter son puissant moteur dans les tours.

Cela dit, je ne peux pas. Pas aujourd'hui. Pas ici.

Parce que je suis de retour, et mon retour à la maison a réveillé des papillons dans mon ventre. Chaque virage de

cette route me rappelle des souvenirs. Des larmes m'obs-
truent la gorge et j'ai les entrailles nouées.

Bon sang.

J'écrase la pédale d'embrayage, appuie sur le frein et
passe au point mort tout en décrivant une embardée sur la
gauche. Les pneus protestent dans un crissement tandis que
je fais demi-tour, m'engageant sur la voie inverse. L'arrière
de la voiture décroche dans un dérapage, avant de s'arrêter
pile en droite ligne. J'ai le souffle court, et honnêtement, je
crois que ma Shelby aussi. C'est plus qu'une voiture pour
moi, c'est la meilleure amie de toute une vie, et en temps
normal, je ne la pousse pas autant.

Maintenant, cependant…

Eh bien, maintenant, elle est dangereusement proche du
bord de la falaise, toute son aile du côté passager parallèle
avec le vide. De là, j'ai une vue imprenable sur la côte, dans
le lointain. Sans parler d'un magnifique aperçu du petit
centre-ville en contrebas.

Je tire sur le frein à main, le cœur dans la gorge. Ce n'est
qu'une fois certaine que nous n'irons pas dévaler à flanc de
falaise que je coupe le moteur de la Shelby, essuie mes
paumes moites sur mon jean et autorise mon corps à se
détendre.

Bien le bonjour, Laguna Cortez.

Avec un soupir, je retire ma casquette de baseball, laissant mes boucles foncées rebondir librement autour de mon
visage, jusque sur mes épaules.

— Ressaisis-toi, Ellie, murmuré-je avant de prendre une
profonde inspiration.

Pas tant pour le courage – je n'ai pas peur de cette ville
–, mais pour la maîtrise de mes nerfs. Parce que Laguna

Cortez m'a déjà mise à terre, autrefois, et il va me falloir toutes mes forces pour arpenter à nouveau ses rues.

Encore une respiration, puis je sors de la voiture. Je rejoins le bas-côté de la route. Il n'y a pas de parapet, et de la terre ainsi que quelques pierres dévalent le talus lorsque je m'arrête tout au bord, presque en équilibre.

En dessous, des rochers dentelés dépassent des parois du canyon. Plus bas, les arêtes saillantes s'adoucissent pour former une pente douce avec des maisons diverses nichées parmi les rochers et les broussailles. Les toits de tuiles suivent la route sinueuse qui mène au quartier des arts. Lovés dans la vallée, encadrée sur trois côtés par des collines et des gorges, les lieux s'ouvrent sur la plus grande plage de la ville qui attire un flux constant de touristes et de locaux.

Pour tout le monde, Laguna Cortez est l'un des joyaux de la côte Pacifique. Une ville à l'atmosphère décontractée, avec un peu moins de soixante mille habitants et des kilomètres de plages de sable et de galets.

La plupart des gens donneraient leur bras droit pour vivre ici.

En ce qui me concerne, c'est l'enfer.

C'est ici que j'ai perdu mon cœur et ma virginité. Sans parler de tous mes proches. Mes parents. Mon oncle.

Et Alex.

Le garçon que j'aimais. L'homme qui m'a brisée.

Il ne reste plus personne ici, pour moi. Ma famille, tous sont morts. Et Alex est parti depuis longtemps.

Moi aussi, je me suis enfuie, impatiente d'échapper au poids du deuil et à l'aiguillon de la trahison. Je me suis juré de ne jamais remettre les pieds ici.

Et je croyais résolument que rien ne me ferait revenir.

Or à présent, dix ans plus tard, me revoilà, ramenée en enfer par les fantômes de mon passé.

MON ANGE DÉCHU
MON DOUX PÉCHÉ
MA CRUELLE RÉDEMPTION

J. Kenner

J. Kenner (alias Julie Kenner) est une auteure de best-sellers internationaux figurant aux classements des journaux *New York Times*, *USA Today*, *Publishers Weekly* et *Wall Street Journal*. Elle a écrit plus d'une centaine de romans, de romans courts et de nouvelles dans toutes sortes de genres littéraires.

Selon *Publishers Weekly*, JK est une auteure qui a un « don pour le dialogue et la création de personnages excentriques », et le *RT Bookclub* estime qu'elle a su « répondre aux besoins du marché en créant des antihéros scandaleusement attirants et dominateurs, et des femmes qui fondent pour eux. » Six fois finaliste de la prestigieuse récompense RITA (*Romance Writers of America*), JK a remporté son premier trophée RITA en 2014 pour son roman *Claim Me* (tome 2 de sa trilogie *Stark*) et le second en 2017 pour son roman *Wicked Dirty*. Elle a vendu des millions de livres, publiés dans plus de vingt langues.

Au cours de sa précédente carrière, JK a exercé comme avocate en Californie du Sud et au Texas. Elle vit actuellement dans le centre du Texas, avec son mari, ses deux filles et deux chats plutôt lunatiques.

Visitez son site web pour en savoir plus et pour entrer en contact avec JK sur les réseaux sociaux !

www.jkenner.com

Bulletins d'information de JK

Abonnez-vous à la newsletter de l'édition française de JK pour des informations sur les sorties en français, les apparitions en France, et plus encore. Cliquez ici pour vous abonner afin de ne rien manquer!

Newsletter en français:

https://www.juliekenner.com/nouveaux-livres/